OBJETOS DE PODER

A GUERRA DA DESOLAÇÃO

MARCOS MOTA

OBJETOS DE PODER

A GUERRA DA DESOLAÇÃO

Livro 7

Principis

Esta é uma publicação Principis, selo exclusivo da Ciranda Cultural

Texto
© Marcos Mota

Editora
Michele de Souza Barbosa

Revisão
Mônica Glasser

Produção editorial
Ciranda Cultural

Diagramação
Linea Editora

Design de capa
Filipe de Souza

Dados Internacionais de Catalogação na Publicação (CIP) de acordo com ISBD

M917g Mota, Marcos.
A guerra da desolação - Livro 7/ Marcos Mota. - Jandira, SP : Principis, 2024.
256 p. ; 15,50cm x 22,60cm. - (Objetos do poder ; vol. 7)

ISBN: 978-65-5097-233-2

1. Literatura brasileira. 2. Fantasia. 3. Simbolismo 4. Ocultismo. 5. Magia.
6. Poderes sobrenaturais. I. Título. II. Série.

CDD 869.93
2024-2048 CDU 821.134.3(81)-34

Elaborada por Lucio Feitosa - CRB-8/8803

Índice para catálogo sistemático:
1. Literatura brasileira 869.93
2. Literatura brasileira 821.134.3(81)-34

1ª edição em 2024
www.cirandacultural.com.br

Para Jair e Donaldo.

SUMÁRIO

PARTE I

NO PROMONTÓRIO

Para Isaac Samus, aquela tinha sido a pior manhã de todas. Até mesmo pior do que o dia em que Bátor fora sequestrado e levado para o covil dos *goblins* no Pântano Obscuro. Ele ainda não havia se alimentado, e já passava do meio-dia. Do alto do promontório observava seus amigos na praia, lá embaixo, preparando-se para a despedida da ilha.

Lembrou-se de quando rolou os dados no castelo de Smiselno, perguntando se ele e Gail um dia se casariam. A probabilidade de os dois terminarem juntos tendia a zero.

Então, quando a viagem pelo mar se iniciou e eles conheceram melhor Antônio Feroz, Isaac percebeu os sentimentos de Gail pelo bardo e concluiu que ela escolheria o cantor, pois parecia estar apaixonada. Mas agora a previsão estava ainda mais clara, conforme a resposta entregue pelos dados: Isaac não teria um futuro junto a Gail, porque Hastur estava com ela e não hesitaria em tirar-lhe a vida.

Aurora aproximou-se voando em seu unicórnio. A brisa outonal, acentuada pelo rufar das asas de Chifrudo, fez Isaac abandonar seus pensamentos.

– Já estamos todos prontos, Isaac.

O garoto voltou-se para a amiga e revelou as lágrimas nos olhos.

– Eu sei exatamente como se sente, mas, por favor, não se culpe. Hastur é o pai da mentira, quem poderia imaginar que ele seria tão astuto?

– Ele vai matá-la, Aurora!

A fada desmontou seu animal e se postou ao lado do amigo, observando o lindo cenário do oceano.

– Não pense isso. Vamos salvá-la de alguma maneira. Essa deve ser nossa perspectiva.

– Os dados me confirmaram.

Aurora não tinha argumentos para respondê-lo.

– Onde está Le Goff? – perguntou Isaac, talvez porque tenha percebido que sua maneira de responder a Aurora tenha soado grosseira e ele quisesse parecer mais gentil, mudando de assunto.

A fada já se provara uma grande amiga, durante a jornada para salvar a vida de Bátor. Ela tentava amenizar as preocupações e tristeza vividas por Isaac. Não era justo, por mais que ele tivesse as confirmações terríveis reveladas por seu Objeto de Poder, descontar suas preocupações nela ou em quem quer que fosse.

– Pedro tem conversado com... estamos chamando o lictor de Le Goff de Grifo Branco – corrigiu ela.

– Grifo? Grifos não cospem fogo – disse Isaac.

A fada percebeu que conseguira arrancar um sorriso do rosto dele.

– Ninguém conseguiu identificar que tipo de animal é aquele – ela riu.

Isaac compreendeu, mas insistiu em chamar o monstro pelo próprio nome do anão alado.

– Então, Le Goff viajou ao passado a tempo de pedir a ajuda de vocês. Se não fosse pela esperteza dele, eu estaria condenado a ficar preso nesta ilha por dias, talvez meses, até poder sair em busca de Gail.

– Mas não sabemos até quando Pedro conseguirá domá-lo.

– Lictores são liberados quando um Objeto de Poder é roubado de seu Possuidor. Esses monstros acabam matando o ladrão do Objeto, mas, quando Hastur abriu o portal e foi para longe, ele rompeu a força do animal.

– Ainda assim, o grifo é capaz de senti-lo. Ele sabe para onde Hastur foi.

– Ele nos levará até Gail.

– Mas vai chegar um momento em que não conseguiremos mais impedi-lo de ficar calmo ou se controlar. Eu já liberei dois lictores, Isaac. Sei do que estou falando.

O matemático se lembrou de quando se transformou em um dragão. E por vezes a sensação de monstruosidade parecia possuí-lo, esperando para aflorar novamente.

– Quando me roubaram a Moeda de Ouro, eu ainda sentia o lictor dentro de mim e, mesmo com meu Objeto incompleto, fui capaz de prever o futuro. Não com a certeza que os números dos dados me davam, mas como um pressentimento, uma sensação.

Aurora se manteve em silêncio, mas refletia sobre a experiência que ela mesma havia tido com seu Objeto de Poder.

– Dessa vez, eu não tenho nenhuma parte do meu Objeto e ainda sinto como se pudesse prever o futuro, Aurora.

Os olhos da fada semicerraram-se.

– Enquanto estive presa na Montanha da Loucura, li a maior parte do grimório de minha mãe. Ela acreditava que o poder dos Objetos era como o poder do conhecimento: uma vez que você toca um saber, ele deixa rastros em você. É como o poder de uma ideia que abre a mente de um indivíduo, fazendo com que ele nunca mais seja o mesmo.

Isaac, que conversava com a fada olhando para o infinito a sua frente, voltou-se para ela com o olhar cheio de esperança.

– O grimório de Huna.

De repente, outra lembrança lhe assaltou o pensamento.

– O *Diário do Anjo.*

Aurora não compreendeu a segunda parte do que ele tinha falado.

– Talvez...

A conclusão a que Isaac havia chegado foi interrompida.

– Você não conseguirá chegar a tempo de salvá-la.

A frase subversiva e tenebrosa fez gelar a espinha de Isaac e Aurora, que deram as costas ao mar para saber quem lhes falava.

A pouco metros de distância deles estava a figura bizarra e abominável de outro Isaac Samus.

– Hastur! – balbuciou o verdadeiro Isaac, fazendo com que a fada entendesse do que se tratava a assustadora aparição.

O demônio sorriu desdenhoso, atormentando ainda mais a sanidade dos jovens que o encaravam atônitos e perplexos.

– Os Dados de Euclides são meus. Eu tenho o Pergaminho do Mar Morto. Gail também pertence a mim – disse Hastur em tom zombeteiro, referindo-se à filha de Bátor como se ela fosse também um Objeto de Poder. – Você não é capaz de chegar a tempo para salvá-la, idiota.

Isaac desejou que o lictor de Le Goff aparecesse imediatamente naquele local e exterminasse o anjo que se disfarçava em um corpo idêntico ao de Isaac.

– Ele virá – falou o Isaac impostor, como se tivesse lido a mente do verdadeiro. – Mas quando o monstrinho do anão chegar, eu já terei ido embora para o futuro.

– Por que ele se parece com você, Isaac? – perguntou Aurora, ainda confusa.

– Eu não sei.

– Este corpo me foi providencial – confessou com arrogância macabra o impostor. – Você cresceu em Finn sem saber que possuía um irmão gêmeo, não foi?

Durante a viagem no *Cachalote*, Isaac usara o Pergaminho do Mar Morto para visitar o passado e descobrira sobre a existência de seu irmão. A pergunta de Hastur evidenciava duas coisas: o anjo utilizara o Objeto de Poder para saber sobre o passado de Isaac, mas não lhe fora revelado nada do que Isaac vivenciara quando este também dobrou as margens do tempo.

– Um irmão gêmeo? – surpreendeu-se Isaac, com dissimulação.

Hastur parecia se deliciar com o desespero e a loucura que começavam a tomar conta de Isaac. Havia frieza em seu falar e sua presença trazia uma perturbação hedionda, que mantinha todos presos na expectativa de que algo muito ruim e insano estava prestes a acontecer.

– Agora você sabe exatamente como Antônio Feroz se sentiria, se ele realmente estivesse naquele corpo que eu possuí, quando fora revelado a ele ser um filho adotivo. Eu adoro esses momentos de espanto na vida dos mortais. Quando vocês entram em desespero, eu tomo o controle.

O Isaac impostor não parecia mentir. Ele, de fato, acreditara que o verdadeiro Isaac havia sido pego de surpresa com a notícia de um irmão gêmeo. Hastur não possuía a Pena de Emily, sendo assim, mesmo com todo conhecimento e experiência milenares, ele não era capaz de ler pensamentos.

– Por Mou! – dissimulou ainda mais Isaac, tentando demonstrar consternação e espanto. – Eu tinha um irmão? Ele se parecia comigo. E você o matou!

O anjo teve a leve sensação de que realmente havia insegurança nas palavras desesperadas de Isaac. Porém Hastur era mais esperto do que se podia imaginar. Ele era a própria música celestial nas recâmaras do céu louvando Moudrost, o Criador. Sons e notas musicais compunham a essência de seu ser completamente celestial.

– Sim! E você sabia da existência de seu irmão gêmeo. Mas como? – o impostor se calou. Era, de fato, mais esperto que o verdadeiro Isaac. E sabia que, quanto mais falasse, mais revelaria sobre seus pontos fortes ou fracos. Mas não demorou a deduzir a possibilidade de o garoto ter descoberto por meio de uma viagem no tempo. – A melhor parte dessa história vem agora. Não fui eu quem matou seu irmão, foi o pai da garota que você ama. Depois acerte as contas com ele.

Aurora compreendeu que Hastur viera do futuro, utilizando o corpo do falecido irmão gêmeo de Isaac, mesmo que ela não soubesse até aquele instante que seu amigo tinha um irmão. Deduziu que o lictor de Le Goff seria capaz de matar o impostor, mas que o monstro não chegaria a tempo para isso, uma vez que o próprio demônio o dissera. Mas e se ela usasse o poder do Manto de Lilibeth para segurá-lo por um tempo?

A fada estendeu suas mãos na direção de Hastur em ameaça.

– Você pode me imobilizar, me fazer levitar, rainha dos céus! E eu posso desaparecer no instante em que eu quiser – o anjo riu cheio de sarcasmo.

O rugir estridente do Grifo Branco veio da mata austral da ilha. O lictor se aproximava.

– Por que você está aqui? – perguntou Isaac, atropelando as palavras, com questionamentos pululando em sua cabeça. Ele sabia que Hastur desapareceria a qualquer momento, mas precisava segurá-lo ali, pois significava mantê-lo longe de Gail.

– Após duas luas, se você não levar o *Diário do Anjo* para mim na pirâmide mais alta do Deserto da Desolação, sua amada morrerá. Vá sozinho!

Quando a ave albina jorrou fogo sobre a pedra superior do promontório, o anjo já tinha desaparecido. Apenas suas últimas palavras ficaram ecoando na cabeça de Isaac.

O lictor estava terrivelmente enfurecido.

Chifrudo alçou voo para escapar das chamas cuspidas pelo grifo.

– Acalme-se Le Goff! – gritou Aurora, sem saber se o melhor era controlar o humor do monstro ou acudir Isaac, que gritava feito louco.

– Não! Volte aqui, seu impostor! Não toque nela! Não toque nela!

Arnie, Pedro e Letícia, assim como os demais habitantes da ilha e a tripulação do *Cachalote*, olhavam assustados da praia para o alto da pedreira. Viram chifrudo e o lictor voando. Chegaram a pensar que fosse um desentendimento entre os dois animais. Porém, minutos mais tarde, quando os Possuidores já se encontravam reunidos e prestes a deixar a ilha, tudo lhes foi explicado.

Ainda demoraria a escurecer; todos se sentiam mais calmos – se é que podemos utilizar esse adjetivo nesta narrativa – e estavam prontos para deixar a ilha.

Aurora pediu que Pedro conversasse com o lictor e viajasse montado nele. Era uma maneira de tentar manter o monstro por perto e sob controle. Arnie e Isaac consentiram.

– Por que Hastur não pediu que você levasse todos os nossos Objetos? Por que apenas o diário? – disse o gigante.

– Ele poderia ter tomado os Objetos de vocês e desaparecido – completou Letícia.

– Se ele carregasse algo do tempo presente para o futuro, estaria alterando o próprio futuro. E sabe-se lá a morte de quem ele poderia provocar – Aurora disse e olhou em seguida para Arnie.

Há poucos dias ela ficara sabendo, da boca de Le Goff, que o gigante fora o responsável pela morte de sua mãe, ao interferir no tempo, durante uma viagem ao passado. Desde a descoberta, ela e o gigante não conversaram sobre o ocorrido e sua explicação, seguida do olhar inquiridor, revelou que havia ressentimentos em seu coração.

– Você está certa, Aurora. Hastur é muito inteligente e sabe que pode alterar desfavoravelmente o futuro, mesmo em relação a ele próprio. Mas a pergunta de Arnie também tem sentido. Por que ele pediu o *Diário do Anjo* e não um ou mais Objetos? Se este livro presta-se a algo, que importância tão urgente ele tem? – questionou Isaac, tocando a bolsa em que carregava o livro críptico.

– Estamos perdendo tempo – lembrou Pedro. – Nem pense em parar para ler o livro agora.

– Nem se ele quisesse – interrompeu Letícia. – Isaac precisa tomar cuidado. Talvez Tom... me desculpem, Tom está morto e eu ainda não me acostumei com a ideia de que estamos lutando contra um anjo. Essa é uma perigosa leitura. Muitos foram à loucura após folhearem estas páginas, principalmente a segunda parte do livro. Talvez tenha sido exatamente essa a intenção de Hastur ao criar o suspense em torno do diário. Pode ser que o desejo dele seja que Isaac o leia.

– Também faz sentido – confirmou Aurora. – Não podemos retardar nossa viagem para o deserto por causa disso. Lembrem-se: nosso inimigo consegue viajar ao passado. Ele pode estar por aqui neste momento, escutando toda nossa conversa. O Isaac impostor está à frente no tempo. E isso lhe dá uma vantagem inimaginável em relação a nós.

Todos fizeram silêncio. A terrível sensação de que o inimigo os observava e os ouvia era desconfortante e desanimadora.

O grifo emitiu um som semelhante ao relincho de um cavalo, como se chamasse a atenção para algo.

– O que foi, Le? – perguntou Arnie, que, assim como Isaac, não conseguia chamar o animal por outro nome.

– Ele está dizendo que Hastur não está por perto – traduziu Pedro. – O anjo tem o poder de voltar no tempo, mas está atrelado à maldição do lictor, que sente sua presença.

Isaac sorriu e todos sentiram um alívio. Enquanto estivessem próximos do Grifo Branco, seriam informados sobre a presença insidiosa do espírito mau.

Pedro subiu nas costas da criatura. Arnie se metamorfoseou em um enorme gato alado e Letícia o montou. Isaac, que viajaria com eles, retardou sua montaria, aproximando-se da fada que estava sobre Chifrudo.

– Aconteceu algo, Aurora. Eu posso sentir.

A jovem percebeu que Isaac não queria que os outros o ouvissem, pois cochichava.

– Até nosso encontro com Hastur nesta manhã, eu tinha em meu coração a convicção de que Gail morreria. Mas agora isso mudou.

Aurora se alegrou, mas conteve a emoção. Isaac parecia ter mais para revelar.

– Isso é bom, não é, Isaac? Você pode ficar mais calmo.

– Foi a visita que ele acabou de nos fazer. Com isso, ele alterou a malha do espaço-tempo. Eu sinto. O futuro foi modificado, Aurora, porque Hastur nos passou informações demais sobre fatos que não deveríamos saber. Mas, para ajustar a trama do destino, outra pessoa acabará morrendo no lugar de Gail.

– Outra pessoa. E você sabe quem é?

– Eu vejo você, Aurora.

RUMO AO DESERTO

Aurora não demonstrou reação ao receber a trágica notícia da própria morte. Ela sabia que Isaac se referia aos próximos dias, pois tudo caminhava para um confronto final contra Hastur. Porém a jovem se recordou da jornada pela Floresta Sombria do Pântano Obscuro.

Pedro havia lido os pensamentos de Huna. A monarca sabia que em breve morreria e não contou para ninguém, nem mesmo para sua filha. O aqueônio também guardou esse segredo, o que causou muita revolta em Aurora.

Agora chegara sua vez e tudo estava sob uma nova perspectiva. Ela também desejava guardar esse segredo.

Por que julgara com tanta intrepidez e inflexibilidade a decisão de Huna e Pedro? Somente naquele momento Aurora compreendeu que ocupar o lugar do outro em tempos de fatalidades, dificuldades e loucura nos faz ter a perspectiva real das decisões tomadas.

Chifrudo bateu asas e se elevou ao céu, seguindo o voo do grifo que carregava Pedro. Isaac os seguiu, montando o gigantesco gato alado, com Letícia em sua garupa.

A fada percebeu que Pedro se virara para olhar para ela. Contudo, Aurora manteve a cabeça baixa, fingindo contemplar as ondas que estouravam no rochedo do promontório. O aqueônio possuía a Pena de Emily. Como ocultar a notícia da própria morte de alguém com o poder de ler pensamentos? Mais cedo ou mais tarde, ele descobriria.

O capitão Martinho acompanhou a despedida junto de seus homens e dos nativos.

– Que Mou os acompanhe! – balbuciou baixinho.

O velho marinheiro sabia que tinha acabado de conhecer os jovens mais corajosos que passariam por sua vida. E orgulhou-se disso.

Os três alados afastavam-se da ilha, riscando o céu de Enigma rumo ao continente. Voavam para oeste seguindo o sentido do sol. Dois terços do trajeto aéreo ocorreriam sobre o Mar Leste, quando, então, adentrariam o Mar Sul.

Distanciavam-se do Arquipélago das Sete Irmãs. Se mantivessem a velocidade que atingiram ao subir quarenta mil pés de altura, chegariam ao Deserto da Desolação em aproximadamente três horas.

Foi o que planejaram. Desejavam chegar quando ainda houvesse raios de sol iluminando o forte e pudessem ser recebidos de maneira menos ostensiva.

Isaac sabia que um acampamento de guerra fora montado à beira do deserto e que navios inimigos provavelmente estariam atracados ao longo do litoral, como realmente estavam.

Por um instante meditou na coincidência do ataque de Ignor pela costa leste, exatamente no Deserto da Desolação, local para o qual, segundo Le

Goff, Hastur havia levado Gail e os três Objetos de Poder: o Pergaminho do Mar Morto, os Dados de Euclides e o Diapasão de Haendel.

Em matemática, "coincidência" também era o nome que Euclides dava ao estado de duas figuras geométricas sobrepostas. Ao tentar compreender as possibilidades do que estava acontecendo, Isaac lembrou-se da teoria matemática da sobreposição.

Havia ainda estudos pós-euclidianos que remetiam à mesma teoria: "Para todos os sistemas lineares, a resposta líquida causada por dois ou mais estímulos é a soma das respostas que teriam sido causadas por cada estímulo individualmente".

"A transformada de Fourier", pensou o matemático, enquanto voava com Letícia sobre o lombo do gato alado. "Por que Hastur quer o *Diário do Anjo*?"

O voo se tornara estável e refrigerante, porém as muitas perguntas na mente de Isaac o incomodavam com angustiante aflição. Ele sabia qual era o intuito de seu inimigo: libertar deuses estranhos e decadentes, que trariam incontáveis desastres e inominável destruição para os povos de Enigma.

Contudo, tamanha desgraça seria iniciada com a morte dos novos Possuidores dos Objetos, e Isaac tinha consciência disso.

Novamente se recordou da teoria da sobreposição. Coincidências não existiam, de fato, no universo, e o resultado final de qualquer situação era semelhante à soma de duas ou mais situações menores que levaram a ela, semelhante a figuras geométricas sobrepostas.

Todo quadrilátero é formado pela união de dois triângulos. Se conseguirmos entender todas as medidas das figuras menores que o compõem, então, se torna fácil resolver qualquer cálculo envolvendo a figura resultante da sobreposição.

Isaac sabia que bastava ele traçar uma reta conectando os vértices corretos do quadrilátero maldito que o cercava para ser capaz de encontrar as figuras menores, mais fáceis de serem resolvidas no enigma.

Porém, infelizmente, não havia nada que ele pudesse fazer naquele momento, a não ser colocar sua mente para imaginar algum plano ou estratégia. Mas como? Uma coisa era certa, ele só conseguia amenizar a angústia quando pensava em números e teorias matemáticas.

Letícia se segurava na cintura de Isaac e sentia toda a terrível tensão emanada do corpo de seu amigo.

O grifo liderava o voo. Chifrudo seguia as duas aves de forma derradeira, conduzido por Aurora, que tentava manter-se distante de Pedro para que o aqueônio não lesse seus pensamentos. Mas até quando ela conseguiria evitá-lo?

Durante a primeira metade da viagem, a atenção de Pedro foi dissuadida por Le Goff, em sua forma de lictor. O monstro guinchava, mas ninguém suspeitava que ele, na verdade, estava conversando com o aqueônio.

– Nós nunca nos demos bem, não é mesmo, Pedro?

Pedro respondeu aproximando-se do ouvido da ave e falando-lhe com mansidão, mas também com cautela, pois sabia que Le Goff não tinha pleno controle do corpo do monstro. E a cada minuto que se aproximavam mais de Hastur, o usurpador do Pergaminho, mais o anão perderia o domínio de si.

– Quando você apareceu na praia para nos avisar que precisávamos procurar por Isaac no promontório, eu tentei lhe dizer que agora as coisas mudaram para mim, Le. Ser um aqueônio sem cauda me fez compreender como você se sentia sendo um anão alado sem asas.

Novo guincho.

– É sobre isso que preciso lhe falar. Você consegue olhar em meus olhos, Pedro?

A ave virou o rosto para trás, com profunda e marcante geometria aquilina, e Pedro ouviu os pensamentos do anão.

"Eu vivi uma vida ressentida por causa das asas que eu não tive e por causa da cor de pele que a natureza me deu. Todas as minhas motivações sempre foram para, de alguma forma, compensar o deprimente sentimento que eu nutria sobre minha própria pessoa. Aos olhos do mundo, eu buscava ser melhor do que os outros para compensar o fato de ser diferente. Eu queria ser o anão com a maior memória já vista em todo o reino, historiador expoente, dedicado, dotado de sucesso na minha área de conhecimento. Mas, no fundo, a verdade é que eu invejava e, muitas vezes, odiava a todos. Essa é a mais pura essência do que eu sempre fui. Até o dia em que eu conheci o gigante bondoso, Arnie."

Pedro assentiu com um movimento de cabeça e, sem precisar dizer uma só palavra, Le Goff teve certeza de que o aqueônio o compreendia.

O grifo olhou para a frente, checando a rota de voo, e novamente se voltou para seu passageiro.

"Não reduza sua vida ao fato de não possuir mais sua cauda, Pedro. Enquanto eu pautei minha vida pela cor da minha pele ou pela falta de asas, a única coisa que consegui foi me tornar infeliz; mesmo que eu tentasse enganar as pessoas, dizendo que estava satisfeito ou que apenas lutava pelo que me era de direito. São as coisas imateriais que temos que realmente importam: bom caráter, olhar gentil, uma presença que gera confiança e segurança em nossos relacionamentos, longanimidade, um coração perdoador, bons amigos e o amor que outra pessoa sente por nós. São por todas essas coisas que vale a pena lutar e se importar."

O grifo voltou novamente seu olhar para o caminho, enquanto recebia um carinho de Pedro em seu pescoço. Foi a maneira mais respeitável e singela que o aqueônio encontrou para dizer ao anão que o conselho seria seguido.

Um risco escuro surgiu no horizonte, denunciando o continente. Terra à vista! Mesmo contra os decadentes raios de sol, o grupo enxergou os rochedos e as pequenas praias, que surgiam e se avolumavam ao longe.

Estavam extenuados. Aurora, Pedro e Arnie por conta dos longos dias de viagem desde a Montanha da Loucura; Isaac, Letícia e o grifo por todos os perigos e desastres com que se depararam desde que zarparam do porto em Parveen.

Inconscientemente, Isaac tomou a iniciativa de liderar o voo de descida, pedindo para que o gato alado ultrapassasse o lictor.

Nesse momento, Chifrudo, que mantinha a velocidade de seu voo, emparelhou com o grifo e, inesperadamente, o olhar de Aurora cruzou com o de Pedro. Foi inevitável.

Com o calcanhar, como aprendera a fazer, a fada sinalizou para que o unicórnio acelerasse. Mas era tarde demais. Pedro havia captado o mesmo terror e miséria que encontrara no olhar de Huna durante a travessia do Pântano Obscuro.

Uma espécie de perseguição se iniciou com Aurora atiçando sua montaria voadora na direção da praia, enquanto Pedro pedia para que o lictor a alcançasse.

Isaac, Letícia e Arnie ficaram confusos. Não entenderam se o casal se divertia com o jogo de gato e rato ou se ambos perseguiam algum alvo que avistaram no litoral, que ficava cada vez mais perto.

– Aurora! – gritou o aqueônio. – O que está acontecendo?

A fada começou a responder que seria morta por Hastur, mas foi ouvida apenas por Chifrudo, porque a ventania causada pelo voo causava ruído na comunicação. Pedro poderia ter dado a ordem para que ela parasse, mas não usaria o poder de seu Objeto dessa maneira sobre a pessoa que amava.

A excitação demorou a cessar. Os animais alados precisaram fazer um pouso inesperado na areia. O gato alado com seus passageiros, Isaac e Letícia, chegaria minutos depois, visto que ficara para trás.

Pedro desceu do lictor e, enquanto caminhava apressado na direção do unicórnio, a uma dezena de metros de distância, sentiu a ventania provocada pela ascensão da fada às alturas.

Aurora saltou de Chifrudo, elevando-se consideravelmente. Seu manto carmesim refulgiu com os fracos raios de sol que quedavam por trás do morro, a oeste da praia. Com delicadeza, planou até tocar seus pés na areia, diante de Pedro.

Eles se abraçaram e se beijaram.

– Eu não vou deixar – suspirou o aqueônio. – Eu não vou deixá-lo fazer isso. Aquele demônio não vai arrancá-la de mim, Aurora.

As lágrimas respondiam pela garota.

O gato alado aterrissou, mas Isaac e Letícia mantiveram-se apeados. Mesmo sem saber da previsão do matemático, a filha do maestro Liutprand e Arnie entenderam que o aqueônio temia pela vida de sua amada.

Pedro soltou um grito desconfortante, pavoroso, macabro, enquanto se mantinha abraçado a Aurora.

O lictor o encarou lastimoso.

Se havia algo na vida que o aqueônio não desejava jamais perder era o amor dignificante e honroso da fada.

Pedro se recordou da conversa que tivera com o lictor de Le Goff no céu. Agora lhe parecia fácil demais não se deixar definir pela cor da pele ou pela falta de uma cauda ou de asas. Mais difícil do que o anão poderia imaginar seria não se deixar ser definido pela perda de um grande amor. Como Pedro poderia prosseguir, se perdesse Aurora?

PARTE II

SEDE E FOME

O calor do deserto se intensificaria com o passar das horas.

Gail encontrava-se confusa. Isaac parecia febril e hipnotizado com as três pirâmides ao longe. Ela tentara convencê-lo de que seguir rumo à praia seria a melhor escolha, porém, ele não parecia querer escutá-la.

– Precisamos encontrar água, Isaac! – protestou, sem sucesso. – Essa deveria ser nossa prioridade.

– No mar, só encontraremos água insalubre.

– E o que encontraremos no deserto? Eu só vejo pedras – respondeu apontando para uma direção e depois para outra –, e areia, e silêncio e calor.

– Olhe aqueles monumentos, Gail. Eles não te atraem?

A garota ficou pensativa. Nada fazia sentido na manhã daquele dia. Há pouco eles estavam sobre o promontório, e, de repente, estavam ali. Ela se recordava de Letícia e Antônio estarem com eles. Procuravam um meio de resgatar Le Goff, que se encontrava pendurado no penhasco de frente para o mar.

Havia também uma ave gigantesca no céu. Sim! Ela se lembrava de ter visto uma ave gigante e branca, voando na direção deles. Ameaçadora!

As recordações foram ficando mais vívidas para Gail a cada passo que davam no deserto.

Naquela mesma manhã, ainda no navio, Isaac lhe contara que Le Goff se aproveitara de seu sono leve e pedira os Dados de Euclides, o que ele prontamente lhe entregou. Letícia dissera ter visto o anão seguir sozinho para a praia em um bote, por isso eles decidiram procurá-lo no topo do rochedo.

Chegando lá, descobriram que Le Goff havia sofrido um acidente. E, na tentativa de salvar o albino, Gail entregara seu Objeto de Poder, o Cubo de Random, para Isaac.

"É isso!", pensou a menina.

– Isaac, me passe o Cubo. Poderemos usá-lo para fazer chover no deserto, assim teremos água.

O garoto hesitou. Parou de caminhar, mas demorou a olhar para trás e encarar sua companheira.

Como o leitor deve saber, aquele não era o verdadeiro Isaac, mas o espírito de Hastur que havia tomado o corpo do irmão gêmeo do matemático.

No promontório, ele pretendia matar o anão e continuar enganando os demais Possuidores, passando-se por Antônio Feroz Baamdô até ser capaz de pegar também seus Objetos.

Contudo, as coisas não saíram conforme ele havia planejado, pois Le Goff não morrera. Hastur precisou abrir um portal, utilizando o Pergaminho e o Diapasão de Haendel. Agora estavam ali, e ele fingindo ser Isaac Samus.

– O cubo… – gaguejou o impostor. Mas Gail não compreendeu se fora uma afirmação ou uma pergunta.

– Sim! Vamos fazer chover.

– O cubo não está comigo, Gail.

O estranhamento da garota aumentou, enquanto assistia a Isaac remexer em seus bolsos à procura do Objeto.

– Como não está com você? Eu lhe entreguei no promontório.

Hastur percebeu que a garota se aproximava com a intenção de ajudá-lo a encontrar. Não tinha certeza do que ela seria capaz. Gail já estranhara seu timbre diferente de voz, estava confusa sobre como tinham ido parar no deserto e também se perguntava sobre a fixação de Isaac em querer chegar até as pirâmides.

– Veja! – gritou ele, antes que ela se aproximasse mais e metesse a mão em seus pertences. Ele rapidamente retirou o alforje com os Dados de Euclides do bolso, em seguida, o diapasão, mas manteve o pergaminho escondido.

Hastur sabia que para enganar as pessoas era necessário entregar-lhes parte da verdade. Isso tornaria a mentira mais convincente, porque as faria ganhar confiança no mentiroso.

– Isso é tudo o que eu tenho. Mas eu não sei como vieram parar aqui – e continuou a remexer em sua roupa, fingindo continuar a busca, embora mantivesse o outro Objeto de Poder escondido, como um bom ilusionista é capaz de fazer.

– Isaac, eu te entreguei o cubo – relembrou Gail, quase em desespero. – O que você fez com ele? E como você pegou os dados, se você mesmo me disse que os havia passado para Le Goff esta manhã? E esse diapasão? Ele pertencia a Liutprand. Como veio parar aqui?

De repente, para espanto da filha de Bátor, Isaac começou a chorar.

– Gail, eu não sei! Eu não entendo o que está acontecendo, como viemos parar aqui, por que os dados e esse diapasão estão comigo...

O contorno indistinto das imensas pirâmides se assemelhava a montanhas escuras e assombrosas no horizonte oeste do deserto. Gail as observou com reservas e depois se aproximou de Isaac, pegando suas mãos.

Tentou se recordar de tê-lo visto chorando alguma vez.

A cena também não fazia sentido para ela. Isaac era um garoto ousado. Desde que decidira seguir com Bátor, ele demonstrou bravura. Liderou os Possuidores, quando nem mesmo Huna sabia como fazê-lo. Isaac ajudou a salvar a rainha Owl. Ele cantara para Gail, ainda que muito desafinado, no Pântano Obscuro, consolando-a em um momento em que ela sentia muito desespero pela perda de seu pai.

A razão dizia para Gail que seguir para as pirâmides não era a melhor das opções. Mas as lágrimas e a confusão no rosto de Isaac amoleceram seu coração, deixando-a ainda mais vulnerável às suas mentiras. Gail não desconfiou que eram lágrimas de crocodilo.

– Eu sei como você se sente, Isaac – ela queria mandá-lo parar de chorar, mas tinha medo de parecer indelicada. – Se eu disser que vai ficar tudo bem, você acreditaria? Já passamos por tantas situações complexas e desanimadoras antes. E vencemos todas elas, você se lembra?

Hastur investigava, pela vibração da voz da garota, o quanto a afetava com sua encenação. Gail falava cada vez mais depressa e semitonada. Dessa forma, ele sabia que ainda precisava comovê-la mais um pouco, se quisesse dominar suas emoções. E uma vez dominadas as emoções de uma pessoa, o impostor conseguiria controlá-la da maneira que quisesse.

O reconhecimento próprio, o orgulho e a exaltação atingiram seu ápice quando o falso Isaac ouviu Gail começar a cantar.

– A luz da lua se foi. Cercado me encontrei pela escuridão, cadeias do inferno prenderam minhas mãos, quando a luz da lua se foi.

Quando Gail se encontrava completamente perdida no Pântano Obscuro, sem esperanças e acreditando que nunca mais voltaria a ver seu pai, Isaac havia cantado esta música para ela.

"– Esta é a 'Canção do Luar'. Nas viradas de ano em Finn, sempre tocam esta música – ele riu. – É quase improvável que alguém por lá não a conheça.

– Isaac Samus de Finn, então, você também é um cantor!

– Não! Eu sou péssimo nisso, eu sei.

Gail riu.

– Eu aprecio a música. Isso não faz de mim um cantor.

– Oh, quanta humildade – galhofou ela.

– Gail, a música é matemática. Por causa disso eu gosto e conheço alguns de seus segredos."

A lembrança arrefeceu a agonia no coração da jovem.

Depois de tantas aventuras vividas ao lado de Isaac, ela aprendera que a amizade tinha um poder de mudar os tempos maus e trazer luz à escuridão. Ela não o julgaria por chorar. Precisava apenas demonstrar que estava com ele.

– *O vento gelado soprou. Sem rumo eu me encontrei. Cadeias da morte tentaram me abalar, quando o vento gelado soprou.*

Inesperadamente, Isaac começou a cantar junto com Gail:

– *Como poderia temer terrores noturnos e a perseguição, se minha esperança e meu galardão estão no mais alto dos céus?*

Hastur percebeu quando os olhos da garota se arregalaram e imaginou o quanto ele conseguira comovê-la. Gail parecia extasiada e tocada por aquele momento inspirador. Afinal, não há nada mais poderoso do que uma bela canção finamente entoada para sensibilizar a alma humana.

Mas Gail não arregalou os olhos porque estava encantada. Para sua sorte, o orgulho extremo do anjo maligno que a enganava fez com que ele a interpretasse mal.

Ela continuou a cantar, agora com a voz trêmula, enquanto o falso Isaac fazia o contralto. Entretanto, ela não fraquejou porque estava admirada, mas porque estava tomada pelo terror. Era chocante e indecifrável escutar aquela doce e harmoniosa voz saindo da boca de seu amigo.

No Pântano Obscuro, Isaac a confortara ao começar a cantar, mas ele não era, de forma alguma, afinado.

"– Acho que você conseguiu. Ouvir a canção foi como sentir-me aquecida mesmo na noite mais gelada do inverno de Enigma.

Isaac corou ao escutar aquilo.

– Mas não pense em seguir carreira como cantor. Você passaria fome – completou a menina, zoando."

Isaac era um desastre completo como cantor, por isso, ouvi-lo entoar com tanta agudeza e apuração a canção fazia o evento musical parecer apavorante.

Ainda que os olhos de Gail vissem Isaac Samus à sua frente, Antônio Feroz, o bardo, era quem ela enxergava em sua mente.

Se ela ainda estivesse no *Cachalote* em alto-mar, ou no porto de Parveen, quando abandonou seu modo racional de pensar, enfeitiçada por honrarias e afetos de Tom, ela deixaria toda a estranheza da situação passar e continuaria acreditando que estava tudo bem.

Contudo, num piscar de olhos, ela fora transportada de uma ilha para um deserto no continente, seu melhor amigo conversava com uma voz que não era a dele até aquele momento, e portava Objetos de Poder que não deveriam estar com ele.

Um assombro assaltou o coração de filha de Bátor como um pesadelo do qual não se consegue acordar. Porém ela foi capaz de dissimular seu nervosismo. E Hastur não desconfiou porque estava se sentindo orgulhoso demais por, aparentemente, ter conseguido enganá-la.

Quando terminaram de cantar, Gail abriu um sorriso.

– Vai dar tudo certo.

– Muito obrigado por cantar para mim. Desculpe-me as lágrimas. Eu não sei o que está acontecendo, mas acredito em você. Vai ficar tudo bem, Gail. Vamos! Precisamos chegar até as pirâmides.

E foi assim que eles continuaram a caminhada por mais duas horas.

Certamente parecia loucura adentrar ainda mais o deserto, sem reserva de água ou mantimento. Os uivos do vento enregelavam até o âmago de qualquer viajante, mas não era o que Gail percebia em Isaac. Toda a atenção e foco do garoto estavam nas pirâmides.

Imponentes, as três grandiosas construções ficavam cada vez maiores à medida que se aproximavam delas. E, embora a desolação ao redor e a sinistra sensação de estar vivendo um engano estivessem dominando o coração de Gail, a suntuosidade das estruturas fizeram com que ela se esquecesse dos problemas e fosse tomada por um fascínio e magnetismo inexplicáveis.

A primeira pirâmide era a maior delas, quase o dobro de altura das outras duas, que se situavam logo atrás, para oeste. Monumentos antigos e intocados, por centenas de anos esquecidos.

O torpor durou o suficiente para que Gail se esquecesse da fome e da sede que a incomodavam.

A geometria das estruturas era perfeita. A base quadrada, idêntica nas três pirâmides, mantinha um paralelismo curioso entre elas, quando vista do alto. As pedras ciclópicas, que, semelhantes a tijolos em uma parede sem reboco, erigiam as laterais inclinadas, provocavam uma tentação insana de contemplação nos observadores.

– Por Mou, como isso foi construído? – perguntou Gail, sem esperar que Isaac soubesse. – Eu conheço os aposentos e toda a ala reservada para os gigantes no castelo Smiselno; imagino como devem ser as cidades no alto da Cordilheira Imperial, mas nunca pensei em encontrar um monumento tão magnífico em tamanho como este.

Continuaram caminhando, aproximando-se cada vez mais da base da pirâmide principal. A fascinação aumentava na mesma medida que o calor, mas este era esquecido momentaneamente por conta da contemplação da cantaria megalítica.

Um dia, num tempo há muito esquecido, houve vida abundante naquele local. Onde hoje só se ouvia o rangido do vento, como um grasnar de pássaro em agonia, outrora fora a morada de deuses.

Faltando aproximadamente três quilômetros para atingirem a base da construção, começaram a ver ruínas de uma cidade decrépita e abandonada.

Casas com as paredes tombadas, pedaços de calçamentos e ruas que terminavam no nada despontavam de um lado e de outro dos viajantes errantes. Sáurios adaptados àquela vida de escassos recursos hídricos e alimentares surgiam como fantasmas em uma ou outra estrutura ruinosa, confirmando que, mesmo num ambiente hostil, a vida estava presente.

Gail se assustou quando a cabeça de um lagarto a bisbilhotou por detrás de uma rocha. Somente nesse instante ela voltou a sentir fome.

– Será que eles são comestíveis?

Isaac a encarou sem saber se ela brincava ou falava com seriedade.

– Estou morta de fome – explicou a garota.

– Eu não sei se eles são comestíveis, mas se vivem neste lugar é porque se alimentam de alguma coisa por aqui. E também precisam de uma fonte de água para sobreviver.

– Precisamos parar, encontrar uma sombra...

Gail percebeu que falava sozinha. Isaac parecia não se importar com ela. Por isso a cada momento ela ficava ainda mais curiosa para saber o que sucedera no promontório.

– Você está me ouvindo? Pode parar de andar e olhar para mim? Estou falando com você!

A indiferença do companheiro começou a preocupá-la. Era como se não houvesse mais ninguém com ela desde a última conversa, após a canção. O comportamento de Isaac se tornara inflexível e repugnante.

– Se for para eu continuar andando como se estivesse sozinha, voltarei para o litoral – ameaçou Gail, mas Isaac nem sequer hesitou em olhar para trás. – Tudo bem! Seu choro me convenceu a percorrer este deserto ao seu lado, mas nada justifica o tratamento abominável que estou recebendo. Eu estou falando com você, Isaac! Você quer fazer o favor de parar e conversar comigo?

As últimas palavras saíram aos berros da garganta de Gail, porém também saíram engasgadas com a visão que seus olhos contemplaram.

O falso Isaac parou e olhou para ela, lançando um sorriso sarcástico. Não era nem de longe um sorriso que o verdadeiro Isaac daria em qualquer que fosse a situação. Mas Gail ficou tão estupefata com o que viu que nem percebeu que estava diante de mais um sinal que denunciava o impostor.

Logo atrás de um monturo formado por ruínas do que parecia um templo decadente e críptico, repousava uma ampla lâmina d'água intocada e serena. O lago se esparramava numa depressão do relevo formada pela mistura de areia, cascalho e rochas. Do outro lado do terreno baixo estendia-se um vale que somente podia ser visto quando se atingia aquela distância em relação à pirâmide.

– Água! – gritou Gail, perfazendo um sorriso no rosto.

Isaac a encarou, devolvendo o sorriso, e com isso ela teve a impressão de que ele sabia exatamente o que encontrariam. Bizarro demais, porém reconfortante para ela, uma vez que estava sedenta e faminta.

– Eu só espero que não seja salobra – comentou a menina, correndo na direção do lago para verificar.

Temerosa, parou à margem das águas e analisou o ambiente. Não havia ondas, nenhum ruído, nenhum sinal de ameaças, apenas tranquilidade, apesar do calor. Ela se ajoelhou e começou a molhar as mãos, os braços e depois o rosto.

Algumas gotas de água tocariam as beiradas de sua boca e ela decidiria se deveria ingerir ou não. Mas sua indecisão não durou muito, pois, na margem oposta, um camaleão do deserto apareceu e movimentou a lâmina d'água, chicoteando-a com sua comprida língua bipartida na ponta.

Isaac começou a rir. De repente, era como se Gail não desconfiasse mais dele, nem sentisse que ele estava diferente. Tudo o que ela mais desejava naquela hora era matar sua sede.

Se a água era boa para a criatura do deserto, ela a tomaria com toda tranquilidade.

A satisfação básica de sua necessidade fez que ela se esquecesse das inúmeras questões que a levavam a duvidar da realidade extravagante envolvendo o garoto que a acompanhava no deserto.

Foi nesse instante que Hastur aproveitou para tocar o Pergaminho do Mar Morto em seu bolso e viajar ao passado para exigir que Isaac lhe entregasse o *Diário do Anjo* como resgate pela vida de Gail. A garota nem sequer suspeitou, pois tudo aconteceu, no tempo presente, em um piscar de olhos.

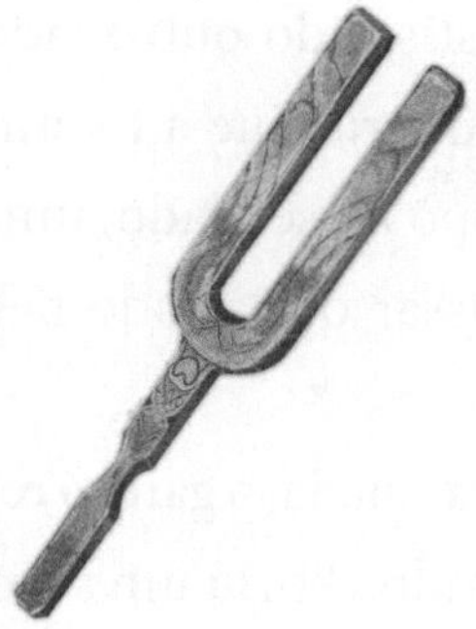

O ENIGMA DA PIRÂMIDE

Hastur aguardara séculos por aquele momento. Aproximava-se da pirâmide onde se encontrava o portal para a libertação dos deuses exteriores, portava os dois Objetos de Poder capazes de abrir o portal e enganava a pessoa que faria tudo isso por ele: Gail.

Se a mentira é a mãe da malignidade, a paciência é sua maior virtude. E Hastur sabia disso.

Ele não deveria se apressar, mesmo que os outros Possuidores viriam atrás da garota. Por isso ele se abaixou tranquilamente e pôs-se a beber da água do lago, imitando a atitude de Gail. Isso gerou uma sintonia ainda maior entre eles.

– Deve haver algo mais do outro lado das ruínas.

Nem um pouco interessada, Gail continuou agachada à beira d'água, molhando a nuca e lavando seu rosto e braços.

O que quer que existisse do outro lado do monturo, o falso Isaac tinha conhecimento e queria que a menina descobrisse. Então, ele se demorou mais um tempo ao seu lado, imitando-a dissimuladamente.

– Você pretende passar o dia todo bebendo água? – perguntou o impostor, sorrindo.

Como ela permanecia calada, o garoto resolveu se levantar e caminhar até o local que havia falado. Abriu um sorriso e soltou um alto assobio.

Se era atenção que ele queria, conseguiu.

Gail parou de se lavar e olhou para Isaac.

– Por Mou! – exclamou ele. – Você precisa ver isso.

O corpo da menina estava agradecido pelo refrigério, pela água, pela parada e descanso, mas sua mente voltou a fervilhar pensamentos ilógicos na tentativa de conciliar a falta de lógica dos fatos.

Isaac nunca assobiara daquela maneira. Em muitas situações de risco pelas quais passaram juntos, ele poderia ter feito o mesmo para chamar-lhe a atenção, mas não o fizera. E suspeitava de que ele não soubesse assobiar.

O que fazer? Como agir?

"Eu não sei como vim parar aqui. Não sei quem é essa pessoa que diz ser Isaac Samus. E não sei também se ele consegue ler meus pensamentos. Com a Pena de Emily, Pedro era capaz disso", pensou Gail. "Não! Se ele pudesse ler meus pensamentos já saberia que não tenho plena confiança nele e teria me dado sinais. Eu preciso manter a calma. E a única coisa que posso fazer para que não saiba que eu desconfio dele é eliminar da minha mente, o máximo que eu puder, o pensamento de que o considero um impostor, pois só assim conseguirei agir o mais naturalmente possível, sem levantar suspeitas de minha desconfiança."

Gail se levantou e correu até Isaac. Quando subiu na parede destroçada, seu corpo todo se arrepiou. Milhares de lápides e túmulos se estendiam em um vale, alcançando a base da pirâmide mais alta.

– Um cemitério! – sussurrou ela, ainda incrédula.

– Eu sei que parece assustador. Mas você ficou tão impressionada que não percebeu as árvores naquele lado.

Na porção sul da região árida, de fato, havia uma mudança no terreno, onde se erguiam algumas palmeiras e outras espécies de árvores não conhecidas por Gail. O terreno assombrado (nesse caso, por ser coberto de sombras das árvores, não por ter fantasmas do cemitério ao lado) era espaçoso, quase parecia uma miragem de tão confortável em um ambiente tão quente, seco e castigado como o Deserto da Desolação.

– Pense nestas ruínas, Gail. Eram casas. Isso significa que havia uma aldeia neste lugar. Pessoas habitaram esta região, ainda que há muito tempo. Tinha que haver água e também deve haver comida.

Meia hora depois da descoberta, Isaac e Gail comiam polpa de drupas caídas das árvores. Em pouco tempo, já se sentiam saciados. Quando se está com fome, não existe qualquer tipo de alimento ruim, por isso eles comeram como se fosse a última refeição de suas vidas.

Isaac se levantou na sombra e iniciou uma nova caminhada por entre os túmulos e mausoléus. Era notória sua pressa em chegar à pirâmide, sempre impelindo a jornada, na direção dos três monumentos.

– Eu ainda não descansei o suficiente – reclamou Gail.

– Isso não te impressiona? – perguntou Isaac, ignorando o que ela disse. – É lindo, não é?

– Você está se referindo ao cemitério? Claro que não.

O solo por entre as tumbas fora invadido por ervas e raízes mortas. Havia sepulturas de todos os tamanhos e formas, como se uma grande população já houvesse habitado há muito tempo o local agora solitário e silencioso.

Alguns túmulos tinham sido profanados, por isso exibiam esqueletos assustadores e repugnantes. Ossos parcialmente esfacelados e carcomidos se encontravam expostos em um canto e outro, assombrando ainda mais a solidão abafada e causticante do deserto.

Por mais mórbido que parecesse, havia um esplendor e majestade enigmáticos no cenário degradante e arrepiante do amplo vale de ossos secos e mármore trincado.

– Ainda acho que deveríamos ter seguido para o litoral – relembrou Gail. – Além do mais, caso você tenha se esquecido, meu pai disse que viria para esta região. O exército de Enigma não acamparia em outro lugar que não fosse a praia. Seguir na direção oposta em que estamos, seria a coisa mais sensata a fazer.

– Não posso perder a oportunidade de investigar a grande pirâmide. Olhe para aquilo! – Isaac respondeu, apontando para a frente, enquanto mantinham a passada. – É deslumbrante, Gail!

À medida que conversavam, caminhavam e observavam com encantamento a arte antiga e distinta de uma era que há muito havia passado. Nada do que Gail já tivesse visto se aproximava das escandalosas e misteriosas formas geométricas que compunham as esculturas, as escritas nas lápides e as imagens ruinosas do cemitério.

Pelos desenhos dos livros da biblioteca da escola, ela conhecia o Cemitério dos Anões, assim como a colossal cidade dos gigantes com sua estrutura megalítica. Ouvira falar da Terra Encantada e de Aqueônia, cada povo com sua cultura e arquitetura diferenciada, mas nunca imaginara construções, ambientes e estruturas decorativas tão impressionantes e hipnotizantes como os que estavam diante de seus olhos.

A cada passo, uma sensação de insignificância se apoderava de Gail, um sentimento de pequenez, de ser apenas um grão de areia, como os que compunham o imenso deserto à sua frente, na história de toda a existência.

– É tudo tão assustador e ao mesmo tempo lindo por aqui – confessou ela, depois de uma longa caminhada em silenciosa contemplação.

Aproximavam-se da base do gigantesco monumento.

– Então? O que você pretende fazer agora? Circundar a construção? Parece ter quilômetros de perímetro. Não conte comigo para isso.

Isaac riu e apontou para uma estrutura fabulosa, semelhante a dois umbrais. Gail compreendeu que se tratava de uma espécie de portal para adentrar a pirâmide, mas estava fechado.

A sofisticação dos entalhes denunciava a perfeição de formas que desafiavam todas as leis da geometria, pervertendo-as. Um arco conectava os pináculos de cada umbral megalítico, preenchido com desenhos estranhos e incompreensíveis. Havia mistério e obscuridade na escrita encontrada entre as formas indefinidas que constituíam o elevado relevo do portal, embora um texto na horizontal se destacasse. Centralizado, como se fosse um aviso ou instrução, ele chamava a atenção em relação aos demais.

SATERROC SADITAB SA E AIDOLEM AMU ED MOT O MOC
LATROP O ARIRBA ARUP AMLA AMU ETNEMOS

Logo abaixo da estranha escritura, outro texto em menor tamanho fora colocado na linguagem dos humanos.

SEMPRE EXISTIRÁ TORMENTO ELEVADO
QUANDO UM ANJO TENTAR REBELIÃO OUSADA

– A frase diz respeito a Hastur – explicou a garota, sem fazer ideia de que conversava com ele em pessoa. – O anjo que se rebelou.

– Todos sabemos quem é ele, Gail – respondeu o falso Isaac. – A escritura na entrada da pirâmide claramente se refere a ele.

– Nem todos sabem. Você não se lembra? No Pântano Obscuro, Huna precisou explicar sobre a história dele para muitos de nós.

"Você não se lembra?" era a pergunta que mais poderia inquietar Hastur durante seu novo disfarce. E passou a ser uma pergunta frequente de Gail.

O anjo tinha um truque. Ele estava com os dados em um dos bolsos e o pergaminho escondido em outro. Não precisava tocá-los. Precisava apenas desejar saber o que Huna e Gail conversaram no Pântano Obscuro e ele imediatamente apareceria naquele tempo e espaço para assistir ao que havia acontecido. No segundo seguinte, ele já estava de volta na frente da menina. E tudo sem que ela pudesse desconfiar.

– A fada poderia ter se enganado sobre muitas coisas.

– Nós nunca duvidamos dela. Por que duvidaríamos agora, Isaac?

– Estou apenas dizendo. Olhe esse monumento diante de nós. Existem muitos mistérios no mundo, Gail. E quem nos garante que só exista esse mundo que conhecemos? As chances de alguém, limitado a esta dimensão, estar errado são muito grandes.

A conversa com o impostor faria total sentido para qualquer jovem que se encontrasse na mesma situação que a filha de Bátor. Mas Gail era uma menina muito inteligente e seu raciocínio lógico lhe fornecia uma grande vantagem.

O Isaac Samus que estava diante dela se referiu a Huna de uma maneira muito impessoal, chamando-a apenas de fada e não por seu nome. Também falou sobre a possibilidade de outros mundos, outras dimensões.

Esses detalhes poderiam não significar muita coisa, como também poderiam significar tudo. E a cada instante que ela passava ao lado dele, mais se intensificavam suas suspeitas sobre ele não ser quem dizia ser.

– Se ficarmos de conversa sobre o passado, acabaremos mortos neste deserto – complementou o anjo. – Deveríamos tentar entender o que significa aquela inscrição estranha. Ela parece estar em outro idioma.

Gail observou novamente o aviso no pórtico. Ela sabia que a frase tinha sido escrita de trás para frente. Mas isso já não deveria ser mais um enigma tão difícil de se resolver para Isaac. Afinal, eles tinham decifrado os quadros de Penina na Biblioteca Amarela. Por que ele não percebera ainda? Gail preferiu não dizer nada e testá-lo.

– "Somente uma alma pura abrirá o portal com o tom de uma melodia e as batidas corretas." Não se trata de outro idioma. A frase foi escrita de trás para frente, Isaac.

O natural seria que ele ficasse alegremente surpreso por aquele enigma se assemelhar ao dos quadros na biblioteca. Talvez fizesse menção aos quadros. Mas Isaac demonstrou surpresa e alegria pelo fato de a amiga tê-lo decifrado tão rapidamente, como se fosse a primeira vez que resolvessem um mistério semelhante.

– Você é genial, Gail. Quanta inteligência! Parabéns! Estamos indo muito bem.

Para disfarçar suas suspeitas, ela devolveu-lhe um sorriso, enquanto ele começou um raciocínio.

– Liutprand nos falou sobre "o tom de uma melodia". Exatamente como diz a inscrição. – Ele ainda suspeitava de que a ampulheta fosse o Objeto de Poder dos anjos.

– Não estamos com a ampulheta, Isaac.

O garoto remexeu em seus bolsos e retirou de lá a forquilha.

– Mas temos outro objeto capaz de emitir som.

– Faz sentido. O diapasão dá o tom para afinação de instrumentos. Sendo assim, permite determinar o tom de inúmeras melodias.

Novamente o sentimento de estranhamento dominou os sentidos de Gail. Como o diapasão foi parar logo no bolso da calça de Isaac?

– Mas, se for realmente isso, como saberemos quantas vezes tocá-lo?

– Eu acredito que a resposta para esta pergunta esteja na inscrição logo abaixo – Isaac apontou para a frase que falava sobre a rebelião do anjo.

Gail estancou. Ela já percebera que estava sendo conduzida pelo companheiro. Não parecia como nas aventuras anteriores, em que tudo era muito difícil de resolver e eles demoravam a decifrar os enigmas. Era como se Isaac já soubesse tudo o que precisava ser feito. Outra vez, ela tentou dissipar o medo de seus pensamentos, para não deixá-lo se manifestar em suas atitudes e revelar suas suspeitas.

As sombras no solo devoluto do deserto já indicavam que passara do meio-dia. Eles estavam protegidos dos raios solares pela grande pirâmide, e o céu permanecia sem nuvens e sem vento.

Gail sabia quantas batidas deveriam dar. Leu novamente a frase sobre a rebelião do anjo e confirmou a resposta do enigma. Mas não queria entregar a solução para Isaac.

SEMPRE EXISTIRÁ TORMENTO ELEVADO
QUANDO UM ANJO TENTAR REBELIÃO OUSADA

Era, de fato, uma espécie de charada e a resposta estava diante dos olhos deles. Na simples frase deveriam encontrar um número. E ele estava lá, oculto, disfarçado. Mas não para o raciocínio ágil e preparado da garota. Ela leu novamente e confirmou.

Gail sabia que portais trancados por magia, geralmente, possuem janelas de tempo para serem abertos. Também costumam ser encerrados e utilizam-se de enigmas para ter suas fechaduras abertas, ou as duas coisas juntas, como parecia ser o caso daquele que estava diante deles na grande pirâmide.

Ela sabia disso por causa das inúmeras histórias que ouvira sobre os reis e povos antigos de Enigma. Era comum, na maioria das aventuras narradas, existirem portais e fendas selados pelos quais os aventureiros precisavam passar. E sempre existiam requisitos para que a entrada fosse concedida.

A próxima atitude de Isaac não foi menos suspeita do que as anteriores. Ele estendeu a mão para Gail, entregando-lhe o diapasão.

– Acho que descobri quantas batidas devemos dar para abrirmos a porta de entrada da pirâmide. Tome! Bata você!

– Como você sabe o número de batidas? E por que eu?

– Leia o que está escrito logo abaixo da frase invertida. Perceba que a letra inicial de cada palavra está em maiúscula. Junte cada uma das letras iniciais e terá um número: sete e quatro, setenta e quatro.

Isaac era muito bom com números, mas não era esse o caso naquele momento. O enigma não era matemático em essência e ele o desvendara rápido demais.

Gail tentou demonstrar empolgação e até surpresa pelo fato de Isaac ter descoberto a resposta de que precisavam, mas nem sequer teve tempo de se manifestar. Isaac a interpelou com uma estranha demanda:

– Eu acho melhor você dar as batidas, Gail. Você é uma menina de sorte.

Ainda sem entender a justificativa, que parecia não ter base alguma para se sustentar, Gail aceitou pegar o diapasão. Sua mente trabalhou a mil por hora, tentando criar uma situação que pudesse lhe dar vantagem sobre toda a estranheza e mistério que ela estava vivendo.

O diapasão poderia ser um Objeto de Poder. Essa afirmação ainda estava no campo da incerteza para ela. Contudo, ele preenchia um dos três requisitos, que segundo a inscrição, permitiria a abertura do portal da pirâmide: ele emitia o tom de uma melodia.

O segundo requisito era um determinado número de batidas, que eles acabaram encontrando na segunda inscrição.

Por fim, existia o trecho da mensagem dizendo sobre uma "alma pura". Por algum motivo, que Gail desconhecia, o garoto que supostamente era Isaac Samus lhe pedira para executar as batidas no portal, isentando a si mesmo de fazê-lo.

Novamente aquele sentimento de estar sendo conduzida a fazer algo, que nem ela mesma poderia imaginar as consequências, a tomou.

A garota sabia que estava travando uma luta, mas não com armas físicas, e estava perdendo. O segredo nessas horas, e isso ela aprendera muito bem com Bátor, seu pai, era tentar virar o jogo e começar a dar as cartas, conduzir ao invés de se deixar ser conduzida.

Em milésimos de segundos, pensando e pesando tudo isso e muito mais em sua mente, ela chegou a uma conclusão que deixaria o impostor queimando de raiva por dentro do corpo que ele usava como disfarce.

– Isaac, me dê também os dados!

O olhar do garoto se incendiou como se ardesse em chamas. Hastur entendeu exatamente o que lhe fora pedido, contudo, se fez de bobo.

– Os dados?

– Sim. Os Dados de Euclides. Você me mostrou mais cedo. Estão com você, não estão?

– Mas por quê? Acabamos de decifrar o enigma. Você não precisa dos dados.

– Então, dê as batidas você.

Um impasse se instaurou, e Gail deixava claro que não estava mais disposta a cumprir as ordens e sugestões do companheiro.

– Qual o problema de você me passar os Dados de Euclides? Já o fez antes e nunca colocou em dúvida nossa amizade. Por que você está agindo tão diferente hoje? O que está acontecendo?

Mesmo sem revelar suas dúvidas e suspeitas, Gail agiu com maturidade, colocando a verdade diante deles.

– Gail, quando você deixou de acreditar em mim?

– Não, Isaac. Não me venha com essa conversa. Eu estou há horas caminhando com você em um deserto, para uma direção que não é a que eu queria seguir, somente por causa da confiança que tenho em você. Quem parece ter deixado de acreditar no outro foi você. Se você quer que eu toque o diapasão, terá que confiar em mim e me passar também os Dados de Euclides.

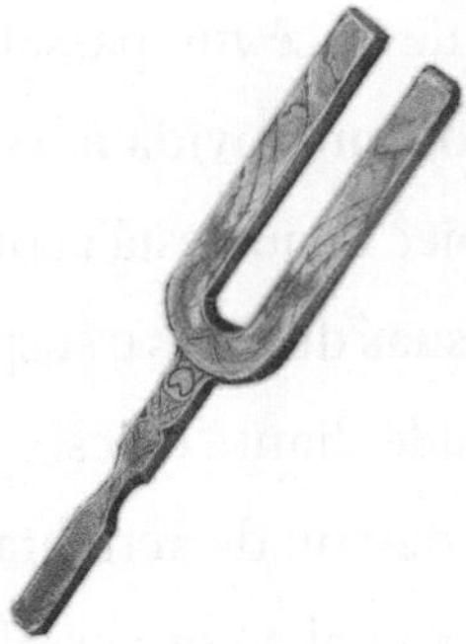

O MAPA MENTAL DE GAIL

Escurecia depressa como se uma sombra de mau agouro cobrisse todo o céu de Enigma.

Relutantemente, o falso Isaac enfiou a mão no bolso e pegou o farnel. O pedido de Gail fora um golpe em seus planos. Ele sabia os riscos de passar-lhe o Objeto de Poder. Entretanto, a garota se justificara bem.

Durante todo aquele dia, ele a conduzira pelo deserto, martelando em sua mente a necessidade de seguirem para as pirâmides, e agora não conseguia inventar uma boa mentira que explicasse por que ela deveria usar o diapasão em seu lugar.

Seus planos foram abreviados quando o anão albino sobrevivera à queda do promontório, e ficaram mais complexos. Afinal, era Letícia quem deveria estar no lugar da filha do paladino, todos os Objetos deveriam estar com Hastur e seus Possuidores, mortos.

O momento de hesitação durou menos que um suspiro. Se ele voltasse a falar em confiança, perderia para ela outra vez. Apressara-se a chegar até a entrada da pirâmide, porque não queria passar a noite desabrigado no deserto. Dessa forma, abandonara o tempo necessário para ganhar a confiança de Gail. Agora, precisava que ela executasse o feitiço de abertura do primeiro portal e não tinha como obrigá-la.

– Você tem razão. Eu não sei o que aconteceu comigo. Não tenho motivos para não confiar em você, não é? – desculpou-se Isaac.

Ele não respondeu com um sorriso, mas pareceu convincente. Ela pegou o farnel de suas mãos e retribuiu com um aceno de cabeça.

Logicamente, nessa altura da jornada, nenhum dos dois confiava mais no outro. A atitude de Gail de pedir o Objeto de Poder em troca de executar o procedimento para abrir o portal da pirâmide fora mais do que explícita para Hastur: a garota o enganara por todo o percurso do deserto. Ela não tinha certeza de quem se ocultava naquele corpo parecido com o de Isaac, mas sabia que não era seu amigo.

Isaac se tornara um desconhecido para ela, que não tomara a decisão de fugir porque também temia o que o impostor seria capaz de fazer, caso ela tentasse deixá-lo. Ele tinha muito mais força física do que ela, e ainda portava objetos poderosos.

Gail se perguntava como seu relacionamento com Isaac Samus chegara ao ponto de parecerem estranhos um para o outro. E a única explicação que lhe vinha à mente era: aquele não era Isaac.

Contudo, agora ela detinha o poder dos Dados de Euclides, o poder de saber sobre coisas futuras. Mas saberia usá-los sem deixar com que Isaac desconfiasse o que ela desvendava?

Vira Isaac rolar os dados muitas vezes durante a busca pelo Cubo de Random. Mas também descobrira que o poder de vidência se manifestara no garoto sem que ele os tocasse. Isso acontecera em Abuttata, em Corema e também durante a jornada pelo mar.

– Vamos! O que está esperando? Precisamos saber se estamos certos – pressionou o impostor. – Toque o diapasão!

– Eu não compreendo o porquê de tanta pressa, Isaac. Já alcançamos os monumentos. Era o que você queria, não era?

– Está escurecendo, Gail. Esse é o motivo. Olhe a imensidão solitária dessa região. Se temos que passar a noite neste lugar inóspito, que seja protegidos dentro da pirâmide.

Ele tinha razão. As sombras alongadas, projetadas pelos últimos raios de sol, começavam a desaparecer, dando lugar àquelas geradas pela luz da lua no horizonte oposto.

Gail releu os dizeres no umbral:

SEMPRE EXISTIRÁ TORMENTO ELEVADO
QUANDO UM ANJO TENTAR REBELIÃO OUSADA

Em seguida, aproximou-se da construção rochosa e martelou o Diapasão de Haendel na porta. Um som potente ecoou, reverberando por longa distância na planície desértica. Mas nada aconteceu.

Isaac meneou a cabeça incentivando-a a tocar novamente. Eram necessárias mais setenta e três batidas.

– Dez batidas, Gail! Continue – disse Isaac. – Não deixe o som cessar antes da próxima batida.

O garoto deu a orientação como alguém que sabe exatamente o que deve ser feito, causando temerosa hesitação na garota.

Quinze badaladas, dezesseis, dezessete... nada acontecia.

Eles teriam interpretado corretamente a inscrição? O caminho para abrir a porta para o interior da pirâmide estaria correto?

Uma vibração sonora se sobrepunha à próxima, reforçando a nota musical Lá, emitida pela forquilha a 422,5 ciclos por segundo.

Trinta e duas, trinta e três, trinta e quatro... apenas o som e nada mais ocorria na cena solitária e estática do Deserto da Desolação.

Enquanto Isaac contava em voz alta para não perderem o número de batidas, Gail apenas executava o toque, buscando preencher sua mente com possibilidades do que o destino poderia lhe reservar.

Ela pensou nos dados que agora estavam guardados no bolso de sua calça, pensou na possibilidade de a porta da pirâmide não se abrir, pensou na possibilidade de tudo aquilo não passar de um sonho. Sua mente trabalhou, como sempre, conectando fatos e procurando encontrar uma ligação entre eles. Pensou também em cessar as batidas, embora não tenha encontrado a razão pela qual não o fez.

Cinquenta e cinco, cinquenta e seis, cinquenta e sete...

Isaac continuava a contar, e ela, de costas para ele, um pouco recurvada, olhava continuamente para a parede de pedra à sua frente, enquanto tocava o diapasão.

Sessenta e sete, sessenta e oito, sessenta e nove...

Havia anoitecido quando a última batida do diapasão soou.

A forquilha na mão de Gail começou a brilhar. Uma luz intensa irradiava dela como se o próprio sol tivesse retornado para iluminar o deserto.

O encantamento daquela magia estranha hipnotizou a menina que, ainda surpresa, notou que de dentro de seu bolso outra luz surgira. Os dados também ficaram radiantes. Os dois companheiros se entreolharam curiosos com o fenômeno. Era como se algo tivesse sido ativado no reino espiritual e se projetado nos Objetos.

Antes que um deles pudesse manifestar sentimentos – medo, surpresa, esperança, curiosidade... –, Gail notou que um terceiro brilho fugia de dentro da abertura do bolso da calça de Isaac.

Não se tratava de reflexos do brilho da forquilha ou dos dados. O que quer que Gail tenha feito ao tocar setenta e quatro vezes o diapasão, provocara a emanação luminosa. E se uma terceira luz estranha brigava para sair de dentro do bolso de Isaac, significava que um terceiro Objeto se encontrava em sua posse.

Instintivamente, Gail voltou a olhar para a porta da pirâmide, tentando disfarçar o medo causado pela descoberta.

Ela não estava certa se o impostor também havia notado, porque não tiveram tempo para conversas. Abruptamente a parede de pedra à sua frente se partiu de cima a baixo e as duas partes começaram a se mover horizontalmente em direções opostas, abrindo o caminho para o interior do monumento.

– Conseguimos – festejou Isaac.

Contudo, ele notou que Gail não parecia feliz.

Impassível, ela assistiu a luminosidade desaparecer do Objeto em suas mãos. Controlou a curiosidade de voltar o olhar para Isaac e verificar se a radiância também desaparecera da abertura do bolso de sua calça.

A escuridão no interior da pirâmide era densa e quase palpável, como a consistência de uma gelatina, como se uma substância de outra dimensão encurvasse o ar e o forçasse a se liquefazer.

– Agora, me dê o diapasão, Gail.

Cheia de dúvidas, ela pensou em não o devolver, provocando outro instante de tensão entre eles.

– O que foi? Eu te passei os dados como você me pediu, lembra-se?

Uma voz dizia claramente dentro da cabeça da garota para não ceder. Porém ela ainda não sabia que era o poder dos dados lhe mostrando o futuro. A mente de Gail se perguntava: "Devo entregar o diapasão para ele?", e os Dados de Euclides lhe respondiam: "Não".

Sem muito relutar, ela acabou cedendo e assim a posse do diapasão voltou a ser do falso Isaac. Ele guardou o Objeto no bolso oposto ao qual Gail observou a radiância durante a abertura do portal de entrada para a grande pirâmide.

– Este é, de fato, um Objeto de Poder – declarou o impostor. – Você viu o que fizemos? – perguntou, apontando para a escuridão na boca do portal.

– Você acha realmente mais seguro adentrarmos essa construção e passarmos a noite nesse antro? Não sabemos o que há aí dentro, Isaac. Essa escuridão... Isaac, temos as ruínas da cidade na base da pirâmide...

– Do que você tem medo, Gail?

Ela não respondeu.

– É do escuro? Você viu como a forquilha brilhou? Deve haver um jeito de fazê-la se acender novamente e iluminar o caminho para nós.

E assim que o falso Isaac disse aquilo, bateu com o diapasão na parede de pedra e disse:

– Haja luz!

O Diapasão de Haendel voltou a brilhar, dessa vez não com tamanha intensidade como da primeira vez, embora o suficiente para servir-lhes como lanterna.

– Como você sabia disso, Isaac?

– Eu não sabia. Estava apenas brincando e funcionou.

– Você nunca foi tão assertivo.

A frase soou irônica, mesmo que não fosse a intenção de Gail, mesmo que a entonação em sua voz tivesse sido suave e tranquila. Ela não estava conseguindo mais esconder que tudo era suspeito em seu companheiro. As máscaras na relação entre eles já não se sustentavam mais.

Gail desejou estar ao lado de Isaac, do verdadeiro Isaac, e pensou no que poderia ter acontecido com ele. Estaria vivo? Quem o substituíra? Como? Por quê?

Ao se perguntar se deveria adentrar a pirâmide, a mesma voz que escutara em sua mente lhe dizendo para não entregar o diapasão para Isaac voltou a ser ouvida: “Entre”.

Aquilo parecia bizarro, mas a fez se lembrar dos dados em seu bolso. Sim! Poderia ser uma resposta deles para ela, afinal, era para isso que eles serviam: mostrar as melhores opções, decisões, a serem tomadas por seu Possuidor.

– Você tem razão – respondeu ela. – Talvez o interior da pirâmide seja mais seguro para passarmos a noite.

Então, Isaac tomou a dianteira e, passo a passo, caminhou cauteloso, iluminando o gigantesco corredor rumo ao interior do monumento.

Gail se perguntava se haveria uma maneira de saber se aquela voz realmente vinha do Objeto de Poder.

Ela pensou que poderia formular perguntas que possuíssem variadas respostas, esperar a voz lhe dizer qual das respostas Isaac lhe daria e, finalmente, fazê-las ao garoto. Se três ou quatro respostas a perguntas diferentes coincidissem com a que ela havia pensado, haveria grande probabilidade de estar ouvindo a “voz do Objeto”.

“Se eu perguntar se ele está com outro Objeto no bolso, ele poderá dizer que não, mas também que sim.”

A voz lhe respondeu: “Ele dirá que não”.

Mas Gail sabia que ele poderia responder que sim e inventar alguma desculpa para justificar o porquê de não lhe ter contado antes.

“Tudo bem. Então, ele dirá que não”, pensou ela, como se conversasse com “a voz”.

"Então, eu lhe pedirei para olhar seus bolsos. Ele me permitirá ou arrumará alguma desculpa para que eu não o reviste?"

"Ele não permitirá", disse a voz em sua cabeça.

"Direi que não o acompanharei na jornada. Ficarei nesse corredor até o amanhecer e, na manhã seguinte, seguirei para a praia."

"Ele lhe fará uma proposta: devolva-me os Dados de Euclides e eu a deixarei revistar meus bolsos", esclareceu a voz.

Enquanto Gail formulava uma espécie de mapa mental para organizar o raciocínio, caminhava logo atrás de Isaac, seguindo a luz da forquilha.

Era impossível iluminar o teto do corredor, indicando que o pé direito da construção suplantava em muito a altura de um gigante. Lendas passadas e crenças antigas povoaram os pensamentos de Gail, dissipando momentaneamente a montagem do diagrama que ela formulava mentalmente.

Seguiam tateando a parede do lado direito, sem conseguir enxergar o que deveria estar do outro lado, formando o corredor. Mas, de alguma maneira, Gail acreditava se tratar de um amplo duto, que os conduziria a uma câmara central na base da construção.

– Isaac, você viu a luminosidade que os Objetos emitiram quando conseguimos abrir a porta da pirâmide?

O garoto continuou caminhando, mas respondeu com um breve: "Claro".

– Eu também vi a luz sair do bolso de sua calça.

Ele se manteve mudo.

– O que foi aquilo? Seja sincero, você possui um terceiro Objeto de Poder?

– A radiância emitida pelos dois Objetos, provavelmente, causou uma ilusão nos seus olhos. Por que eu guardaria um terceiro artefato mágico sem lhe dizer? Somos amigos, Gail. E você tem me assustado – discursou o falso Isaac, sem reduzir a marcha rumo ao centro da construção.

A "voz" estava certa. Mas ainda não significava que ele estivesse mentindo.

– Você me deixaria revistar o seu bolso?

Isaac parou. Voltou-se para trás e encarou a companheira. Sua mão direita continuava levantada, segurando o diapasão que lhe servia de lanterna. As sombras em seu rosto eram assustadoras como silhuetas de espectros do além.

– Vamos recomeçar essa disputa tola? – perguntou ele. – Aonde você quer chegar com isso?

Embora tivesse uma resposta pronta para aquela pergunta, Gail não a revelaria. Era parte de seu plano para confirmar a sinceridade ou falsidade do garoto que a acompanhava.

Pela segunda vez, "a voz" havia acertado a reação dele. Isaac não a deixou revistá-lo.

Gail não dominava a matemática como Isaac Samus, mas sabia que uma terceira e última cartada naquele jogo de porcentagens e probabilidades seria suficiente para lhe garantir certa confiança na "voz" que falava em sua mente. Não era uma voz comum, afinal, ela portava o Objeto da vidência.

– É muito estranho, porque desde que surgimos neste deserto você está sempre me fazendo sentir culpada por qualquer atitude que não corrobore com suas intenções – disparou Gail, sem eufemismos. – Cada palavra sua tenta colocá-lo numa posição de vítima, como se eu tivesse que agir, falar ou me mover simplesmente por pena de você. Acabou.

Isaac estancou novamente. Dessa vez, parecendo ainda mais sinistro.

– Eu não vou me mover daqui. Passarei a noite neste corredor escuro e ao amanhecer seguirei para a praia.

– Pare! – gritou o impostor, abrandando a voz em seguida. – Não se trata de me fazer de vítima. Você precisa admitir que, se tem alguém aqui que está sendo obrigado a fazer alguma coisa, sou eu.

O discurso falacioso do falso Isaac já não conseguia moldar os sentimentos de Gail. Ela sabia que ele estava errado, que mentia. Contudo, deixou que ele se defendesse.

– Veja, agora. Isso é quase uma chantagem. Você me abandonaria neste deserto, se eu não deixasse você me revistar? Que loucura, Gail.

– Eu disse: acabou! Você está sendo novamente vitimista e jogando a culpa em mim. Muitas perguntas não foram respondidas hoje. Eu tenho direito de cuidar para garantir que não esteja sendo enganada.

Isaac arregalou os olhos diante de tamanha sinceridade.

– Vamos fazer o seguinte – disse ele. – Eu sei que não há nada no meu bolso e também não me sinto confortável em vê-la me revistando como se fosse um guarda. Mas eu a deixarei fazer isto com uma condição.

Para espanto da garota, ela já sabia o que ele iria propor.

– Devolva-me os dados. Acho uma troca justa.

Entregar-lhe os dados era um cenário possível em mil. Mas a "voz" na cabeça de Gail havia previsto exatamente esta proposta. A bizarrice da pré-ciência estava confirmada para ela, embora mantida no âmbito experimental.

No meio de toda escuridão em que Gail se encontrava, desde que acordara no deserto, finalmente, agora ela tinha algo que poderia ser usado a seu favor: a "voz". Ela não poderia entregar ou perder o Objeto de Poder que se encontrava em seu bolso. E não somente isso, ela deveria fazer de tudo para usá-lo com muita sabedoria.

Como num piscar de olhos, ela se perguntou se deveria ficar parada no corredor e não entregar os dados para Isaac, e a "voz" lhe disse que não.

– Esqueça, Isaac. Você tem agido de um jeito muito estranho. Mas toda essa situação não tem feito bem para mim também. Precisamos encontrar um lugar aconchegante dentro da pirâmide para passarmos a noite.

– Como assim? Você desistiu de me revistar?

– Vamos deixar as coisas como estão.

O garoto vasculhou o olhar da companheira em busca de algum sinal de verdadeira intenção. Não sorriu. Virou-se de costas para ela e continuou a caminhar pela escuridão após o bizarro instante de conversa.

Gail enfiou a mão no bolso e tocou o alforje com os dados, como se clamasse a alguém por ajuda. Então, se perguntou: "Este garoto na minha frente é verdadeiramente Isaac Samus?". A resposta veio como uma lâmina capaz de dilacerar tudo o que encontra pela frente: "Não".

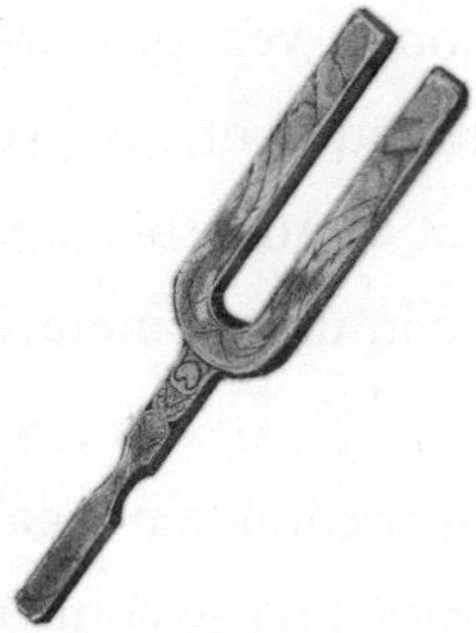

OS LIVROS PROFÉTICOS

Os últimos raios de sol iluminavam com um brilho frouxo as Ruínas de Zara, quando os Possuidores pousaram a quinhentos metros de distância da primeira muralha que cercava o acampamento do exército de Enigma.

– Le, precisamos nos apresentar para eles; enquanto isso você tem que me prometer uma coisa: que não irá até as pirâmides, por favor. A vida de Gail depende disso – pediu Isaac.

O lictor se contorceu como uma criança que afirma obedecer aos pais a contragosto.

– Pelo menos por enquanto, você compreende? Vamos encontrar uma maneira de resolver tudo isso, eu…

Isaac não conseguiu dizer "eu prometo", porque ele não tinha certeza e porque foi inundado por uma sensação de terror.

– Eu… – engasgou outra vez, procurando palavras. – Eu preciso confessar que estou com muito medo do que está para acontecer, mas acredito que encontraremos uma solução.

Pedro aproveitou a confusão temerária de Isaac e traduziu o que escutava do Lictor.

– Ele disse que vai caçar comida no mar e dormir entre as pedreiras ao norte do deserto. E vai tentar se controlar.

– Vamos derrotar Hastur, Le.

O animal olhou de forma condescendente para o grupo e alçou voo na direção do oceano.

Os guardas na muralha das ruínas já tinham notado o pequeno grupo de viajantes que chegara. Preparavam-se para interpelá-lo, quando escutaram o rufar das asas do grifo antes de vê-lo, fabuloso, se distanciando no céu. Olharam para baixo, abriram o portão e se aproximaram.

Após se identificarem, pediram para falar com Bátor ou com quem estivesse no comando. Assim, foram levados à presença do general Spencer.

– Que grupo peculiar – disse o general.

Nesse momento, Isaac se recordou de quando Huna os encontrou no Pântano Obscuro. Ela falou algo parecido.

Como porta-voz, Isaac se adiantou em explicar de onde vinham e que tinham urgência em encontrar-se com Bátor.

– Vieram ao lugar certo. Eu mandei avisá-lo da presença de vocês.

Spencer aproximou-se de Chifrudo e o contemplou com entusiasmo.

– Ele voa? – perguntou, com vontade de apalpar as asas do unicórnio.

– Divinamente, general – respondeu Aurora com um sorriso amistoso.

– É inacreditável que vocês tenham vindo do Arquipélago das Sete Irmãs. Não precisaram de um navio para atravessar o mar – divagou o general, recordando-se de quando Bátor o avisou que poderes misteriosos foram despertados em Enigma e que a guerra que estava por vir poderia surpreender a todos.

– Isaac! – gritou Bátor, assim que avistou o amigo.

Os dois se abraçaram.

– Pedro, Aurora, Arnie... – os olhos do paladino sorriram desconsertados para Letícia, com sua enorme cicatriz no rosto, enquanto procuravam por Gail. – Onde está minha filha? E Le Goff?

Um clima semelhante ao de luto encheu o pátio de entrada da fortificação. O silêncio foi tão forte que puderam ouvir o quebrar das ondas do mar e o burburinho de fim de tarde dos soldados na campina sul.

– Nós fomos enganados, Bátor. Enganados por Hastur! Ele levou Gail.

Os lábios do soldado, como o talude de uma represa cheia que atalha um volume infinito de água, tremeram tentando conter as inúmeras perguntas reprimidas.

Entendendo a gravidade da notícia e tentando minimizar o sentimento ruim que se apoderara de todos, o general Spencer deu ordens para que servissem comida para os forasteiros.

– Não tivemos chance de fazer nada – continuou Isaac, enquanto seus amigos eram conduzidos para um salão espaçoso com amplas mesas e cadeiras.

Eles passaram as horas seguintes atualizando o paladino e o matemático sobre tudo o que sabiam e o que tinham vivido.

– O que vai nos garantir que o lictor não voe até as pirâmides? – perguntou Bátor.

– Nada – respondeu Isaac. – Le Goff está conseguindo controlar a força da besta porque o Objeto de Poder se afastou muito dela no momento em que foi roubado. Mas, acredite em mim, eu já estive naquele lugar, não deve estar sendo fácil para ele.

– Precisamos colocar nossa energia naquilo que temos e que podemos usar a nosso favor – disse Aurora, retirando um livro de sua bolsa. – Eu passei dias lendo o grimório de minha mãe. Ela pesquisou sobre o poder dos Objetos por anos e sabia a respeito dos lictores. Eu também já vivi a experiência de me transformar em um, Isaac. Embora se pareçam com um monstro, os lictores são uma força, a força do conhecimento e da sabedoria divina manifestada nos seres viventes. E uma vez que entramos em contato com um deles, parte dessa força passa a viver em nós.

Letícia anuiu com um movimento de cabeça.

– O que você quer dizer com isso? – perguntou Pedro.

– Ainda não tenho certeza, mas precisamos encontrar a resposta para essa questão, lembrando que fomos, de alguma maneira, tocados pelos Objetos.

– Isaac também tem um livro que pode ser útil – disse Letícia. – Talvez encontremos as respostas nele.

– Você tem razão – concordou a fada. – O *Diário do Anjo*. Hastur está atrás dele. É o prêmio pela vida de Gail.

Bátor estremeceu ao escutar aquilo.

O general Spencer ouvia tudo com curioso espanto. Acostumara-se com guerras cujas armas eram espadas e lanças manejadas por soldados em cavalos. Agora o grupo à sua frente lutava contra um inimigo invisível, que, segundo o que diziam, teria até mesmo a capacidade de saber tudo o que eles estavam falando ao redor daquela mesa. E as maiores armas para vencer aquela nova realidade de batalha eram objetos mágicos e livros.

Bátor pegou o *Diário do Anjo* das mãos de Isaac e começou a folhear.

– Tenha cuidado – advertiu Letícia.

O paladino a encarou demonstrando incompreensão.

– A leitura da segunda metade do livro pode levá-lo à loucura – explicou a garota.

– Este é o livro que fez com que Euclides tirasse a própria vida. Ele contém informações sobre os Objetos de Poder e também sobre os Objetos Trevosos – completou Isaac.

– A pena, o manto, os dados, a roca e o fuso, a ampulheta da qual me falaram… – Bátor viu os desenhos no livro, enquanto folheava algumas páginas. – Não podemos ficar parados, Isaac. Eu tenho que ir até a pirâmide buscar minha filha.

– Não, Bátor! Você não compreende? Ele está com o pergaminho e pode, quando quiser, voltar no tempo e saber o que planejamos. E eu não tenho os dados para me orientar ou me mostrar a melhor decisão a ser tomada. A única coisa que podemos fazer é obedecê-lo.

– De forma alguma, Isaac. É a vida da minha filha que está em jogo.

– Eu sinto muito.

– Mas por que ele quer o livro? E por que precisa estar nas mãos dele até amanhã à noite? – Os questionamentos não passavam de perguntas retóricas feitas por Aurora.

– A vida de Gail corre perigo… – balbuciou o paladino, consternado.

Repentinamente o Manto de Lilibeth começou a brilhar e todos olharam para a fada.

– O que significa isso? – perguntou o general Spencer.

A confusão estampava-se no rosto de todos os presentes.

Contudo, a estranha magia não ficou contida apenas ao brilho desconhecido emitido pelo Objeto da fada. A pena no chapéu de Pedro também reluziu.

Isaac retirou o Cubo de Random do bolso e confirmou que seu objeto também brilhava intensamente.

– Ei, pessoal? – disse Arnie, abaixando-se para falar com o grupo através da janela do pátio.

O gigante preferira ficar a sós, fora do recinto, após o jantar. Ele ainda pensava na trágica morte de Matera e agora também em como tudo mudara com Le Goff ficando preso ao corpo do lictor.

Arnie exibiu os braceletes emanando um brilho fabuloso.

– É Hastur! – respondeu Isaac. – Alguma coisa está acontecendo nas pirâmides e tenho certeza de que está sendo provocada por ele.

O general Spencer assistia à cena buscando compreender a aflição do grupo de Possuidores, mas ciente de que no mar perto dali inúmeros navios inimigos se amontoavam na iminência de começar uma batalha.

– Meus jovens, vejo que há muita coisa em risco, além do confronto bélico que se aproxima. Vidas estão em perigo e o futuro do Reino de Enigma é nebuloso. Mas vocês precisam descansar – sugeriu o general.

Letícia e Pedro assentiram. Isaac e Aurora sabiam que Spencer estava certo, mas não queriam admitir. Pelo menos não diante de Bátor. Para eles parecia indelicado falar em descansar enquanto a vida de Gail corria perigo.

– Eu não conseguirei dormir esta noite, general.

– Ele está certo, Isaac – corrigiu o paladino. – Nada poderemos fazer por Gail, se não estivermos com o corpo descansado e a mente tranquilizada. E, pelo que disseram, vocês passaram por muitas coisas ruins nos últimos dias. Se não estiverem restaurados, como poderão encontrar a melhor maneira de salvar minha filha?

Isaac se surpreendeu com a calma de Bátor ao pedir que descansassem.

– Está desaparecendo – observou Aurora, referindo-se ao brilho dos Objetos de Poder.

Ainda do lado de fora, Arnie olhava curioso para seus braceletes. Eles não sabiam que o portal da pirâmide havia sido aberto.

– General Spencer, você não está diante de um garoto – disse Bátor, segurando no ombro de Isaac. – Você está diante de um homem muito bem treinado. Eu mesmo o treinei.

Isaac levou a mão à cintura onde estava sua espada. Sentiu-se orgulhoso por ouvir as palavras de seu amigo.

– Ele liderou esse mesmo grupo que chegou hoje ao acampamento e salvou minha vida dos *goblins*. Isaac também salvou a rainha Owl, quando os espiões de Ignor tomaram o castelo disfarçados de gatos.

Spencer olhou com apreço para Isaac Samus.

– Você faz ideia do peso que as palavras de Bátor têm, meu jovem? Lutamos juntos em várias guerras. O que ele está dizendo é que posso confiar minha vida a você também.

– General, eu estou aqui para servir.

Spencer sentiu firmeza na declaração de Isaac e, mesmo que não se conhecessem tão bem ainda, passou a estimá-lo com a consideração que tinha pelo seu comandante mais fiel: Bátor.

– Não será fácil pegar no sono.

– Eu sei, Isaac. Minha cabeça também está a mil por hora – confessou o paladino.

– Antes de ir para cama, preciso saber um pouco mais do que se encontra no *Diário do Anjo*.

– Você me disse há pouco que este livro é perigoso.

– Letícia! – chamou Isaac. – Lembro-me de ter ouvido você falar que seu pai sempre cantava enquanto tentava decifrar os enigmas do livro. Preciso da sua ajuda, pois sou um péssimo cantor.

A garota riu e concordou.

– Existe uma maneira de fazermos a leitura sem que sejamos acometidos pela loucura que matou Euclides – explicou Isaac ao paladino.

– Precisamos ir para um local isolado – advertiu Letícia.

– Local isolado? – perguntou o general, curioso.

– Precisaremos nos concentrar. Pode ser que eu passe horas cantando. Isso pode incomodar as pessoas que estiverem por perto.

– Ah, sim. Temos uma cabana que ainda não foi ocupada e fica separada das tendas do acampamento – explicou Spencer.

O general deu ordens para que alguns soldados acompanhassem Isaac e Letícia e preparassem o local. Então, os dois se despediram do grupo e seguiram com os guardas para uma região próxima à floresta norte.

– Tenho algumas pessoas no acampamento que desejam falar com você, Aurora – disse o general Spencer, voltando-se para a fada. – Você está cansada demais e prefere se encontrar com elas amanhã ou posso avisar que você as verá esta noite?

Pedro ficou curioso ao ouvir que pessoas num acampamento militar conheciam sua amada.

– Do que se trata este encontro, general Spencer?

– Não quero atrapalhar a surpresa, garota. Mas posso garantir que você vai gostar.

– Então, leve-nos agora mesmo até elas – disse Aurora, referindo-se a ela e a Pedro.

O general olhou desconsertadamente para o aqueônio e falou:

– Sinto muito, minha querida. Talvez ele possa conhecê-las amanhã. Hoje querem falar a sós com você.

– Vá com ele, Aurora – respondeu Pedro, após ler a mente do general. – Você vai se alegrar muito com esse encontro.

Spencer, que ainda não conhecia o poder da Pena de Emily, se perguntou como seria possível o jovem saber que o encontro faria tão bem para a fada, pois ninguém, além do próprio general, sabia do que se tratava.

– Voltamos a nos ver pela manhã. E estaremos preparados para continuar essa missão – despediu-se Pedro, beijando carinhosamente a testa de Aurora.

O aqueônio caminhou com a fada e o general até o batente da porta, assistiu-os desaparecer pela escadaria do pátio e, em seguida, caminhou até Arnie.

– No que você está pensando, amigão?

O gigante olhou para Pedro e riu. Sabia que no instante em que seus olhares se cruzassem, Pedro saberia de tudo o que se passava em sua mente.

– Como viemos parar aqui, não é?

Arnie não respondeu.

– Há alguns meses, eu estava em uma colônia de férias com Isabela, minha irmã, e um bando de pestinhas – Pedro deu uma risada. – Achava tudo tão enfadonho e tedioso. Em tão pouco tempo, perdi minha cauda, quase perdi a garota que amo e também minha vida. E não parece que as coisas melhoraram muito até o momento. Você também sente isso, o quanto a vida pode nos surpreender e mudar tão bruscamente em tão pouco tempo? Não se culpe por Matera.

Arnie olhou novamente para Pedro.

– Também não se culpe pelo que aconteceu ao anão – completou o aqueônio.

– Ele está dormindo. Já se alimentou, sobrevoou os navios do exército de Ignor e depois retornou para o norte. Eu o vi no céu e posso escutá-lo ao longe respirando. A noite está escura, mas os Braceletes de Ischa ampliaram meus sentidos e eu os sintonizei na pulsação e nos batimentos cardíacos do lictor de Le Goff.

– Por isso preferiu ficar aqui fora.

– Ele está sofrendo, Pedro. Todos nós estamos.

– Eu não sei o que podemos fazer em relação à Gail, mas certamente poderemos usar nossos poderes para ajudar o exército de Enigma a vencer a guerra.

O colosso se calou.

– O que foi?

– Você não percebeu? Nossos Objetos nunca se comportaram dessa maneira. Aquele brilho estranho... – respondeu Arnie. – Existem muitas coisas acontecendo para além do plano físico que nossos sentidos não conseguem captar. Eu vi com meus próprios olhos a luta entre dois anjos, quando viajei no tempo portando meus braceletes e os dados de Isaac.

Pedro compreendeu.

– Você estava com três Objetos de Poder.

– Eu não acho que se trata somente do número de Objetos de um Possuidor. Algo está caminhando para o fim.

Arnie voltou a olhar para o céu negro à sua frente e Pedro não conseguiu saber a que o gigante se referia.

Bátor saiu ao encontro dos dois amigos e estancou ao seu lado.

– Este silêncio podia significar paz, mas se traduz em agonia – observou o paladino.

– Ele me faz lembrar o dia em que estive no calabouço bidimensional, logo abaixo do Cemitério dos Anões Alados – revelou o gigante. – Estava escuro e silencioso, mas muitas coisas aconteciam naquele mesmo lugar e eu não podia ver. Le Goff estava aprisionado e subjugado por um espírito maligno.

Bátor se aproximou da amurada leste, encostou-se, voltando-se para os dois companheiros.

– Você o salvou? – perguntou o paladino.

– Eu não fazia ideia do que estava acontecendo. Estávamos juntos em um momento e no seguinte ele desapareceu. Eu fiquei por lá, procurando por ele. Talvez tenha sido melhor eu não ser capaz de enxergar a outra dimensão, porque assim fui forçado a usar a cabeça e decifrar o enigma que me levou a encontrar você, Bátor.

– Isaac insiste para que eu não vá em busca de minha filha. Mas como?

– Eles passaram por muitas situações difíceis antes de todos nós chegarmos até aqui. Isaac compreende o quão difícil é pedir a você que não vá, mas sabe também o quão perigoso é. Dê uma chance a ele – pediu Pedro.

– Não foi o que você fez quando eu lhe pedi que ficasse em Corema, no castelo. Você ainda obrigou Arnie a seguir junto para a Montanha da Loucura em busca de Aurora. O que teria acontecido à fada se você não me desobedecesse?

Pedro se sentiu envergonhado. Bátor tinha razão. Ainda mais sendo pai de Gail. Mesmo estando com a saúde debilitada, devido ao ataque que sofrera dias atrás, não parecia certo ficar parado, sabendo que a vida de sua filha corria perigo.

– Não me leve a mal, Pedro – desculpou-se Bátor. – Eu só quis dizer que você sabe melhor do que ninguém como é estar em meu lugar.

O aqueônio assentiu, olhando nos olhos do capitão da guarda da rainha. E o que ele viu foi muita dor na alma do guerreiro, dor e desespero.

– Olhem para nós! Estamos destruídos por dentro – observou Pedro, voltando a falar sobre as mudanças drásticas da vida. – Pouco tempo atrás, estávamos felizes vivendo nossas vidas, com nossos conflitos cotidianos, preocupados em como passaríamos as férias de verão, como nos divertiríamos com os colegas da escola. Agora precisamos tomar decisões que podem destruir não só as nossas vidas, mas também a das pessoas que amamos. Talvez esses Objetos sejam amaldiçoados.

O gigante olhou para seus braceletes, repensando no que acabara de escutar. Bátor hesitou, mas percebeu que era necessário trazer razão à mente conturbada do aqueônio.

– Os Objetos de Poder impediram o mal de dominar Enigma. O problema não está neles, mas no que pode ser encontrado no coração daqueles que os possuírem. Sinta-se honrado por ter merecido encontrar um e não se corromper. Cabe a você não usá-lo para o mal.

– Bátor tem razão, Pedro. Dizem que o mal cresce quando homens bons não assumem uma posição. Todos os nossos sacrifícios, nossas perdas, não se comparam à salvação que estamos proporcionando a muitas pessoas que nem sequer saberão dos nossos atos de coragem a favor delas.

A voz de Arnie soou como um unguento que alivia a dor de uma ferida aberta.

– Ah, meu amigo! Eu só queria poder fazer com que você parasse de sofrer. Você sempre esteve disponível para cada um de nós, nunca se revoltou mesmo sendo traído e desprezado, Arnie. Você se sacrificou muitas vezes por pessoas que não mereciam. E, quando eu olho em seus olhos, não suporto o sofrimento que encontro. Esqueça o passado, Arnie. Esqueça que Matera existiu, por mais insensível que isso pareça. Você precisa esquecê-la, se quiser concluir essa jornada. Pare de sofrer pela morte dela, pois esse é um fardo pesado e imerecido para você.

– Como eu poderia, Pedro? Eu compreendo sua preocupação, mas não posso esquecer meu passado. Afinal, é ele que me define, que gera a força que preciso para continuar. Posso estar triste agora, mas um dia essa tristeza vai passar.

– Arnie tem razão – concordou Bátor.

– Voei por uma longa distância desde a Montanha da Loucura. Preciso me deitar agora, estou com muito sono – disse o colosso. – Com licença.

Bátor se alegrou com a decisão de Arnie, mas Pedro ainda estava confuso. Era como se o gigante considerasse abraçar suas tristezas e derrotas.

– Arnie, as coisas não precisam ser assim.

– Deixe-o ir, Pedro – disse Bátor. – Todos nós precisamos descansar um pouco.

O ar da noite estava fresco e úmido. Os estandartes espalhados por todo o acampamento tremulavam inquietos, indicando que o vento se intensificara nas últimas horas após o pôr do sol.

– Você não pode fazer isso sozinho, Bátor.

O paladino manteve-se em silêncio, pois sabia que Pedro era capaz de ler seus pensamentos.

– Acredito que Aurora esteja muito feliz – completou Pedro. – O encontro lhe fará bem. Pelo menos ela se sentirá um pouco melhor do que todos nós esta noite. Bátor, você compreende que eu não posso segui-lo, não é? Eu precisaria falar com Aurora antes e isso colocaria todo seu plano em risco.

Pedro havia lido os pensamentos do paladino e sabia que ele partiria pela manhã rumo à pirâmide, desconsiderando o pedido de Isaac.

– É inevitável? – perguntou Bátor.

– O quê?

– Você ler os pensamentos das pessoas?

– Olha! Eu juro que não faço por mal. Simplesmente acontece, pelo fato de eu estar portando a pena. Não é algo que eu fique desejando...

– Foi você que falou da possibilidade de os Objetos serem uma maldição para seus Possuidores. Talvez sejam apenas "objetos", instrumentos, assim como as espadas. Elas não saem por aí matando pessoas. Elas também podem ser usadas para defender. É quem as manipula que determina se está diante de uma bênção ou de uma maldição.

– Me desculpe! É mais do que justo seu intento, ela é sua filha. E quanto a Valério? Você também estava pensando nele. Quem é?

O paladino estancou surpreso. Olhou para a lua, tão hesitante em se revelar por trás de nuvens passageiras quanto ele para Pedro. As estrelas salpicavam o céu nos demais quadrantes límpidos da abóbada celeste.

– Arrume um jeito melhor de lidar com o que você descobre sobre a intimidade das pessoas, Pedro. Estar ciente do segredo de alguém pode significar apenas que ele deva permanecer guardado, não necessariamente que você deva interferir.

Bátor seguiu calado para seu aposento. Pedro não teve tempo de saber se ele se ofendera ou se apenas queria privacidade. Mas estava certo de que o pai ingressaria em uma jornada para salvar sua filha mesmo que isso lhe custasse a vida.

Sem demora, Pedro procurou o general Spencer e pediu que o levasse até o local onde Isaac e Letícia estavam.

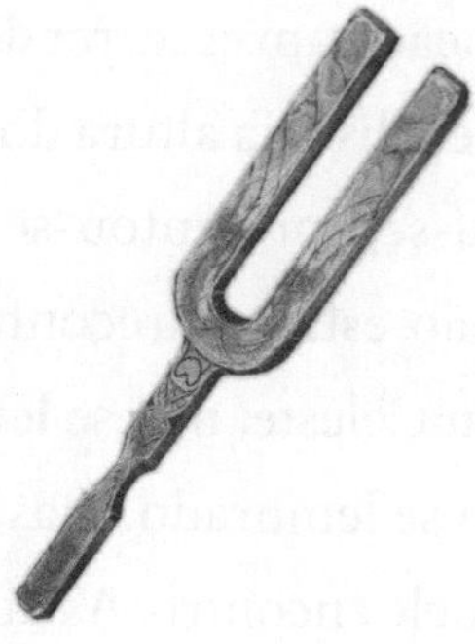

O PODER OCULTO

Aurora foi conduzida a uma tenda ampla, próxima às ruínas junto àquelas que funcionavam como enfermaria e posto de apoio aos soldados. A fada não sabia o que a aguardava. Quem no meio do deserto, com uma guerra prestes a se iniciar, esperaria por ela?

A fada pediu para que Chifrudo a esperasse do lado de fora e entrou.

– Aproxime-se, minha querida.

A voz macia de uma mulher com pele muito clara e cabelos loiros cacheados, que desciam até abaixo da sua cintura, soou como uma súplica.

O calor da fogueira que queimava dentro da tenda tornava o ambiente acolhedor.

Aurora obedeceu ao chamado e percebeu que duas mulheres a esperavam. Reconheceu aqueles rostos e, de repente, a sensação de segurança lhe encheu a alma. Estava maravilhada. Um oceano de recordações inundou sua mente e ela se lembrou de várias histórias que sua mãe lhe contara sobre as batalhas que tinha participado pelo Reino de Enigma.

Quando lágrimas ameaçaram escorrer dos olhos da garota, a segunda mulher, morena de cabelo liso na altura dos ombros e um sorriso quase zombeteiro, aproximou-se, apresentou-se e a abraçou.

– Coitadinha! Ela não está nos reconhecendo, Holda. Como você cresceu, Aurora! Eu sou Celeste, não se lembra de mim?

É claro que ela havia se lembrado, mas ainda estava atônita processando em sua mente aquele encontro. As duas mulheres eram monarcas: Holda, a vidente; e Celeste, a louca.

Durante o abraço, Celeste sentiu a maciez do manto como se tocasse diretamente em fios de algodão saídos da semente, mas não se demorou muito. A outra monarca se aproximou, seus olhos destilavam encantamento e surpresa, mas se turvaram conforme seus braços emolduraram o corpo da jovem.

– Eu sinto muito, Aurora. Nós sentimos muito pelo que houve com Huna.

A demonstração de afeto de Holda durou o suficiente para que Aurora se sentisse abraçada por uma dezena de mulheres. Ambas choravam e só se desvencilharam do carinhoso abraço quando Celeste as interrompeu.

– Sim, nós sentimos muito, menina. Mas vejo que você foi capaz de concluir o trabalho de vida de sua mãe.

As três olharam ao mesmo tempo para o Manto de Lilibeth. Celeste voltou a alisá-lo como fizera no primeiro momento. Abriu um sorriso, que se fechou no instante seguinte. Aliás, ela fazia muito isso. Parecia elétrica, inquieta e ao mesmo tempo dominadora, contudo, também demonstrava ter sentimentos, pois Aurora não conseguiu conter as lágrimas e chorou ainda mais.

– Aproveite este momento, menina – sugeriu Celeste, acolhendo-a novamente em seus braços.

Holda assentiu e também abraçou a jovem fada.

Nas horas seguintes, conversaram sobre como se deu a morte de Huna, sobre a aventura no Planalto de Gnson, sobre os Possuidores dos Objetos e também quiseram saber como estava Morgana, a avó de Aurora.

As monarcas possuíam um instinto que Aurora ainda começava a desenvolver, mas se lembrava muito bem de identificá-lo em sua mãe. Sem qualquer Objeto de Poder, elas eram capazes de pressentir acontecimentos, conseguiam enviar mensagens para anões alados a longas distâncias, além de serem profundas conhecedoras das ciências naturais.

Duas horas já se havia passado quando finalmente começaram a falar da situação em que se encontravam: o início do confronto físico contra Ignor.

– É claro que a possibilidade de eu ser encontrada aqui era alta, menina – explicou Celeste. – O general Spencer é meu filho.

A iluminação se tornara parca com o fogo definhando. Holda solicitou que os guardas o reanimassem e trouxessem chá.

– Spencer era bem jovem quando você foi concebida. Mas já se mostrava um grande líder nas fileiras do exército de Enigma – a monarca suspirou, lembrando-se de Hajnal, pai de Aurora. Mas não tocou em seu nome. – Em pouco mais de uma década, Spencer se tornou um general. Isso aconteceu por mérito dele.

– Sim. Estamos nas mãos de um grande líder e ele nos fará vencer esta guerra – complementou Holda com um tremor na voz que não passou despercebido pela jovem monarca.

Quando o chá chegou, o grimório de Huna estava aberto sobre a mesa e as três mulheres se debruçavam sobre ele.

– Não duvidamos do que você nos contou, Aurora. Se Hastur está realmente com sua amiga na pirâmide, todos os sinais que vinham ocorrendo se confirmam como profecias. As constelações de peixes e de aquários se alinham amanhã à noite. Em Ignor existe uma lenda, não sem fundamento, sobre a posição dos astros no céu. Acreditamos que a maioria dos homens nos navios inimigos não veio necessariamente para guerrear. Eles aguardam o surgimento de seus deuses.

– Sabemos que só existe um deus, Moudrost – interrompeu Holda.

– Para eles, os deuses exteriores são os verdadeiros deuses e devem governar sobre toda a criação. Não fazem ideia da maldade que estes seres possuem.

– Passamos diversos anos de nossas vidas buscando informações sobre tudo o que ocorreu no passado longínquo de Enigma, minha garota – Holda se aproximou de Aurora com um bule de chá nas mãos. – Devemos a maior parte de toda a descoberta à sua mãe.

– Acredito que essa tenha sido a maior missão de vida dela. Até mesmo maior do que a que você fez ao encontrar o Manto de Lilibeth e nos libertar da maldição – completou Celeste. – Huna sabia mais do que nós duas que algo muito terrível estava se aproximando. Ela seguiu uma caravana que levava prisioneiros para Ignor, infiltrou-se no meio deles e obteve conhecimento vindo dos maiores feiticeiros e sacerdotes daquele desditoso povo.

– Eles não tentavam uma invasão tão audaciosa desde a guerra da Aqueônia.

– Agora é totalmente diferente, Holda.

– Eles quase extinguiram os aqueônios. É um belo começo para se destruir uma nação inteira.

– Eles não usaram armas.

– Não inicialmente, você sabe disso. A destruição foi gigantesca.

Aurora ficou confusa, tentando compreender o relacionamento entre as duas monarcas. Celeste sempre tentando se impor. Holda preferia se calar, mesmo demonstrando não concordar, às vezes. Com isso, pensou no papel em que ela própria desempenharia a partir de agora, pois também se tornara uma monarca.

– Estamos deixando a garota assustada – alertou a monarca de cabelos cacheados.

– Nunca chegamos a um consenso quando se trata dessa antiga guerra – explicou Celeste, repetindo seu hábito de abrir o sorriso e fechá-lo imediatamente na sequência.

– Hastur é capaz de saber tudo o que conversamos nesta tenda – disse Aurora. – Ele está com o Pergaminho do Mar Morto. Eu já vi Le Goff, o anão, fazer isso algumas vezes. Basta perguntar ao Objeto algo do passado e lhe será mostrado. E, se ele quiser, também pode vir do futuro e nos assistir discutindo sobre a Guerra da Aqueônia.

Celeste e Holda se entreolharam.

– Mas você nos contou que o lictor do anão nos alertaria sobre isso.

– Sobre a presença física de Hastur, sim. Sobre as informações que ele é capaz de obter com o pergaminho, não.

– Só um deus deveria deter tal poder – afirmou Celeste, introspectiva.

– E isso é o mais irônico. Temos quatro Objetos em nossa posse. Objetos poderosíssimos. Mas não sabemos como usá-los para vencer um inimigo capaz de nos ouvir e nos ver, de saber sobre todos os nossos planos.

– Não é bem assim, menina. Nós três, eu me refiro a mim, Holda e Huna – explicou Celeste, voltando-se para a jovem –, sempre tivemos uma forma de nos comunicarmos sem que houvesse qualquer tipo de interferência.

– Acho que sei sobre o que você está falando. Eu sempre observava minha mãe fazendo suas orações matinais. Mas e o reino espiritual?

Quando vocês utilizam esse tipo de comunicação... Eu pensei que os anjos e demônios pudessem ouvi-las.

– Apenas se nós deixarmos – afirmou categoricamente Celeste.

– Pelo que você nos contou, um dos Objetos de Poder tem a capacidade de fazê-la estar em um lugar e depois visitar outro, no minuto anterior ao primeiro, simulando a onipresença de Moudrost. Outro lhe permite ler os pensamentos de uma pessoa. Onisciência. Esta é outra característica única que somente um deus de verdade possui. A onipotência poderia ser alcançada ao se possuir todos os objetos ao mesmo tempo, não é?

– Certo... Mas aonde vocês querem chegar com tudo isso?

Celeste repreendeu Aurora com um dedo em riste.

– Estamos apenas pensando, menina.

Holda folheou o grimório e confessou:

– Sua mãe sempre foi a melhor de nós três.

A jovem fada percebeu um ar de escárnio no semblante de Celeste.

– Tá! Tudo bem. Ela era mesmo, garota. E a mais insuportável também.

Aurora segurou o riso. Celeste não abriria mão de admitir o poder e a sabedoria superiores de Huna sem, pelo menos, introduzir um defeito em sua descrição. Ela se divertia em ver como, mesmo com implicâncias tolas, as três monarcas se amavam.

– Não existem feiticeiros piores do que os gnomos de Ignor. Eles conseguem pegar todas as nossas descobertas e transformá-las em algo maligno. Entretanto, em toda minha vida, nunca os vi interceptarem uma mensagem nossa enviada pelo vento – relembrou Holda, pausando momentaneamente sua busca por informação no grimório.

– Não. Nunca mesmo – confirmou Celeste. – Sempre que repreendíamos a audição dos espíritos dos ares.

– Aqui! Aqui está. Eu sabia. Huna sempre foi a mais cautelosa, a mais sábia e mais organizada de nós.

Celeste revirou os olhos, antes de Holda começar a ler.

Oração: ação cujo objetivo é realizar uma conexão com um ser divino, seja para louvor, agradecimento, pedido ou mesmo uma conversa. Pode ser realizada individualmente ou em grupo, seja na forma de uma declaração ou hino. É uma forma de comunicação utilizando a Sabedoria Criadora. Onde dois ou três estiverem reunidos em oração, aquilo que conectarem no mundo físico será também ligado no reino espiritual.

O texto continuava com a bela caligrafia da monarca falecida.

– Sim, eu me lembro. Certa vez, falamos sobre isso – admitiu Celeste. – Huna acreditava com toda sua alma nesse último trecho que escreveu no grimório. Nós podemos recriar o universo, quando nos unimos em oração. Podemos estabelecer limites se eles estiverem dentro da vontade do Criador.

– Bastaria termos um plano – concluiu Aurora. – Um plano que fosse tão inteligente quanto o conhecimento e a experiência de Hastur. Então, nos reuniríamos em oração, e ele não seria capaz de saber o que foi planejado.

– Certamente – concordou Holda.

– Temos pouco tempo para desenvolver um plano.

– Vocês possuem tudo o que precisam, minha adorável menina.

Os olhos de Aurora se voltaram para Celeste, pensativa. A monarca tinha razão.

– Vocês têm o conhecimento, a maioria dos Objetos de Poder e, mesmo que não tivessem nada, ainda teriam Moudrost do seu lado.

A quinhentos metros da tenda das monarcas, numa construção de pedra afastada do núcleo do acampamento, concomitantemente ao encontro das fadas, Letícia se isolara com Isaac para ler a segunda parte do *Diário do Anjo.*

Quando Pedro chegou, as tochas fixadas nas quatro paredes do pequeno aposento iluminavam satisfatoriamente as páginas do livro profano, aberto no centro da mesa, ao lado de uma vela.

Letícia sentou-se de frente para os garotos, os três olhando para o *Diário do Anjo*. Do lado de fora da construção, dois guardas vigiavam o local. Não faziam ideia de que dentro de poucos minutos ouviriam a doce voz da filha de Liutprand entoar belíssimas canções. Ficaram incumbidos de fazer a segurança deles; isso bastava para os soldados de Spencer, mesmo que não entendessem o que se passava lá dentro.

– Meu pai me contou um pouco sobre o que leu na segunda metade do livro. Vocês terão que ser fortes. Algumas histórias nunca deveriam ter sido escritas, pois conduzem a mente humana à loucura.

Isaac meneou a cabeça, confirmando que entendia o que ela queria dizer. Passou as páginas com os desenhos de vários objetos, dentre eles os que ele e seus amigos possuíam. Memorizou seis ao todo, mas não estava certo se o livro continha todos os Objetos de Poder que haviam sido criados. Parou de folhear quando surgiu uma página com o título: "Contos do que vive, embora morto".

Abaixo do título, com letras menores, havia uma inscrição estranha.

– É o mesmo título, mas em outro idioma – respondeu Pedro. – Só consigo compreender porque estou com a Pena de Emily. Acho melhor não lermos em voz alta. Quando houver alguma dúvida quanto aos trechos velados, pode me perguntar, Isaac.

– Não se concentrem totalmente na leitura – pediu Letícia. – Mantenham parte da concentração na melodia que irei entoar. Não entreguem suas mentes inteiramente ao texto desse diário.

– "Contos do que vive, embora morto." É sobre ele: Hastur – disse Isaac.

Pedro e Letícia concordaram de maneira retórica, pois tinham chegado à mesma conclusão.

As histórias obscuras e veladas do livro dos mortos se iniciavam logo na sequência. Para Letícia, seu pai nunca imaginara se tratar da vida de Hastur, pois o maestro morrera sem saber que o anjo se escondia, encarnado, no corpo de pessoas mortas. Mas agora tudo fazia sentido.

– Estou preparado, Letícia – disse Isaac.

A garota abriu a boca e começou a solfejar algo semelhante a uma escala musical semitonada. A chama da vela que estava próxima do livro drapejou, mas se manteve acesa.

Do lado de fora, os soldados aproximaram os ouvidos da porta para escutar melhor o som que vinha do outro lado. Embora fossem apenas notas musicais, sem a formação de palavras, a introdução da canção era semelhante ao choro lamurioso de oboés. E, por mais corajosos e viris que fossem os vigias, diante daquela canção eles sentiram um estremecimento na espinha como a reação inesperada de um susto que se toma na escuridão.

Dentro da cabana, Isaac e Pedro estavam prestes a adquirir o conhecimento que mudaria para sempre seu entendimento de vida e de mundo.

PARTE III

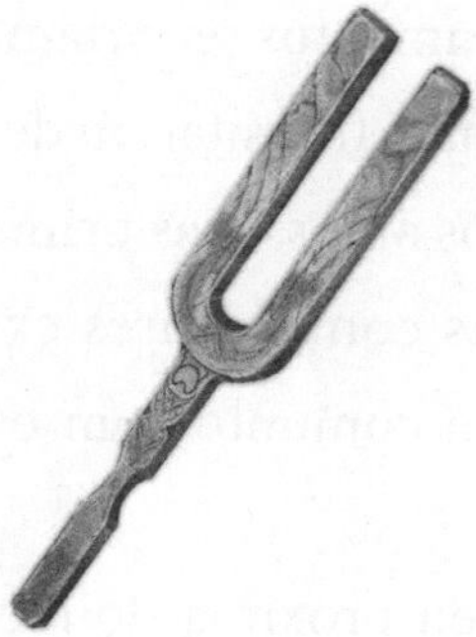

O LIVRO DA LOUCURA

Por três vezes, no decorrer de horas, Isaac Samus afastou os olhos das páginas do livro profano e começou a gritar em desespero. Pedro Theodor o agarrou para que o garoto não se jogasse ao chão, enquanto Letícia cantava ainda mais alto todas as vezes em que a loucura instava dominar sua mente.

Uma luta severa e angustiante era travada entre o conhecimento e a ignorância.

Isaac descobriu que o *Diário do Anjo* registrava a história de todos os corpos possuídos por Hastur desde o dia da condenação. Mas a história iniciava-se há muitos anos, antes do dia do Repouso Maldito dos Deuses.

Tudo começou quando Moudrost deu ordem para a construção das pirâmides no deserto. Dominante sobre todas as formas de vida, o Projetista decidiu criar outros mundos em outras dimensões, que, a princípio, somente ele teria acesso.

Os gigantescos monumentos serviriam de portais para as raças criadas, seres celestiais ou não, transitarem de um universo a outro. Então, o Criador encarregou os anjos, suas primeiras criaturas, que mais tarde ficariam conhecidas como deuses exteriores, de construírem os templos megalíticos em conjunto com os humanos, orientando-os e supervisionando-os.

Uma cidade floresceu próxima do local onde seria erigida a mais alta e imponente pirâmide. Havia comércio e prosperidade. Famílias e mercadores migraram para a região, encantados com o trabalho que desempenhariam em conjunto com os seres primordiais.

Uma atmosfera de adoração cercava a base das gigantescas construções. Festas de gratidão irrompiam, transformando o deserto em um lugar de vida e movimento.

Os povos de Enigma confiavam e esperavam sempre o melhor dos seres celestiais que representavam Moudrost durante sua ausência. Entretanto, não imaginavam que no meio deles uma força maligna crescia.

Hastur era o anjo perfeito, responsável por organizar toda a glorificação ao Projetista, à Sabedoria, mas em seu coração ele passou a invejá-lo. Em secreto, o anjo impostor desenvolveu um sentimento de cobiça, desejando parte da glória para si.

“Não é justo! Sou eu quem faz todo o trabalho com as hostes angelicais. Porém somente ele, Moudrost, recebe o louvor, a atenção e o amor dos seres inferiores.”

O sentimento de injustiça foi crescendo dentro de Hastur à medida que as pirâmides cresciam no deserto, e ele compartilhava sua insatisfação com os anjos que lhe eram mais próximos.

Com pouco esforço, conseguiu convencer primeiro Azazel, que se tornou seu braço direito em todo o plano diabólico para remover a Sabedoria do centro da vida e do universo.

Hastur implantou a ideia de que eles, os anjos, eram tão poderosos e poderiam ser tão independentes quanto o próprio Criador. Por isso começou a chamar a si mesmo de "o ser não criado" e a enfatizar o fato de os humanos possuírem livre-arbítrio, o que não era característica da natureza divina dos celestiais, que honravam e obedeciam ao Criador, executando toda e qualquer ordem sem questionamentos.

A verdade é que a paz, a retidão e a alegria representavam a vida de todos os seres em Enigma até aquela época. Tudo era perfeito.

Os anões, os bardos, os gigantes e as fadas eram raças que possuíam uma porção da eternidade encontrada nos anjos. Os homens, porém, eram considerados a última e mais genuína criação. Aliás, foram eles que desencadearam toda a inveja e cobiça em Hastur. A eternidade humana fluía direto de Moudrost.

Nessa época, alguns anjos se misturaram com os humanos e tiveram filhos com as mulheres do povo de Enigma. Seus bebês eram bizarros, assustadores, e foram chamados de "ilegítimos". Houve confusão e o início de uma cisão entre os anjos por causa dessa nova geração não criada por Moudrost. Porém nada podia ser feito. Nenhum anjo ou raça mortal ousaria derramar o sangue de um ser vivente, ainda que ilegítimo.

O que aconteceu foi que em pouco tempo uma nova realidade floresceu. Os ilegítimos começaram a ser adorados como seres divinos. Tudo arquitetado e fomentado por Hastur. E a adoração a Mou foi se tornando cada vez mais um rito automático e pouco significativo dentre tantos outros que surgiam.

A ideia do anjo rebelde era modificar lentamente os conceitos fundamentais até que Moudrost fosse esquecido. A paz se tornava apenas uma ideia, enquanto os conflitos e desavenças aumentavam.

Primeiro veio a raça ilegítima, em seguida, a tentativa de destruição das raças originais.

Como Hastur pretendia fazer isso? Levando confusão à mente das criaturas. Por causa dele, muitos gigantes começaram a se perguntar: "Por que eu não nasci com uma cauda semelhante à cauda dos aqueônios?". Enquanto alguns aqueônios passaram a desejar não ter cauda, porque eram incentivados a se parecerem com os humanos. Vários humanos se questionavam por que não haviam nascido híbridos como os anões, os gigantes, os aqueônios ou as fadas.

Sem que se dessem conta, todos os que passaram a acreditar nas mentiras de Hastur estavam, na verdade, começando a rejeitar o que eles, de fato, eram. Um terço dos anjos adotou o mesmo discurso, comparando-se àquele que os criou, rejeitando o propósito para o qual foram criados. Foi nesse período que passaram a ser chamados de "deuses exteriores".

A força do anjo rebelde estava na mentira. Ele declarava que todos podiam ser o que quisessem, até mesmo deuses como eles próprios. E antes mesmo que a Guerra Aqueônia ocorresse, Hastur conseguiu fazer com que um aqueônio cortasse a própria cauda.

No íntimo, boa parte das criaturas começou a desejar serem deuses, quando, de fato, estavam se recusando a ser elas próprias. Desejar ser o outro significava aniquilar a diversidade que havia sido gerada no início. Ser diferente passou a ser rotulado como ousadia, liberdade ou até mesmo independência. Mas tal rebeldia apenas aprisionou emocionalmente os incautos que aderiram à mentira de Hastur. O anjo rebelde os levou à solidão, à tristeza e à autodestruição.

A próspera e feliz comunidade que se desenvolvera no deserto assistiu ao início de inúmeras confusões que surgiam dia após dia: famílias brigando contra famílias, amigos se desentendendo, inimizades aflorando entre os povos que antes conviviam harmoniosamente. A paz plena nunca mais existiu.

Os seres celestiais que se desviaram do propósito de Moudrost passaram a oprimir as demais criaturas, fazendo com que elas duvidassem da bondade divina que antes existia. Muitos acidentes ocorreram nos dias que antecederam o fim da construção das pirâmides. Foram mortes inimagináveis, que não podem ser narradas aqui, por causa de tamanha violência e brutalidade, mas que Pedro e Isaac tomaram conhecimento ao ler o *Diário do Anjo*.

Nesse período sombrio de aniquilação da bondade, Hastur tinha ainda outra etapa em sua paciente jornada de destruição, o passo final para a criação de raças mortais perversas e diabólicas. Ele fez com que muitos anjos se juntassem à raça de ilegítimos. Os filhos dessa segunda iniquidade se perderiam para sempre nas trevas. Os anjos progenitores buscavam os bebês nos berços de suas casas à noite e os levavam para serem alimentados no cemitério. O ritual macabro, repleto de derramamento de sangue – além de outras coisas que não podemos descrever aqui –, determinou a criação dos gnomos, *goblins* e duendes, significando a corrupção definitiva da criação original.

Pela primeira vez, uma mulher assassinou o filho que trazia no próprio útero. Ela se tornara seguidora de um dos muitos cultos que os anjos caídos criaram com o suporte dos seres das trevas. Um *goblin* a convenceu de que a criança em seu ventre nasceria para restabelecer o culto e a adoração ao Criador, e então, enlouquecida pelo engano, a mulher passou a odiar a criança, a própria semente.

Os detalhes de cada tragédia não poderiam ser descritos nesta narrativa, pois são demasiadamente sórdidos.

Isaac passou muito mal ao ter acesso a esse conhecimento, mesmo sendo protegido pela magia do canto de Letícia. Pedro compreendeu todo o conteúdo do diário, até mesmo as partes escritas em língua estranha. Ficou muito impressionado e sentindo-se mal pelo que leu, mas não foi assombrado ou possuído pelas forças malignas que o livro carregava porque usava a pena. O Objeto de Poder criado por Emily o protegia do mal durante a leitura e o fazia entender todos os idiomas usados na transcrição dos fatos.

Após concluírem a leitura de todo o livro, e Pedro explicar para Isaac os trechos que este não conseguira decifrar, ficaram por um bom tempo mudos, raciocinando e olhando um para o outro. Os guardas do lado de fora estranharam o silêncio que seguiu dentro das paredes do casebre. Tiveram a sensação de vigiar um túmulo vazio.

– Você precisa descansar Isaac. Nós precisamos – advertiu, por fim, Letícia.

– Como? Não consigo parar de pensar no perigo que Gail corre a cada minuto ao lado daquela odiosa criatura.

– Ele usou a pele dos mortos nos acidentes durante a construção das pirâmides para encadernar o diário – sussurrou Pedro. – E o sangue daquela gente inocente foi usado para escrever as primeiras páginas deste livro.

O aqueônio apontou para as páginas em cima da mesa, e o calafrio que os três sentiram pareceu ter atingido até a chama dos tocos das velas que insistia em se apagar.

Letícia era a menos afetada no recinto. Correu até um canto, trouxe mais três velas e as acendeu. A luz não só aquecia o ambiente como também revelava as faces aterrorizadas dos dois amigos que fixavam o olhar vago sobre o livro.

– Vocês estão me deixando com medo – revelou a cantora.

– Eu não sei o que teria acontecido comigo se você não estivesse aqui para me ajudar durante a leitura, Letícia. Talvez o mesmo que ocorreu com Euclides – desabafou Isaac.

– O livro precisa ser destruído – comentou Pedro.

– É por isso que ele o quer – completou Isaac, referindo-se a Hastur. – O diário sempre esteve perto dele. Hastur sempre o carregou durante toda sua jornada maldita, enquanto encarnava no corpo de pessoas mortas e se mantinha fora do aprisionamento dos deuses exteriores.

Isaac Samus se recordou da viagem que fizera ao passado e se encontrara com o matemático Euclides.

– Ele possuía o corpo de Cassilda, amiga de Emily, quando elas foram para Corema. Foi Cassilda quem deixou o Necronomicon na sala de Euclides para que ele pudesse ler, enlouquecer e tirar a própria vida. De alguma forma, Hastur ajudou Liutprand a recuperar o diário das mãos das harpias no oceano, algo praticamente impossível para um humano, por mais determinado e forte que pudesse ser. Porque Hastur sabia que, no corpo de Tom, estaria sempre próximo do livro, teria acesso fácil a ele.

– Do que você está falando, Isaac? – interrompeu Letícia.

– Conforme o que lemos no diário, existe uma magia que mantém Hastur invisível. Por isso nenhum anjo o encontrou durante todos estes anos. Essa magia está no próprio diário. Todas as vezes que ele muda de um corpo para o outro, em no máximo dois dias, ele precisa escrever com sangue humano no livro a história do último corpo que possuiu. Neste caso, estamos falando do corpo de Tom – explicou Pedro, demonstrando que também compreendera tudo o que havia lido nas horas passadas.

– Por isso ele precisa que você leve o *Diário do Anjo* com urgência para ele – sussurrou Letícia. – No diário diz que ele precisa de sangue humano?

Isaac meneou a cabeça, confirmando.

– Se ele precisa de sangue humano, faz sentido manter Gail viva – completou a garota.

– Se ele não cumprir o ritual antes de abrir o portal do aprisionamento dos deuses exteriores, ele ficará para sempre preso ao corpo em que está agora, o do meu irmão gêmeo.

– Ele tem muito a perder, se o plano dele não funcionar – avaliou Letícia.

– Hastur esperou por séculos até que o pergaminho e os dados chegassem às suas mãos para finalmente poder trazer de volta os anjos que ele aprisionou.

– Ele aprisionou?

– Hastur sabia que seria punido com o retorno de Moudrost, por isso arquitetou tudo para que não só ele e seus comparsas, mas também os anjos não rebelados, fossem separados das criaturas não celestiais – explicou Pedro.

– Estamos lidando com uma força muito maior do que imaginamos. Ele é estratégico, paciente e impiedoso, Letícia.

Isaac folheou o livro e apontou para o trecho onde lera sobre algumas atrocidades cometidas por Hastur.

– O anjo Azazel, outro rebelde, ajudou-o a fabricar o diário... – Os olhos de Isaac pareceram enlouquecer ao se lembrar da narrativa do livro, por isso ele engasgou ao continuar a detalhar os fatos para sua amiga. – Houve um incidente... foi tudo planejado desde o início... o vaso de ágata...

Isaac queria contar para Letícia sobre tamanha crueldade de Hastur, mas lhe faltava coragem.

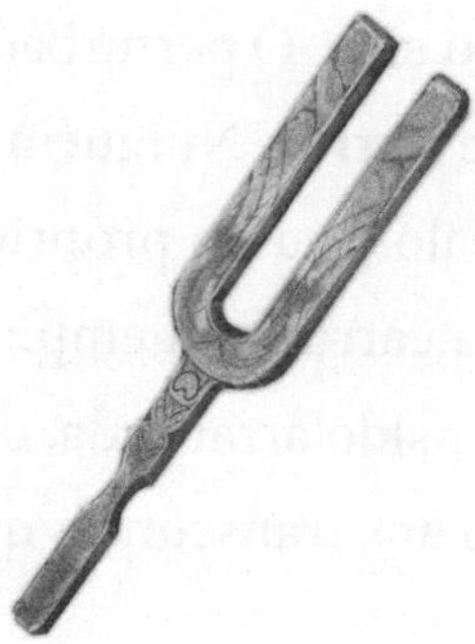

O VASO DE ÁGATA

Pedro viu Isaac se contorcer e chorar.

– O que é o vaso de ágata? – perguntou Letícia, curiosa.

O aqueônio tomou a iniciativa de narrar para a amiga o que eles haviam lido:

– As pessoas já não acreditavam mais na bondade e misericórdia de Moudrost e temiam os anjos. Um acidente na praça da cidade, ao pé da pirâmide, seria o estopim para a concretização dos planos de Hastur. Uma carruagem seguia descontrolada pelas ruas. O cocheiro ouvia gritos de pânico vindos da multidão, pedindo que ele freasse o veículo. De dentro da carruagem, porém, uma voz lhe ordenava que continuasse a guiar. Tal imprudência era incompreensível. O meio-fio das estreitas ruas era varrido pelas rodas do veículo, enquanto mulheres bradavam apavoradas, puxando suas crianças para dentro das casas.

Por fim, ao dobrar uma esquina que levava até a praça onde se encontrava a escola do povoado, uma das rodas da carroça sofreu um forte solavanco, saindo de seu eixo. O perturbador espetáculo foi seguido de guinchos estridentes de horror. Ninguém soube identificar se vinham dos aldeões ou dos cavalos, ou do próprio cocheiro. O certo é que os animais que puxavam a carruagem empinaram e cessaram a correria. Somente após a roda ter sido arrancada, o veículo parou. Isso também se deu em parte devido aos transeuntes que correram a segurar as rédeas e os animais.

Um homem alto, com grossos cabelos negros e barba feita correu para pegar do chão, próximo à roda do coche, um pacote, colocando-o sobre o banco da praça. Logo em seguida o homem, de nome Cefa Defarge, arrancou o gorro da cabeça e começou a gritar aos prantos, uivando como um animal selvagem.

Da janela do veículo, um brilho cortou a escuridão no interior. A porta se abriu antes que uma multidão ensandecida alcançasse o cocheiro, com intuito de atacá-lo. Hastur saiu do coche e, apavoradas, as pessoas estancaram.

A altura e largura do anjo eram desproporcionais para que ele coubesse dentro do veículo. Contudo, fora de lá que ele saíra.

Os murmúrios da tresloucada multidão foram abafados pelos gemidos alucinados de Cefa Defarge, que insistia em derramar lágrimas, gemer e uivar como um lobo contra o anjo.

– Perdoe-me, senhor – desculpou-se o cocheiro, voltando-se para Hastur. – Atropelei uma criança.

Com um olhar agudo e soberbo, Hastur mirou o corpo da criança enrolado em trapos sobre o banco da praça.

– E por que este homem está fazendo toda esta cena?

– Ele é o pai da criança morta, senhor. Lamento.

O homem se ergueu do chão, pois estivera caído por um tempo feito louco, e começou a gritar:

– Assassino! Assassino!

Hastur, porém, permaneceu imóvel, encarando-o como uma estátua de mármore. Ávidos e cheios de atenção, os numerosos olhares da multidão permaneceram igualmente imutáveis e silenciosos.

Ninguém conseguia compreender o que um anjo fazia dentro de uma carruagem. Ele possuía asas e podia se locomover com muita facilidade e velocidade sem depender de animais e veículos.

Do outro lado da praça, sob o capuz de um manto negro, o par de olhos chispantes de Azazel acompanhava todo o teatro realizado por seu companheiro celestial.

Hastur rompeu o silêncio com sua voz rouca, blasfema e sonora.

– Choca-me ver a fragilidade de vocês. São incapazes de cuidar de si mesmos e de sua prole. Vivem se intrometendo nas coisas celestiais, envolvendo-se com o que não lhes diz respeito. Insistem em ficar no meu caminho, mas não arcam com as consequências.

Desvairado, a pai da criança morta lançou contra Hastur uma pedra, que pegara no chão. O projétil passou através do corpo do anjo sem lhe causar o menor dano.

– Assassino! – voltou a repetir Cefa em agonia, sacudindo seu gorro.

– Se você pudesse compreender o quão melhor foi para este pobrezinho estar morto, compreenderia também o quão indulgente eu sou – respondeu Hastur, arrancando uma moeda de ouro do bolso de sua túnica e lançando-a na direção do pai lutuoso.

A multidão, que assustada se afastava da carruagem, acompanhou no ar o movimento da peça dourada que refletia o brilho do sol na região desértica onde as pirâmides e a vila haviam sido construídas. A moeda caiu aos pés do homem, tilintou ao tocar o meio-fio e permaneceu sem ser tocada.

O homem tornou a soltar um ganido quase sobrenatural de tristeza infinita.

Hastur pegou com uma única mão a pesada roda desmembrada da carruagem, colocou-a no lugar com um forte sacolejo e, antes de retornar para dentro do veículo e ordenar ao cocheiro que continuasse seu trajeto, encarou Azazel do outro lado da praça com um olhar de satisfação funesta.

Como era previsto pelo anjo, a moeda de ouro entrou voando no veículo e caiu sobre o livro encapado com pele humana que estava em seu colo, ainda com as páginas em branco. Do lado de fora, o único som que se ouvia eram os impropérios e xingamentos do pai devastado.

A longa e assustadora experiência que os homens tinham em relação a muitos anjos, que os acossavam desde o início da construção das pirâmides, os fez baixar a cabeça, deixando a carruagem seguir.

Cefa Defarge acabara de perder seu filho, uma criança de seis anos de idade. Estava inconsolado. Viúvo havia dois anos, agora perdera tudo o que restara em sua vida.

O pai levou o corpo de seu pequenino para casa, lavou-o com água aquecida – como se fizesse alguma diferença – e o ungiu com óleo de calêndula. O choro não lhe saiu da face nem por um instante. A dor da perda se misturava com ódio e sede de vingança. Mesmo tendo conhecimento de que nada no mundo substituiria a vida de Mólem, a criança assassinada pelo anjo.

Sem conseguir dormir, incapaz de secar seu pranto, gemendo e abraçado ao corpo de seu filho, agora coberto por uma túnica colorida, Cefa olhou para fora da janela do quarto de sua pequena casa e avistou as estrelas no céu noturno.

– Por Mou! – suspirou. – Oh, grandioso Criador, que fez os céus e a terra de Enigma, como poderia ouvir minha súplica, se quem a leva até seus ouvidos são os anjos, os causadores da minha dor e lamento?

Engasgado e afetado pelo luto, o homem voltou a olhar para o corpinho imóvel entrelaçado em seus braços sobre a cama.

– Não há mais paz e justiça na terra. Os anjos se corromperam. Os homens perderam a esperança. Toda a criação geme e clama por socorro. Só há injustiça por todos os lados. De onde nos virá a salvação? Quem mudará nosso triste destino?

Como que acordado de um sonho, Cefa sentiu a presença de uma energia atrás de si. Junto com ela havia também um brilho, emanando da direção da porta de entrada da casa.

Embora não tenha soprado com muita força, o vento que entrou pela janela foi suficiente para apagar a chama da vela que antes iluminava o quarto. Entretanto, não houve escuridão no interior da casa.

Ao se voltar para a direção oposta, os olhos de Cefa encontraram a figura de um anjo o observando. Ele estava de pé, ouvindo a súplica do atribulado homem. A ponta de suas asas pairava com leveza, movendo-se com elegância por trás de seu corpo que irradiava uma luz cintilante e tênue.

– Não temas! – disse o anjo. – Eu ouvi seu clamor.

O homem ainda se encontrava boquiaberto e sem saber no que acreditar.

– Há uma maneira de seu filho voltar a viver – completou o anjo.

– Eu estou sonhando...

– Isso não é um sonho, Cefa. Eu sou real.

Então, o anjo tirou o capuz de sua cabeça e encarou com olhar amável e misericordioso para o infausto homem ajoelhado à sua frente. Era Azazel.

– Vocês destruíram minha vida, não percebe? Qual é o propósito disso? Temos observado vocês. Os anjos não gostam mais dos humanos. O que aconteceu? Como eu poderia voltar a acreditar em sua bondade?

– Alguns de nós se rebelaram contra a Altíssima sabedoria, é verdade, mas nem todos – respondeu Azazel, aproximando-se da mesa e colocando sobre ela o vaso de ágata que trazia consigo. – Algo precisa ser feito antes que seja tarde demais.

– E o que eu tenho a ver com isso? Fui arrastado para a miséria. Minha vida perdeu o sentido.

– Levará um tempo antes que Moudrost retorne e restaure o que foi perdido – explicou o anjo, sem que Cefa soubesse que ele mentia. – Os anjos que se mantiveram fiéis a ele nada podem fazer contra seus semelhantes indomesticáveis e rebeldes. Porém existe uma solução vinda das mãos dos homens.

Cefa achou curioso e começou a acreditar no que ouvia.

– Apenas um ser humano é capaz de aprisionar dentro desta urna os setenta e dois espíritos que se rebelaram.

Despojado de toda desconfiança inicial, os olhos do amargurado homem pareceram se iluminar.

– Aprisionar os anjos rebeldes?

– Sim. Até que Moudrost retorne para julgá-los.

– Não entendo. Por que eu?

– Por causa de sua dor, Cefa.

As lágrimas que haviam cessado voltaram a correr pela face do enlutado homem, que olhou de solslaio para o corpinho de seu filho enrolado na túnica sobre a cama.

– E como eu poderia fazer isso?

– Estenda para mim sua mão – ordenou o anjo, ao que foi prontamente respondido.

Azazel depositou uma pequena peça circular e achatada nas mãos de seu interlocutor.

– Uma moeda de ouro – sussurrou o homem, retomando sua desconfiança ao se recordar da moeda que Hastur jogara em sua direção pela manhã como afronta à morte de seu filho.

– Sim. A mesma moeda que lhe foi dada com intuito de pagar pela vida de seu menino. Quando o anjo a jogou, ele estabeleceu uma ligação injusta com um homem justo no reino dos espíritos. Ele lhe deu poder, Cefa.

O homem se encheu de credulidade. O ódio e a dor em seu coração silenciavam a mínima oportunidade de a razão lhe iluminar as decisões, porque o que Azazel contava parecia-lhe convincente, além de ser tudo aquilo que ele deseja ouvir.

– Você trabalha na construção, não trabalha? – perguntou-lhe o anjo.

– Não conheço uma família que tenha se mudado para este lugar que não fosse por conta do trabalho nos monumentos, senhor.

– Amanhã, ao meio-dia, suba até a câmara mais alta da pirâmide mais alta, e coloque o vaso no círculo das inscrições em relevo, no centro da mesa do último andar. O vaso deve estar com este lado voltado para o norte – explicou Azazel apontando para o objeto em suas mãos. – O ouro colocado nas inclinações das janelas da câmara reflete durante todo o dia os raios de sol na mesa central de pedra, seja pelo leste ao amanhecer ou pelo oeste à tarde. O único instante em que nenhuma luz incide direto na estrutura é ao meio-dia. É nesse instante de sombra que o vaso de ágata deve ser inserido na base que foi construída sobre a mesa. Então, nos primeiros minutos seguintes, quando o sol se mover no céu, e o reflexo de sua luz incidir na urna, o nome de um anjo mau será revelado neste canto da borda do vaso.

Cefa escutava a instrução com um brilho de satisfação vingativa no olhar.

– Leve a moeda até a pirâmide e coloque o vaso sobre a mesa. Assim que o nome aparecer, invoque-o e o anjo lhe aparecerá. Mostre-lhe a moeda de ouro e, a partir desse momento, ele estará sob seu domínio e será obrigado a obedecê-lo.

– O quê? Um anjo me obedecerá?

– Por causa da moeda que estará com você. Mas muito cuidado! É possível que ele tente persuadi-lo para que você não lhe dê ordens. Não seja fraco, Cefa! Você poderia passar horas arrancando dele conhecimento e sabedoria. A única mentira que ele será capaz de lhe dizer é que não foi ele quem matou seu filho.

Novamente o sofrido pai voltou o olhar para o corpo do menino.

Azazel fez uma pausa e concluiu:

– Lembre-se: você só o terá sob controle se exibir a moeda. Uma vez que o tiver submetido à sua vontade, dê-lhe ordem para que entre na urna. Assim, ele será aprisionado. Nós fomos criados para sermos eternos, bom homem. Não podemos ser destruídos. Mas você pode aprisionar um de nós, se seguir o que estou lhe falando.

– Mas e quanto a meu filho?

O anjo arrastou sua mão direita no ar, na direção da mesa da sala. Sobre ela apareceu o livro que ele passara meses fabricando para Hastur.

– Se você prender o anjo que matou seu filho, ao retornar para casa, você encontrará o menino vivo. Entregue este livro para ele.

Defarge sentiu uma estranha atração pelo objeto sobre a mesa. Folheou e viu que suas páginas estavam em branco.

– Seu filho saberá o que escrever nele.

O desejo de vingança de Cefa trouxe uma falsa esperança para seu coração. Ele nem sequer parou para pensar se o que estava prestes a fazer era correto: negociar com um espírito o retorno de seu filho à vida. Aprendera quando pequeno que, uma vez morta, pessoa alguma seria capaz de retornar à mesma dimensão; mas os antigos ensinamentos haviam perdido o valor. Afinal, Cefa também aprendera que os anjos eram bondosos e ajudadores do Altíssimo. E de que adiantava tal ensinamento, quando se viam vários anjos promovendo o contrário?

Tudo o que Cefa mais desejava na vida era ver Mólem correndo pela casa novamente. Faria tudo o que fosse necessário para trazer seu filho de volta à vida. E foi assim que Hastur conseguiu convencer um homem a participar de seu astucioso plano para destruir Moudrost.

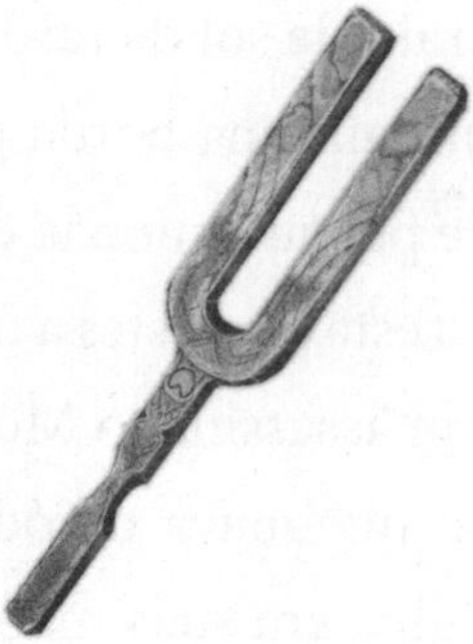

O APRISIONAMENTO DOS ANJOS

No dia seguinte, pouco antes do meio-dia, Cefa Defarge adentrou a pirâmide com a intenção de executar o plano que o anjo lhe havia confiado. Não foi difícil chegar à câmara central mais alta da construção, uma vez que ele trabalhava ali como pedreiro havia muitos meses. Levou a pequena urna oculta em sua bolsa e fez exatamente como o anjo lhe orientara.

Esperou o grande salão superior ficar vazio, com a saída dos trabalhadores para o almoço, e todos os raios de sol desaparecerem do recinto, indicando que era meio-dia. Posicionou o vaso de ágata no círculo em relevo, bem no centro da mesa, e acompanhou com os olhos as sombras começarem a surgir timidamente nos cantos inferiores das grandes janelas instaladas a oeste da pirâmide. Por um curto espaço de tempo não houve reflexos de luz incidindo diretamente no local.

Quando o primeiro raio de sol da tarde tocou a base do vaso, Cefa viu surgir o nome de um anjo na borda próxima à abertura da urna. Enfiou a mão no bolso e pegou a moeda de ouro. Sua mão tremia. Ele não tinha certeza sobre o estava prestes a fazer, mas sabia que precisava fazer algo. Afinal, haviam assassinado Mólem.

Seu coração também queimava de ódio pela existência dos seres celestiais. E agora ele tinha, em suas mãos, a oportunidade de se vingar de um deles. Releu o nome que estava escrito na borda da urna e o pronunciou.

– Hastur!

Então, tudo aconteceu conforme dissera Azazel. Hastur apareceu para Cefa Devarge e mentiu dizendo que não tinha sido o anjo responsável pela morte de seu filho.

– Ele me falou que você insistiria em dizer que não foi você – retaliou o pai da criança.

A situação fez com que Cefa confiasse ainda mais nas palavras de Azazel, enquanto Hastur se deliciava em ver a ingenuidade do homem. O anjo do mal fingiu querer negociar sua liberdade e apontou para a urna que agora estava completamente iluminada pelos raios refletidos pelo ouro instalado nas beiradas das janelas.

– Olhe bem para a urna. Existem outros nomes escritos nela, além do meu – sinalizou Hastur.

De fato, logo abaixo do nome de Hastur, surgira o nome de todos os outros anjos, bons e maus.

– Por que você não aproveita para dar um fim em todos nós? Você não precisa se ver livre apenas de mim.

A sugestão lhe parecera interessante. Cefa aproximou-se do vaso e o investigou. Já ouvira falar de alguns nomes.

– Nem todos os anjos são maus como você – replicou o homem.

– Isso é o que aquele anjo que lhe visitou quer que você acredite, Cefa. Ele não está nem um pouco interessado em ajudá-lo a ter seu filho de volta. É apenas uma questão pessoal em relação a mim.

– Como você sabe que alguém me visitou?

– De que outra forma você saberia nosso ponto fraco? Não seja estúpido. Posso lhe garantir que você está apenas sendo usado por ele. Nós temos poder, Cefa, vocês não. Enquanto estivermos por aqui, toda criatura mortal corre o risco de ser escravizada por um de nós.

– Você matou meu filho. Eu não deveria acreditar em uma só palavra que você diz.

Zombeteiro, Hastur riu, ignorando a resposta de Cefa.

– Acredite no que quiser. Mas vai descobrir que o poder é capaz de corromper até o mais ilibado dos seres divinos. Você pode me confinar neste vaso, mas em pouco tempo outro ser celestial surgirá para mostrar para os humanos quem verdadeiramente tem poder sobre toda a criação. Como falei: vocês são estúpidos. E, quando finalmente têm o poder em mãos, o ignoram.

Com o sangue quente e o suor aflorando por todos os poros de seu corpo, Cefa Defarge ordenou que Hastur entrasse no vaso de ágata. E assim aconteceu.

Desorientado, o homem pensou em colocar a tampa sobre a urna, mas hesitou.

Como sempre fazia, Hastur conseguira implantar a dúvida na mente de mais uma de suas vítimas. Cefa não demorou a decidir por invocar o segundo nome que encontrou na lista inscrita no vaso.

Não quis escutar o que o ser divino tinha a dizer. Ordenou que ele entrasse na urna. E assim ele fez nome após nome. Alguns seres apareciam diante dele com risos sarcásticos no rosto, outros com espanto. Mas Cefa não deixou que nenhum deles retrucasse ou reivindicasse liberdade.

Os nomes não pareciam acabar. Não foram apenas setenta e dois, como haviam lhe falado, mas duzentos e quinze anjos conjurados e aprisionados, até que chegou a vez do último: Azazel.

Quando Cefa percebeu que se tratava do anjo que lhe aparecera na noite anterior e lhe entregara a moeda de ouro e o livro com capa de couro, ele se mostrou confuso. Não achou que fosse correto fazer aquilo com a criatura que lhe dera a solução para sua dor.

– Você não fez da forma como eu lhe orientei – reclamou Azazel, com fingimento, porque sabia que Cefa fazia exatamente o que Hastur desejava que fosse feito.

O objetivo de Hastur era aprisionar os anjos que não haviam se rebelado com ele. Mas isso somente um humano poderia fazer, usando a moeda de ouro. Hastur o faria aprisionar todos, exceto ele, que poderia vagar pela terra até o momento propício para libertar seus rebeldes.

– Eu... ele... o primeiro anjo tentou me enganar – gaguejou Cefa. – Exatamente da maneira como você me falou. Ele me contou que você tem problemas com ele e que você estava apenas me usando.

– *Ele* o enganou, Cefa. Ele matou seu filho e o enganou, fazendo com que você aprisionasse todos os anjos – Azazel se divertia ao dizer aquilo.

Se tinha algo que mais dava prazer a um demônio era falar para um mortal a verdade e, ainda assim, vê-lo desacreditar.

– Mas se eu deixar somente um de vocês livre, com o poder que têm, pode ser que voltem a nos subjugar. O poder corrompe.

– Eu acreditei que você fosse um bom homem, Cefa. Eu só queria que a morte de seu filho fosse vingada. E você aprisionou inúmeros anjos bondosos, que estavam aqui para praticar o bem em favor do Altíssimo.

– Não! – gritou em desespero o infeliz construtor da pirâmide. – Vocês todos merecem estar longe de nós, aprisionados, mortos. Não eu. Não Mólem.

– Cefa Defarge você é um desgraçado! – gritou Azazel, antes de desaparecer para o interior da urna, obedecendo à ordem que lhe fora dada, em seguida.

Assim que colocou a tampa no vaso de ágata, desvairado, o pedreiro desceu às pressas os corredores da pirâmide. Com as batidas descompassadas de seu coração, correu mais rápido que um cervo, atropelando pessoas em seu caminho e ignorando o chamado de amigos e conhecidos pelas ruas da cidade. Levava consigo apenas o livro que lhe fora dado. Ao chegar a sua casa, espantou-se com o que viu, mesmo sendo o que esperava encontrar.

– Oi, papai – disse Mólem.

O garoto estava vivo. Estava em pé na porta de seu quarto, cabelos penteados, vestes limpas, um olhar puro e uma voz doce como se não houvesse visitado o mundo dos mortos. Seu pai o olhava como alguém que encara um fantasma. Incrédulo, visivelmente afetado e cheio de temor.

Pedro parou a narração que fazia para Letícia. O descontrole parecia querer assaltar novamente a sanidade de Isaac.

– O que houve? O que aconteceu depois? – insistiu a garota.

– Pouco tempo depois do aprisionamento, Moudrost retornou de sua labuta pelos confins do universo. Procurou por Hastur, Rafael, Miguel e todos os demais seres divinos que criara. Diante da desobediência dos celestiais, determinou que ficariam separados para sempre dos mortais. Mas seu juízo não recaiu apenas para o lado divino. Ele conhecia todas as regras da existência, fossem elas espirituais ou não, pois ele mesmo as tinha criado. Os homens também teriam que ser punidos. Por isso, derramou fogo sobre o deserto e expulsou os trabalhadores, comerciantes e suas famílias dali. Destruiu a cidade, trazendo solidão e ermo às pirâmides. Não permitiria mais que suas criaturas usassem os portais para acessar os outros mundos que criara. A Terra dos Anjos nunca mais voltaria a ser habitada por seres imortais. Os povos de Enigma não teriam mais acesso direto a eles.

– Foi nessa ocasião que Moudrost decidiu dividir e compartilhar seu poder. Os objetos que foram construídos com influência da Sabedoria divina eram artefatos usados antes pelos anjos – interferiu Isaac.

– Você se refere aos Objetos de Poder?

– Sim, Letícia. Eles mesmos – confirmou Isaac.

– É estranho, pois Moudrost é onisciente – rebateu a garota. – Meu pai sempre batia nessa tecla.

– Não podemos lhe dar uma resposta quanto a isso – explicou Pedro. – Só sabemos o que lemos no diário.

– Talvez Moudrost tenha deixado Hastur promover o aprisionamento, porque descobriu a traição do anjo.

– E tudo pelo que estamos passando seja parte de um plano maior do Criador para restaurar a paz em nosso mundo – concluiu Letícia.

Pedro ficou pensativo. Isaac ponderou o que ouvira. Ninguém poderia afirmar nada. Contudo, era uma opção.

– Sim. Mas e o que aconteceu com Mólem e o pai dele? – perguntou Letícia, lembrando-se de que Pedro não chegara ao final da história.

– O menino que ressuscitou não era Mólem – explicou Isaac.

– Era Hastur?

– Sim, era Hastur. Mas ele precisava escrever com detalhes no diário a trapaça que perpetrou contra Cefa e como o enganou. Fazia parte do ritual. Se não o fizesse em dois dias, ficaria para sempre preso ao corpo que passou a habitar, e nunca mais voltaria a ter os poderes de um anjo novamente – continuou Pedro. – Cefa levou o menino embora da cidade antes que o fogo caísse sobre ela. Hastur sabia que não poderia escrever a história em seu diário com uma pena comum. Para que ele conseguisse se manter invisível e fora do aprisionamento maldito, ele precisaria usar sangue humano ao escrever no livro todas as vezes que mudasse de corpo. E este é o verdadeiro motivo pelo qual o diário também é chamado de Livro dos Mortos, ou seja, das pessoas mortas que foram usadas por ele.

Novamente, Letícia percebeu afetação em Isaac, enquanto o aqueônio falava.

– A caravana que seguia para cada vez mais longe do deserto assistiu ao garoto assassinar o próprio pai.

O estômago de Letícia embrulhou ao ouvir o aqueônio narrar o desfecho da tragédia.

– Ela não precisa saber mais do que isso, Pedro.

Os olhos da garota se arregalaram. Ela compreendera que Mólem usara o sangue de Cefa para contar a primeira parte de sua história no Necronomicon.

– Não é à toa que as pessoas enlouquecem lendo este livro – explicou Isaac. – Não contamos a você nem um terço do que Hastur foi capaz de fazer durante todos esses séculos viajando por Enigma e Ignor, levando discórdia entre os homens, criando guerras e desentendimentos.

– Eu convivi com ele por quase toda minha vida sem saber – disse a filha de Liutprand. – Tantos anos. Era tudo uma farsa. Ele sabe o que é enganar as pessoas, porque eu jamais desconfiei. Meu pai o acolheu como a um filho. E ele estava nos usando, aguardando a hora para continuar a executar seu plano.

– O mal é paciente – concordou Pedro. – A mentira e a paciência são suas maiores armas.

– É por isso que estou inquieto. Ele está com Gail. Ele precisa dela tanto quanto precisa do diário.

– Não vai acontecer nada de mal a ela, Isaac – Letícia tentou confortá-lo.

O anjo precisava da filha de Bátor viva até que o livro lhe fosse entregue. Todos tinham entendido perfeitamente isso. Então, ele tomaria seu corpo celestial de volta, libertaria apenas os anjos que se rebelaram com ele e guerrearia contra seu Criador.

– Descobriram mais alguma coisa? Vocês passaram horas debruçados no *Diário do Anjo*, absorvendo a leitura, enquanto eu cantava.

Isaac pareceu enviar um sinal com o olhar para Pedro. Não queriam falar mais nada.

– O que foi? – perguntou a garota.

– Os anjos podem nos ver e ouvir. Conseguem um mínimo de interferência em nossa dimensão, mas, quando isso ocorre, são punidos pelos Guardiões do Submundo.

– O diário fala algo sobre Moudrost? Por que ele não interfere? O que ele está fazendo neste momento?

– Não há registros diretos sobre isso no livro, Letícia – explicou Pedro. – Mas há pistas. O que Hastur mais odeia em nós é o livre-arbítrio que possuímos e o fato de não sermos imortais. Ele deixa isso claro em vários trechos e descrições de suas narrativas.

– O livre-arbítrio eu compreendo. Os anjos executam ordens. Não tomam as próprias decisões, quando são orientados em uma questão. Mas por que cobiçariam a mortalidade dos homens? Ora, por quê?

– Talvez porque seja a morte o elemento mais poderoso, capaz de tornar nossas ações grandiosas. O risco de perder a própria vida entregando-se em prol de outro ser vivo não significaria nada se fôssemos imortais. Não existiria sacrifício.

Um assombro dominou Isaac. Pedro tinha razão. Por mais que desejassem, os anjos não poderiam se sacrificar por alguém, não poderiam perder suas vidas. Esse ato do mais alto nível de altruísmo era exclusividade dos mortais.

– Preciso dormir – informou Pedro.

– Letícia também.

– E você também, Isaac – retrucou Letícia.

– Eu não sei se consigo.

– Não se trata de conseguir. É necessário – insistiu a garota.

– Prometo que vou tentar. Mas quero que os guardas os levem de volta para as ruínas do castelo. Lá existem acomodações melhores para vocês passarem a noite.

– E você?

– Eu vou ficar bem, Pedro.

Isaac olhou ao redor. Havia colchonetes de palha no canto do casebre.

– Posso dormir aqui tranquilamente. Só quero ficar sozinho por um tempo.

Letícia não protestou. O que mais queria era encontrar uma cama ou uma rede para se acomodar. Dormiria como uma pedra.

Isaac insistiu para que os dois guardas escoltassem seus amigos até as construções centrais do acampamento.

– Temos ordens para não deixar nenhum de vocês sozinhos. Já é tarde – informou uma das sentinelas.

– Eu não ficarei sozinho por muito tempo. Vocês podem retornar assim que os deixarem em segurança. Eu estarei confortavelmente acomodado naquele canto. Provavelmente já tomado pelo sono.

– Obedecemos a ordens – insistiu um deles.

– Então, levem meus amigos em segurança para o acampamento – disse Isaac, com determinação. – Eu sei me virar muito bem. Acreditem!

Isaac colocou a mão no punho de sua espada, indicando que tinha habilidade suficiente para se proteger.

Pedro estranhou o desejo tão intenso do amigo de querer ficar longe do arraial do exército, ainda mais sozinho. Mas deduziu que ele tinha algum motivo para tanto. Estava arrasado, após tudo o que descobrira no diário. O aqueônio tentou ler seus pensamentos, mas só encontrou escuridão e confusão. Talvez fosse realmente melhor deixar Isaac sozinho por um tempo. Ele estava muito aflito e precisava de privacidade para pensar no que fazer.

Os guardas sentiram-se intimidados. Mas também haviam percebido o quanto o general Spencer demonstrou afeição e respeito pelo jovem com a espada na cintura. Então, optaram por não arrumar confusão com Isaac.

– Voltamos em poucos minutos – assegurou o vigia, partindo com seu companheiro e os dois Possuidores.

Isaac não podia perder tempo. Tinha um plano. Não sabia se funcionaria. Fora traçado durante a aflição da leitura do Necronomicon, no furor do desespero. Mas foi a única coisa que veio à sua mente para tentar salvar Gail.

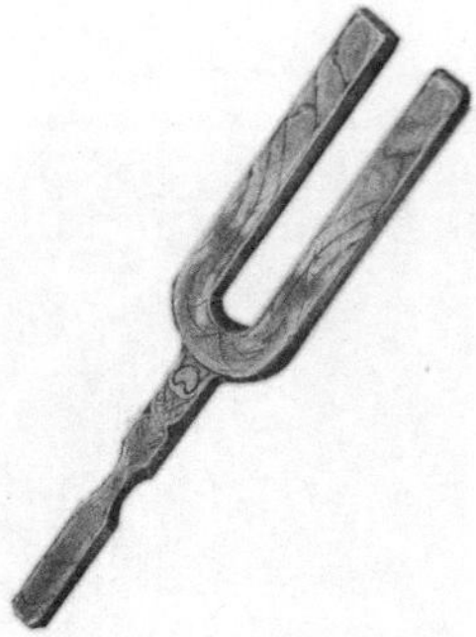

ISAAC TEM UM PLANO

Isaac sabia que Hastur poderia tomar ciência de tudo o que ele falasse ou fizesse. Suspeitava também de que Gail não soubesse que a pessoa que estava com ela era um impostor. Ele queira saber como ela estava e poder avisá-la que corria perigo. Mas como?

A única resposta que lhe vinha à mente era: por meio de uma mensagem secreta.

Uma coisa não saía da cabeça de Isaac: a maneira como ele havia conhecido Gail. Ele se recordou brevemente da manhã em que chegou à Pousada Arqueiro com Bátor e ela não estava no quarto. Havia um desenho no quadro de refeições do restaurante da estalagem. Era uma mensagem secreta em código.

Ele correu até a janela do casebre. A luz das velas não era suficiente para clarear bem o local. Então, ele aproveitou para rasgar um pedaço do tecido da cortina. Retornou à mesa e ficou olhando para o pedaço de pano. Se ele quisesse ver seu plano funcionar, precisaria fazer o máximo para executá-lo no escuro. Era um tempo difícil e causava arrepios. O matemático se perguntava se haveria um Objeto mais poderoso que o outro. Pensou no Pergaminho do Mar Morto. Saber exatamente como as coisas ocorreram no passado era um poder inigualável, pois lhe permitia mudar o futuro. Hastur não tinha somente esse poder agora. Ele também possuía os Dados de Euclides e poderia ter *flashes* do futuro. Um calafrio tomou conta do corpo de Isaac.

Depressa, o garoto correu até a lareira no canto oposto à janela e pegou um carvão. A região também estava na penumbra e seus movimentos foram rápidos. Ele já havia planejado tudo, enquanto olhava para o tecido rasgado da janela sobre a mesa.

Estava com medo? Muito. Mas sentia que precisava agir, precisava fazer qualquer coisa para tentar salvar Gail.

Quando retornou da área escura do cômodo, foi em direção à porta, passou por onde as sentinelas haviam ficado as últimas horas em guarda e correu em direção ao morro que ladeava o casebre.– Apareça! – gritou Isaac determinado. – Precisamos conversar!

Seu grito ecoou na depressão que o terreno fazia em direção ao mar, mas sua intensidade fora abafada pelo suave quebrar das ondas na praia.

– Eu sei que pode me escutar! Apareça, seu maldito!

Se fosse necessário, Isaac passaria a noite gritando para que Hastur o encontrasse.

– Você não terá seu diário, se não aparecer agora!

Minutos, que pareceram horas, se seguiram até que um ruído despertou a atenção de Isaac. Com um pulo de susto, ele voltou-se, esperando ver o anjo, mas eram os guardas que acabavam de retornar.

Confuso, Isaac os ignorou. Deu alguns passos na rocha em que se encontrava, na direção da areia da praia, e continuou gritando, sem se importar com o que as sentinelas pudessem pensar.

– Tenho a noite toda, se você quiser! Mas não irei até as pirâmides se você não aparecer.

Uma das sentinelas ameaçou se aproximar do jovem, pensando que ele estivesse fora do juízo, mas foi impedido pelo outro. Os vigilantes permaneceram parados observando aquela triste cena. Isaac parecia desvairado, um louco por completo. Caminhava em torno de um pequeno círculo imaginário, voltando-se para uma e outra direção, chamando por Hastur.

Se o demônio ao menos o tivesse escutado antes... Certo foi que o deixou esperando um bom tempo para que a loucura do jovem ficasse cada vez pior. Isaac estava desgastado, cansado de uma forma incompreensível, como se tivesse lutado corpo a corpo com inúmeros inimigos em uma batalha, semelhante a um guerreiro que passou horas em treinamento e, por fim, sucumbiu.

Assim que se deitou na rocha, entregue ao desespero e à fadiga extremos, a voz do anjo lhe chamou:

– Isaac Samus de Finn.

Os dois guardas apressaram-se a empunhar suas espadas e escudar o garoto. Estavam visivelmente afetados com o que viam. Um outro rapaz, idêntico ao que se jogara no chão, surgira da escuridão da noite e ria de forma zombeteira. As sentinelas ainda se perguntavam como ele havia chegado tão rápido no alto do rochedo, sem que eles o tivessem visto.

– Deixem que eu cuido dele – pediu o verdadeiro Isaac, recompondo-se e se levantando aos frangalhos.

– Você está péssimo, irmão – caçoou Hastur.

Contudo, a fala do anjo arrefeceu o horror no olhar dos guardas, que entenderam tratar-se de um irmão gêmeo do rapaz que defendiam.

– Eu li seu diário.

O falso Isaac gargalhou.

– Eu sei que não pode tomá-lo de mim. Ele foi o primeiro Objeto Trevoso. E é ele que o mantém fora do aprisionamento.

– Vejo que fez sua lição. Mas eu não estou preocupado com isso. Você tem poucos minutos para me dizer o que quer, antes que seu amiguinho albino apareça para tentar me queimar.

Percebendo que o tempo não estava a seu favor, Isaac apressou-se a fazer sua exigência.

– Quero uma garantia de que Gail está viva.

– Mais uma? A leitura do livro não foi suficiente?

– Não me faça perder tempo. Quero vê-la com meus próprios olhos.

– Isso não é nem um pouco necessário.

– Eu estou com seu livro e sei que você precisa dele para se libertar. Não vou mover meu pé do arraial, enquanto não tiver uma prova de que minha amiga está bem.

Hastur olhou para a escuridão ao norte da praia, como que esperando o grifo surgir para caçá-lo novamente.

– Você sabe que, se eu fizer isso, alguma coisa será alterada nessa linha de tempo – informou o anjo.

Isaac meneou a cabeça afirmativamente.

– Não teme o que você pode causar? A vida dessa garota é tão importante assim para você? O amor, às vezes, pode machucar muito – disse Hastur em meio a risos, sempre caçoando de seu interlocutor.

– Eu quero ter certeza de que Gail está bem. Não vou repetir – dessa vez, foi Isaac quem respondeu olhando apreensivo para o norte, como quem aguarda a chegada de uma visita inoportuna.

Então, ao piscar seus olhos, ele percebeu que já não estava mais na praia. Isaac fora transportado para algum instante no futuro, e agora estava em um amplo salão, que fazia, em parte, lembrar os aposentos espaçosos e magníficos do palácio Smiselno.

Quatro tochas suspensas nas paredes crepitavam. Havia inscrições enigmáticas desenhadas por todo canto como num quarto de criança. As janelas alongadas para o alto se estendiam sem qualquer proteção. Se algum dia houvessem colocado vidraças nelas, já não existiam mais, nem sequer cacos espalhados pelo chão como pistas de um passado remoto.

O vento soprava intenso pelas enormes aberturas, mas Isaac percebeu, ao olhar para fora, que não estava no ponto mais alto da pirâmide. E, embora ainda houvesse muita escuridão, a claridade do dia ameaçava despontar no horizonte leste.

Hastur levou o dedo indicador à boca, sinalizando para que o verdadeiro Isaac não fizesse barulho. Acomodada em um canto confortável, protegido da ventania, jazia Gail como um bebê que dorme sem qualquer preocupação.

O anjo não deixou que seu convidado desse nem sequer um único passo na direção da garota. Segurou em seu antebraço, provocando um estremecimento no corpo de seu rival.

Enquanto um portava o Necronomicon, guardado em sua bolsa, e o Cubo de Random, o outro estava com o diapasão, os dados e o pergaminho.

– Eu vi o brilho dos Objetos – sussurrou o verdadeiro Isaac. – O que foi aquilo?

– Existem respostas que você jamais terá. O reino espiritual é mais complexo do que você imagina, Isaac.

Um desejo quase incontrolável tentava possuir as faculdades mentais do matemático. Ele queria acordar Gail e levá-la embora dali. Contudo, sabia que não podia interferir no futuro. Sua ida até à pirâmide já significava uma alteração no passado com consequências inimagináveis.

– Está satisfeito? – sussurrou o impostor.

– Não! Espere!

Gail acordou imediatamente com a súplica de seu amigo, mas não conseguiu vê-lo.

À sua frente, estava o falso Isaac. Apenas ele, olhando para ela com o mesmo sorriso sarcástico que usara durante toda a travessia pelo deserto.

– Gail, você acordou.

A garota parecia confusa. Olhou ao redor como se procurasse por mais alguém.

– Temos que continuar a subir a pirâmide. Quando chegarmos lá em cima, eu prometo, irei para onde você quiser me levar.

– Tive um sonho estranho – declarou ela.

– Espero que não tenha sido um pesadelo.

A garota se levantou, caminhou até perto da janela onde alguns segundos antes seu verdadeiro amigo Isaac se encontrava e, após ver as primeiras luzes do sol no horizonte, pintando as nuvens longínquas de branco, voltou-se para seu interlocutor:

– Como eu dormi bem.

– Sobre o que foi seu sonho?

Gail levou a mão à cabeça. Parecia confusa ou não queria revelar.

O impostor retrocedeu dois passos e ficou surpreso com o que viu. Caído no chão, havia um pedaço de tecido com um desenho estranho: uma embarcação.

Hastur tinha certeza de que aquele objeto não deveria estar ali. A pirâmide ficara isolada do mundo exterior por centenas de anos. Um pedaço de pano já teria se deteriorado, envelhecido. Aquele, porém, era um pedaço novo de tecido, apesar de rasgado. Não foi difícil para o anjo rebelde deduzir que o visitante do passado tentara enviar uma mensagem codificada para sua amiga no futuro.

De maneira quase teatral, o anjo pisou no pedaço de tecido, ocultando-o.

– Eu imaginei que você acordaria com fome – disse ele. – Por isso me levantei bem cedo e fui até o lago buscar frutas para seu desjejum.

Ao ouvir o que o companheiro havia feito, Gail abriu um sorriso. O falso Isaac apontou para uma estrutura cúbica no canto do aposento, utilizada como mesa, e sobre ela havia bagas e um cântaro.

– Não estou acreditando que você fez isso! – exclamou a garota, surpresa.

Gail se aproximou e conferiu que as frutas estavam frescas. Segurou a alça do cantil e virou, derramando um pouco de água na outra mão.

– Onde conseguiu isso? – perguntou, referindo-se ao recipiente.

O impostor apontou para um canto distante de onde eles conversavam. Só então Gail percebeu quão amplo era o lugar onde eles tinham passado a noite. Utensílios de ouro decoravam todo o salão. Havia cântaros e outros tipos de vasos decorando todo o ambiente. Empoeirados, provavelmente nos mesmos locais onde haviam sido colocados e esquecidos anos atrás.

Os raios de sol já iluminavam bem o interior da pirâmide e o deslumbramento da garota se tornou intenso.

– É maravilhoso! Obrigado, Isaac! – agradeceu a garota, voltando-se para a comida e bebendo um pouco de água.

Foi, então, que Hastur pôde se abaixar e pegar o pedaço de pano com o desenho do barco feito toscamente com carvão. Quando ajeitou o objeto nas mãos – Gail não o observava, uma vez que estava extasiada, tanto com o desjejum quanto com o ambiente que, à luz do dia, revelava a riqueza da pirâmide.

Hastur virou em noventa graus o pedaço de pano na mão e enxergou um arco e flecha desenhado onde antes parecia estar desenhada uma embarcação.

Ele moveu mais algumas vezes o desenho e viu que poderia significar tanto a primeira como a segunda imagem visualizada. Por certo, era uma mensagem para Gail.

O ódio cresceu exponencialmente dentro de Hastur. Ele era o pai da mentira, a primeira criatura a deturpar a verdade, a enganar outro ser vivente, e se deliciava em ver as desgraças causadas pelo engano. Entretanto, abominava ser enganado.

Sua animosidade em relação a Isaac Samus se converteu em um sentimento intenso de vingança. Se aquele corpo físico pudesse materializar sua raiva e ressentimento, todos os poros de sua pele estariam exalando um cheiro putrefato como o de mil cadáveres.

Hastur jogou a tira de tecido pela janela, assistindo-a ser levada para longe pelo vento. Recebeu um olhar complacente de Gail e o retribuiu com a mesma benevolência.

– Não vai comer? – perguntou ela, ao que ele respondeu negativamente com um aceno de cabeça.

O anjo pensou em ferir sua presa, machucar sua refém. Porém descartou rapidamente a possibilidade. Não poderia deixar que a esperteza de Isaac o irritasse a ponto de fazê-lo perder a cabeça.

Vivera por tempo demais para saber que a precipitação é o germe da derrota. Se conseguira se esconder durante tantos anos de sua condenação e aprisionamento, isso era devido à sua paciência, e não apenas ao seu conhecimento sobre as leis espirituais e rituais antigos.

"De nada vale o conhecimento, se não há paciência. Ela é a mãe da sabedoria. E a sabedoria é fundada na capacidade de tolerar contrariedades, dissabores e infelicidades", pensou o demônio.

Não! Definitivamente, ele não deveria machucar a garota por hora. A retaliação deveria ser dirigida a Isaac Samus. Hastur precisava fazê-lo sofrer de forma tão profunda que a dor causada o ensinaria uma lição.

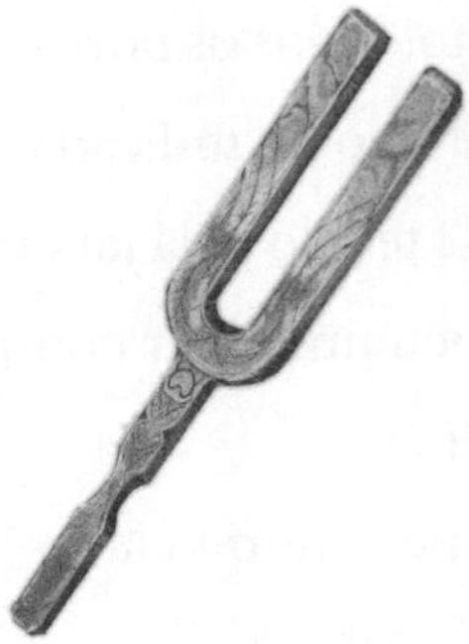

SURPRESAS

A noite foi tumultuosa para todos no acampamento. Duas ou três vezes, o grifo albino sobrevoou a praia. Mas nem todos acordavam com seus guinchos estridentes, devido ao cansaço e à fadiga do dia anterior.

As duas monarcas mais velhas despertaram sobressaltadas, como de um pesadelo. Tomaram consciência de que os ganidos da imensa ave eram o prenúncio da desgraça.

Celeste chegou a se levantar e sair de sua tenda. Subiu o morro onde sentinelas faziam guarda e viu ao longe um navio em chamas. A embarcação pertencia ao exército inimigo.

O lictor de Le Goff parecia ficar a cada momento mais exasperado. Atacara a frota de Ignor e sobrevoara o arraial dos soldados de Enigma duas ou três vezes, emitindo seus ganidos agourentos. A atmosfera de medo crescia para além da guerra entre os reinos. Havia algo muito maior em jogo e os soldados, de ambos os lados, de nada desconfiavam.

O conselho de guerra se reunia bem cedo pela manhã. O general Spencer estava a par de todas as incursões do inimigo.

Pelo menos oito navios tinham sido vistos descarregando soldados e aparatos militares havia dois dias. Um acampamento inimigo fora montado na praia ao extremo sul, em uma penha onde existia um farol abandonado. A passagem marítima austral estava interrompida pela frota de Ignor. Por outro lado, militares de Enigma haviam interceptado embarcações inimigas vindas do norte, especificamente da região do Planalto de Gnson, que tentavam trazer armamento para fornecê-lo ao inimigo.

O sol ainda não despontara por completo no horizonte, quando o retumbar do gongo de bronze foi ouvido, anunciando a troca de turno dos vigias às cinco horas da manhã.

Um vulto atravessava o pátio da fortificação principal, vindo das acomodações dos comandantes. Seu andar marcial e determinado não conseguia esconder que manquejava. A silhueta era a de Bátor. A ferida em suas costas ainda doía e a perna se recuperava. Ele carregava uma bolsa pendurada e sua espada no coldre.

– Bom dia, general – cumprimentou o paladino ao adentrar a sala de guerra.

Spencer saudou Bátor com um olhar de esperança, que foi alterado para uma reação de surpresa.

– Bom dia, comandante. Isto é o que estou pensando? – perguntou o general vasculhando o uniforme, a bolsa e a espada do amigo.

– Sim. Eu não poderei esperar que alguém faça alguma coisa, enquanto minha filha está a alguns quilômetros daqui sendo feita de refém.

– Capturamos um pequeno pelotão inimigo esta madrugada.

A revelação do general pegou Bátor de surpresa.

– Embrenharam-se no deserto a fim de dar a volta e nos atacar pelo oeste.

– Um pequeno pelotão? – assustou-se Bátor. – Um ou dois soldados conseguiriam sobreviver e rastejar pelo Deserto da Desolação sem serem notados, general. Foi exatamente o que o jovem que me atacou fez dias atrás. Mas um pelotão? Qual a intenção disso?

– Estamos numa guerra, Bátor. Você mesmo disse que tentariam de tudo.

O paladino sentiu-se confuso. Possuía anos de prática militar e sabia que aquele tipo de incursão não tinha muitas chances de sucesso. Mesmo assim, havia sido uma aposta do exército de Ignor.

– Quando disse que poderiam usar estratégias e armas não convencionais, eu me referia a poderes sobrenaturais.

– Parece que agora não são apenas eles que os possuem.

– O que você quer dizer com isso?

– O garoto que chegou liderando o grupo: Isaac Samus.

– O que tem ele?

– Ele me procurou altas horas da noite. O rapaz me informou que havia chances de um ataque pelo deserto, uma vez que estávamos aguardando o inimigo vir do mar.

A incredulidade já tomara conta da face de Bátor.

– Ele o quê? – estranhou o paladino.

– Confesso que fiquei bastante cético ao ouvi-lo. Pensei em acordar você. Mas foi você mesmo quem me disse para confiar nele. E, veja bem, ele estava certo. Eu decidi enviar sentinelas e ficou confirmado que ocorreria um ataque contra nosso forte no raiar desta manhã. Graças a Isaac nós o emboscamos, Bátor. Os prisioneiros de Ignor estão sendo trazidos para cá neste momento.

– Eu realmente não sei o que dizer… – suspirou Bátor, como quem tenta encontrar a peça-chave de um quebra-cabeça.

– Os poderes que aqueles jovens possuem são realmente formidáveis. Eu mesmo duvidei quando você me contou sobre isso ao chegar aqui.

Isaac também me informou que deveríamos atacar o acampamento que fizeram no farol.

– Isso é sério?

– Eles trouxeram uma multidão de navios e soldados para a guerra, mas estão ficando sem alimento e água potável para manter as tropas condicionadas.

– General, eu não exagerei quando me referi à confiança que tenho em Isaac Samus, mas confesso estar um pouco afetado com tudo isso. Ele é um excelente rapaz. Eu mesmo o trenei com espada e enfrentamos muitas coisas terríveis juntos...

– Você acha que ele deveria tê-lo procurado primeiro? Bátor, eu entendo. Mas ele também queria poupar você. Não venha me dizer que está com ciúmes de seu pupilo?

– General, de forma alguma. Eu...

– Ele me procurou e disse ter passado boa parte da noite com Pedro e Letícia investigando os textos daquele tal livro amaldiçoado. Ele encontrou informações preciosas capazes de nos fazer vencer essa guerra, Bátor.

– O senhor estava nesta sala ontem, quando eles nos contaram tudo pelo que passaram. Disseram que todos os nossos passos poderiam estar sendo monitorados pelo ser que levou minha filha para aquela pirâmide – respondeu o paladino, apontando para a janela na direção do deserto. – O que nos garante que Hastur não tenha escutado tudo que vocês conversaram?

O general Spencer pegou fôlego para responder, caso contrário deixaria a trepidação em sua fala revelar a fragilidade que começou a tomar conta de suas certezas.

– O garoto parecia afetado – respondeu Spencer como se pudesse ver Isaac diante dos seus olhos. – Mas foi completamente convincente.

Eu sei ler uma pessoa quando está mentindo, e não foi o que eu vi no rapaz. Ele disse ter se encontrado com o anjo, e que foi levado até a pirâmide. Isaac disse ainda que Gail está bem. Ela dormia e não faz ideia de que está sendo enganada.

Bátor suspirou aliviado. A informação sobre sua filha o fez suspender a incredulidade e acreditar que Isaac pudesse ter algum plano com tudo isso.

– Gail dormia, quando o anjo o levou até ela. Isaac disse que estava no futuro. Muito provavelmente nesse mesmo instante em que estamos conversando agora. Ah, Bátor, isso é simplesmente fabuloso. Esses Objetos são, de fato, poderosos demais. O garoto ainda disse que eles não estavam no topo da pirâmide, mas que, da altura em que se encontravam, ele conseguia ver o mar no horizonte longínquo e uma batalha acontecendo no deserto próximo à praia e...

O general Spencer foi interrompido com a entrada de Dário.

– Senhor, os prisioneiros acabaram de ser trazidos do deserto.

– Perdemos algum homem?

– Nenhum, senhor. O pelotão inimigo era pequeno e não fazia ideia de que seria surpeendido.

– Muito bem – respondeu Spencer, satisfeito. – E quanto ao destacamento que enviamos para o acampamento inimigo no farol?

– As fileiras estão se deslocando para a penha, conforme o senhor ordenou.

Spencer lançou um olhar confiante para o paladino e voltou a se dirigir para o outro subordinado:

– Comandante Dário, eu quero que forneça água e comida para os prisioneiros. Vamos usá-los para negociar o fim desse conflito.

– Quantos homens foram capturados? – perguntou Bátor.

– Menos de trinta. Alguns ficaram feridos e três morreram no confronto.

– Menos de trinta – repetiu o paladino. – Não faz sentido. Se eles quisessem nos causar dano com um ataque surpresa pelo deserto, trinta homens seriam abatidos facilmente.

– Também achei estranho, comandante – explicou Dário. – Não sei o que foi. De certa maneira, não parecia que eles estivessem realmente dispostos a lutar.

– O exército de Ignor não se importa com a vida de seus soldados – explicou o general.

– Sim, eles sofrem uma lavagem cerebral e são capazes de morrer lutando contra o que quer que seus líderes lhes digam que deve ser feito – disse Bátor. – Seus comandantes são covardes e jamais se envolvem em situações de risco, mas os soldados? Não. Eles são usados como peões, cuja vida não vale nada. Apenas três mortos em um batalhão de trinta?

– Exato. Mas o que mais me deixou intrigado foi exatamente a questão da liderança.

– O que está querendo dizer com isso, Dário? – perguntou Bátor.

– Havia um líder do exército inimigo no meio deles. Algo que a vaidade e soberba de um comandante de Ignor jamais permitiria que ele fizesse: entregar-se junto com um grupo de soldados condenados.

– Você está me dizendo que capturamos um comandante do exército de Ignor?

– Exatamente, general.

A confirmação era sombria, ilógica e ao mesmo tempo representava uma verdadeira vantagem para o exército de Enigma.

– Como pode ver, seus amigos que chegaram ontem nos trouxeram boa sorte – afirmou Spencer. – Creio que seja o momento perfeito para você fazer o que está determinado a fazer, comandante Bátor. Aproveite que ainda é cedo e vá salvar sua filha.

O conselho era bom, mas, diante da situação que lhe fora exposta na sala de guerra, se tornara duvidoso. Bátor precisava conversar com Isaac antes de partir. Porém, se o fizesse, sabia que o matemático o convenceria a não seguir com seu plano de resgate.

– Eu não estou mais certo sobre o que devo fazer, general. Essa mudança repentina e todos os acontecimentos da madrugada me trouxeram muitas dúvidas.

– O garoto consegue pressentir o que vai acontecer. Foi você mesmo quem me contou suas aventuras com ele em Melon, Verlem e Corema. E eu escutei quando ele lhe disse ontem à noite para não seguir na direção das pirâmides. Talvez a movimentação militar dessa madrugada seja um sinal para nós de que os planos devem ser mudados – reforçou Spencer.

Bátor ainda lutava contra o sentimento de frustração e confusão que o dominara após ficar sabendo sobre o pelotão capturado. Ainda não se decidira sobre ficar ou partir.

– Onde Isaac dormiu, general?

– No casebre onde passou parte da noite com o aqueônio e a menina. Ele parecia desafortunado. As sentinelas disseram que ele gritava feito um louco para o nada e que o outro, o tal anjo encarnado no corpo do rapaz que atacou você, apareceu para ele – Spencer fez uma pausa. – Veja bem, comandante, meus homens não são de temer o perigo ou a morte, mas disseram ter ficado assustados com a bizarrice que presenciaram.

– Então, é verdade – concluiu Bátor, olhando pela janela como se pudesse enxergar dali os enormes monumentos no deserto. – Isaac esteve com Hastur. Ele realmente viu Gail esta manhã.

– Tudo isso parece uma loucura, não? O pobre coitado quase não dormiu. Meus homens sentiram pena dele. Parece estar ficando fora de si.

Dário assentiu.

– Eu estava no pátio, quando ele veio falar com general. Pobre rapaz.

– Precisamos deixá-lo descansar. O dia será muito exaustivo para todos nós, mas principalmente para ele. Dário, leve-me até os prisioneiros. Quero interrogá-los.

Antes de os dois comandantes saírem da presença do general, Spencer disse algumas palavras a Bátor:

– Vicente, obrigado por estar aqui.

O paladino meneou a cabeça e seguiu Dário, descendo as escadarias do forte.

As nuvens mesclavam um tom rubro com prateado, cobrindo o sol que despontava no horizonte líquido do oceano. Nem mesmo a chegada dos prisioneiros foi capaz de quebrar o silêncio mórbido que pairava por todos os cantos do arraial.

Três carroças com jaulas metálicas estavam dispostas numa área de vegetação de médio porte, onde saguaros, palmeiras e árvores pata-de-elefante amenizavam as oscilações extremas do clima. A perplexidade de Bátor ao vê-las atulhadas de homens mal-encarados e fedorentos o fez relembrar os horrores das guerras contra Ignor.

Não era, de fato, algo justo. Os reis de Ignor mantinham um sistema opressor sobre seu povo. Controlavam toda a informação à qual a população tinha acesso. Mantinha os súditos sob um estado de miséria intencional para poderem se perpetuar no poder. Quanto mais o povo fosse dependente dos reis e rainhas, mais os obedeceria. Para isso, as crianças precisavam ser doutrinadas e adestradas, ensinadas a odiar tudo o que fosse relativo a Enigma. E quando cresciam, aquelas que fossem selecionadas para trabalhar no exército, acabariam formando o grupo pilar para manter o poder nas mãos dos reis. O governo era sustentado pela força militar contra os próprios cidadãos.

– Você sabe melhor do que eu que não são seres humanos. Não mais – confidenciou Dário, enquanto se aproximavam das carroças. – A civilidade, a honra, a ética e a moral foram arrancadas deles há muito tempo.

– Sei exatamente o que Ignor faz com as pessoas – Bátor se recordou de seu irmão. – Há aproximadamente quinze anos eu perdi meu irmão para o sistema que eles sustentam.

– Ele foi morto em batalha?

– Não.

– Foi feito prisioneiro e torturado?

– Também não. Eles o fizeram odiar tudo o que nosso reino representa.

– Como?

– Mentindo. Simples, não acha? Se você mente durante anos para uma criança, consegue fazê-la acreditar no que quiser.

– Mas quando ela crescer, em algum momento, descobrirá que foi enganada.

– Sim. Você está certíssimo. Se ela vivesse em uma sociedade livre e justa, rapidamente se revoltaria e mudaria seus valores e crenças. Mas não quando se vive em um lugar opressor e injusto. Os reis fornecem recompensas mínimas para um pequeno grupo e fazem de tudo para manter o resto da população escravizado.

– Em qual dos dois grupos seu irmão se enquadrou?

– Acredito que no segundo.

Os dois comandantes se aproximavam da primeira jaula e os gritos selvagens dos prisioneiros se intensificaram. Batiam com as mãos nos ferrolhos e tentavam sacudir as grades, mas eram as carroças como um todo que se remexiam.

– Não pode ser.

Dário não soube se Bátor sussurrava ou se sua voz tinha sido abafada pelos grunhidos dos homens ensandecidos.

– Não se aproxime muito, comandante – aconselhou ao paladino.

Bátor não o obedeceu. Chegou o mais próximo que podia, sem que os braços dos prisioneiros o alcançassem, e olhou para o fundo do cárcere. Não queria acreditar no que via.

– Valério...

Não estava mais falando com o comandante Dário.

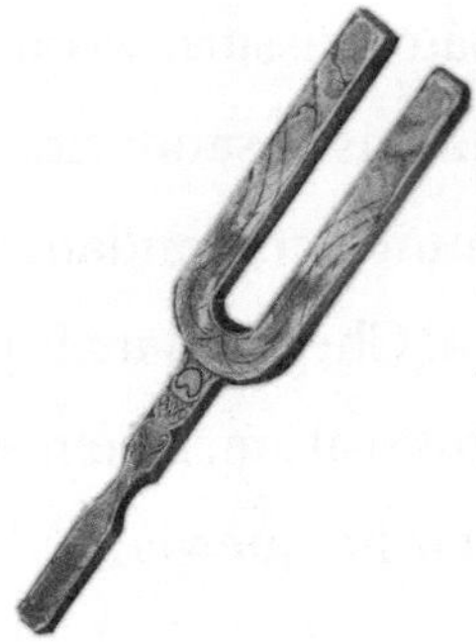

QUESTÕES FRATERNAS

Um terceiro comandante se aproximou de Dário e Bátor.

– Aquele é o líder do pelotão – disse, apontando para Valério.

Enquanto dois prisioneiros tossiam, um terceiro cuspiu uma gosma de sangue que atingiu a bota do paladino. O bando tinha aparência selvagem, mas também miserável e desanimada. A maioria com cabelos fartos desgrenhados, rostos sujos e uniforme tosco, com remendos e rasgos, que certamente não foram causados pelo confronto com os soldados da rainha Owl.

– Quero interrogá-lo – disse Bátor, ainda atônito sem compreender a coincidência.

– O que foi? – perguntou Dário.

– Aquele homem é meu irmão. Era sobre isso que eu estava lhe falando. Eu vim para o Deserto da Desolação assim que me informaram que ele comandava um dos navios inimigos.

– Não pode ser.

– Estou lhe dizendo. Aquele homem é meu irmão.

Bátor sentiu-se aturdido, assistindo a seus soldados tirarem Valério da gaiola metálica e acorrentá-lo.

– Foi isso o que você sempre desejou, não foi? – perguntou o prisioneiro, com escárnio na voz. – Me ver aprisionado.

– Lógico que não.

– O filhinho preferido da mamãe.

– Me parte o coração vê-lo nessas condições.

– Eu escolhi estar aqui. Preciso terminar um trabalho.

– Trabalho? O que você quer dizer com isso, Valério?

O prisioneiro começou a rir alto.

– Coloquem-no em uma tenda – ordenou Bátor.

Dário tocou o braço do paladino em demonstração de discrição. Os dois se afastaram dos prisioneiros para conversar.

– Desculpe-me, comandante, mas não posso permitir isso. Se ele é seu irmão, temos uma questão aqui.

– O que você pensa que eu farei, Dário?

– Vamos levar o caso ao general Spencer.

– Eu pensei que já tínhamos resolvido nossos conflitos interpessoais.

– Comandante, acredite em mim, o senhor ganhou minha confiança e respeito. Esta é a razão da minha preocupação com o caso do prisioneiro.

Bátor não teve outra saída senão entrar em um acordo com Dário. Acompanhou de perto seu irmão ao ser levado para uma prisão na estrutura de pedra central da fortificação do exército.

– Você precisa lamber a bota desse nanico? – Valério atiçava seu irmão, referindo-se à estatura de Dário. – É para isso que você se sacrificou anos pelo Reino de Enigma, para se tornar um lambe-botas de um militar?

Dário e Bátor acompanhavam a escolta sem manifestar emoção. Tinham experiência suficiente para saber as intenções do prisioneiro.

Como foi dito, existiam duas castas de pessoas em Ignor: uma pequena, que recebia valores razoavelmente bons dos reis, possuía certos privilégios e era colocada em cargos de liderança que dominavam a outra, composta de aproximadamente noventa por cento da população, pobre, miserável, e que era enganada pela primeira. Acima das duas estavam os reis e rainhas de cada província. Acima deles, o Imperador das Sombras.

Para manter o povo em fiel obediência, os líderes causavam separação entre as pessoas, sempre apontando o que uma tinha e a outra não, mesmo que fossem características físicas, dificilmente modificáveis. O objetivo era causar insatisfação. Pessoas insatisfeitas e emocionalmente instáveis eram mais fáceis de ser manipuladas.

– Você se parece bem mais velho do que este anão, irmão – continuou Valério tentando irritar Bátor. – Muito mais experiente do que ele e precisa lhe bater continência? Essa é a justiça que você sempre tentou me convencer que existia em Enigma?

A escolta passava pelo pátio, quando Pedro Theodor saía do refeitório. O aqueônio, ao ver o paladino, caminhou em sua direção, curioso para saber o que acontecia. Os insultos de Valério começavam a ser proferidos em alta voz e com ferocidade, chamando a atenção de todos os presentes nas ruínas.

– Leve-o para a prisão e converse com Spencer. Diga que capturamos Valério. Ele entenderá.

Ao instruir Dário, Bátor estremeceu. Suas palavras não convenciam nem a ele mesmo. Como poderiam ter capturado exatamente seu irmão? Parecia demasiada coincidência. Bátor viajara sozinho de Parveen até o deserto com intuito de ter a possibilidade de encontrar seu irmão, e o irmão parecia ter vindo ao seu encontro, como se tudo tivesse sido planejado.

– Bom dia, Bátor.

– Bom dia, Pedro.

– Sobre ontem à noite, eu queria me desculpar com você.

Bátor nem sequer se lembrava do que Pedro estava falando.

– Ontem à noite? O que aconteceu ontem à noite?

O aqueônio percebeu que o paladino não se lembrava da exortação que lhe dera sobre guardar os segredos das pessoas.

– Não aconteceu nada ontem à noite. – Pedro preferiu manter a questão encerrada, uma vez que o próprio comandante já o havia esquecido. Então, mudou de assunto: – Quem é aquele homem? Por que ele está falando desse jeito?

Antes que Bátor lhe respondesse, Pedro leu seus pensamentos. Porém foi cauteloso e esperou que o paladino lhe respondesse.

– Valério. Aquele homem é meu irmão. Eu sabia que ele estaria no comando de um navio da frota de Ignor, por isso vim para a guerra mesmo sem ser convocado.

– Ele foi capturado? Como você conseguiu isso?

– Eu não precisei fazer nada. Isso é que me parece mais estranho.

Bátor ainda sentia o torpor que a situação lhe causara. Pretendia perguntar a Pedro sobre Isaac, mas os pensamentos a respeito de seu irmão ainda o deixavam anestesiado em relação a qualquer outra situação. Vasculhou o olhar do aqueônio e teve uma ideia.

– Pedro, faz muitos anos que eu e Valério não nos falamos. Há muitos tempo, ele optou por partir para Ignor seguindo promessas que, a meu ver, parecem não ter se cumprido. Eu sei que vai parecer estranho o que vou lhe pedir, mas… você me emprestaria seu Objeto de Poder?

Embora tenha ouvido tudo com muita calma, Pedro já sabia que Bátor lhe faria tal pedido.

– Parece que eu sempre terei que dizer para as pessoas o quão desconfortável é possuir este Objeto de Poder. Ninguém acredita quando digo que muitas vezes a ignorância costuma ser uma bênção. Achamos que o poder pode nos entregar soluções, quando, na maioria das vezes, nos deparamos com verdades com as quais não conseguimos lidar. Eu sei o que você quer fazer, Bátor, e não acredito que seja o melhor caminho, porque é preciso preparo.

– Pedro, eu entendo tudo isso, ainda assim imploro que me empreste a pena. Há algo muito maior dentro de mim rogando por respostas e você não entenderia.

O aqueônio se lembrou dos conselhos de seus pais, recordou-se do dia em que deixou Aurora usar a pena com o guarda municipal em Bolshoi, sabia que cometeria um grande erro em passá-la para Bátor, mas como dizer não para ele?

Dentro de poucos minutos, os dois irmãos estavam cara a cara um com o outro. Valério tinha as mãos amarradas firmemente por uma corda e estava sentado na estreita cama de pedra construída junto à parede, abaixo da escotilha gradeada. Os ruídos e sons vindos do acampamento anunciavam o início de mais um dia.

Bátor assentava-se numa confortável cadeira de cedro colocada a uma distância segura de seu irmão. A cela encontrava-se trancada, mas duas sentinelas e Pedro os observavam, sem poder escutar claramente a conversa. Tudo conforme o paladino havia solicitado ao general.

Valério não demonstrava ser uma ameaça para seu irmão. Foi o que Bátor leu inicialmente em seus olhos.

– Nosso pai está morto. Ele morreu há cinco anos.

Valério ficou cabisbaixo e Bátor não conseguiu captar quais eram os seus pensamentos.

– Ele perguntava por você.

O prisioneiro se movimentou tentando libertar as mãos das amarras.

– O que eu tenho com isso? – resmungou Valério como se se referisse a algo sem valor para sua vida.

– Mamãe ainda o espera voltar para casa.

Como um louco, Valério riu, sempre desviando seu olhar para os cantos da cela.

– Olhe para mim – exigiu Bátor. – Estou falando com você. Todos estes anos, todos nós pensamos em você. Sempre nos perguntávamos o que você estaria fazendo, se estaria precisando de alguma coisa...

"Não olhe nos olhos dele!"

Bátor teve a impressão de ter ouvido uma frase solta, quando os olhos de Valério se cruzaram rapidamente com os seus. Contudo, não tinha experiência suficiente com o poder do Objeto para ter certeza de que era daquela forma que funcionava. Seu irmão continuou a evitar os olhares diretos.

– Somos sua verdadeira família – insistiu o paladino.

– Você está enganado – rebateu o prisioneiro.

– Você é sangue do meu sangue e nada vai mudar isso, Valério.

– Eu pouco me importo com seu sangue – respondeu, cuspindo na direção do irmão.

– Olhe para mim! – insistiu Bátor.

– É uma pena que sua gente não poderá salvá-lo.

– Salvar-me? – perguntou o paladino. – Salvar-me de quê?

– Todos morrerão.

Pedro e os guardas escutaram a última frase, porque o prisioneiro a proferiu com um tom de exclamação exacerbado e alto.

– Ninguém vai morrer por aqui, Valério.

Nessa hora, os olhos dos dois irmãos se cruzaram e Bátor teve certeza de que Valério acreditava, de fato, no que dizia.

– Os portais se abrirão. As profecias vão se cumprir.

– Quais profecias?

– As profecias dos gnomos dos Fossos Famintos. Eles nunca erram, Bátor.

"Não olhe nos olhos dele."

Quando Bátor ouviu pela segunda vez a estranha frase, percebeu que seu irmão evitava a todo custo olhar diretamente para ele.

– Por que você não quer olhar nos meus olhos? Do que você tem medo?

Valério o encarou ao ouvir a afronta.

"Irmão maldito. Amaldiçoada seja a família que me gerou."

Várias frases ofensivas, com impropérios relacionados aos pais de Bátor, começaram a chegar à mente do paladino. Só podiam ser os pensamentos de Valério, embora fossem coisas muito amargas de se pensar. Como poderia ser possível uma pessoa odiar tanto assim quem quer que fosse?

Pedro já se arrependera de ter entregado a pena para seu amigo, pois sentia que a situação poderia sair do controle. Só não fazia ideia de como isso ocorreria.

– O que no mundo leva um filho e irmão tão amado a se voltar contra os seus entes queridos? Dê-me apenas uma resposta – implorou o paladino. – Você era amado, tinha tudo do que precisava.

"Ele amava mais a você do que a mim."

"Não olhe nos olhos dele."

A frase se repetiu outra vez. Bátor percebeu que, de alguma maneira, seu irmão sabia que ele conseguiria ler seus pensamentos, olhando direto em seus olhos, mas como? A pena estava no bolso de sua camisa. Ninguém além de Pedro tinha conhecimento dela.

"Kane."

"Não olhe nos olhos dele."

– Seus homens não serão torturados ou mantidos como prisioneiros em Enigma – esclareceu Bátor, na tentativa de mudar o rumo da conversa. – Não forjamos essa guerra. Nunca quisemos invadir suas terras. Nossa rainha sempre buscou a paz. Podemos acabar com isso de uma vez. Você e eu podemos impedir que inocentes morram no campo de batalha.

Valério soltou uma gargalhada.

– Os deuses aprisionados ressurgirão. Eles retomarão todos os continentes e terras para Ignor e reinarão neste e no outro mundo.

– Você enlouqueceu – Bátor estava ficando irritado com a insanidade de seu irmão. – O que o trouxe aqui? Por que aqueles homens miseráveis estavam no deserto com você, prontos para se entregarem ao nosso exército?

"Kane."

"A pena."

"Não olhe nos olhos dele."

Bátor não conseguia compreender a que seu irmão se referia, porque aqueles pensamentos não pareciam os de uma pessoa em sã consciência. Na ânsia de fazer o Objeto de Poder, de alguma maneira, resolver a situação, o paladino pegou a Pena de Emily que estava em seu bolso, e Valério a viu.

Pedro assistia a tudo com os nervos à flor da pele.

Os olhos do prisioneiro se arregalaram e, em seguida, dardejaram o irmão que o interrogava.

"A pena."

"Kane."

De repente, os passos de um visitante na ala do presídio chamaram a atenção dos dois homens de dentro da cela. Isaac Samus surgira na antecâmara. Ele chegou sozinho, cumprimentou os guardas e apertou a mão de Pedro.

Bátor não permaneceu de costas para seu irmão. Não acreditava que ele pudesse ser uma ameaça, mas também não daria espaço para a má sorte. Seus olhares se cruzaram e, ainda, a única coisa em que o prisioneiro pensava era em não olhar nos olhos do paladino, na pena e agora na palavra desconhecida, Kane.

O que significaria? Um sintagma de outro dialeto? Um código direcionado a alguém? Bátor suspeitou se tratar de um nome, mas não tinha certeza. Não seria um nome, pelo menos não em Enigma.

– Kane!

O grito arrepiante de Valério enregelou a espinha de Bátor.

Valério, agora, não parecia menos confuso que seu irmão. O desalento eclipsou a loucura que estampava sua fisionomia. Seus olhos chispavam.

– Kane!

Então, Isaac percebeu que o prisioneiro gritava para ele como se o estivesse chamando.

"Traição!"

Bátor estava confuso. Por que Valério consideraria Isaac um traidor? O que afinal significaria Kane?

– Era para você tê-lo matado! – vociferou o prisioneiro para o matemático, apontando para Bátor. – Mas você passou para o lado deles. Você me traiu, Kane! Você traiu Ignor.

Tudo começou a fazer um pouco de sentido.

– Ele não se chama Kane. Valério, você o está confundindo com outra pessoa – tentou intervir Bátor.

"Quem é esse louco?", pensou Isaac.

– Ele acha que você se chama Kane – disse Pedro.

– De onde ele tirou essa ideia? – quando Isaac fez a pergunta, imediatamente lhe veio a resposta. – Meu irmão gêmeo. Ele está me confundindo com meu irmão gêmeo.

"Então, era esse o nome dele."

– Você me falou para não olhar nos olhos dele. Também me falou sobre a pena – Valério continuou vociferando. – Você disse que tinha um plano. Só precisávamos nos entregar. Mas agora você está com eles, seu maldito! Estava jogando dos dois lados?

– Você está enganado, Valério – disse Bátor. – Vou repetir: ele não se chama Kane.

– Não minta para mim, Vicente – exigiu seu irmão. – Era para você estar morto. Kane me prometeu que o faria.

Bátor se lembrou do ataque que sofrera assim que chegou ao forte, dias atrás. Então, Kane era realmente o irmão gêmeo de Isaac Samus.

– Kane lhe prometeu? Foi você quem o enviou? Você mandou um espião para me matar? O que aquela terra maldita fez com você, meu irmão?

– O que eles lhe prometeram para que você armasse para mim? – perguntou Valério, dirigindo-se para Isaac. – Eu sempre tratei você como um filho. A única pessoa em quem confiei toda minha vida. Por que você fez isso, maldito? Maldito!

– Escute o que Bátor está lhe dizendo. Eu não me chamo Kane.

– Mentiroso! Traidor! Conversamos nesta madrugada…

– Kane está morto – revelou Isaac. – Um demônio possuiu o corpo dele e o enganou. Seja lá o que ele lhe tenha dito, é tudo mentira!

"A pena. Você disse para me manter longe da pena, Kane, seu traidor!"

Quando Bátor leu os últimos pensamentos de seu irmão, já era muito tarde. Sentiu a pena ser tomada de suas mãos e um solavanco sacudir--lhe, lançando-o contra as grades.

Valério se precipitou, arrancando o Objeto de Poder das mãos de seu irmão e chutando-o para longe. O prisioneiro havia conseguido se livrar das amarras que o prendiam.

– Qual é o valor desta pena para você, Kane? Você sabe o que Ignor reserva para traidores – gritou para Isaac, exibindo o Objeto roubado.

Sem que as sentinelas pudessem chegar a tempo de impedir, o prisioneiro quebrou a Pena de Emily ao meio, jogando-a no chão. Avançou os braços para fora da cela na direção do garoto que pensava ser seu filho, Kane.

Pedro gritou, sem poder fazer nada, assistindo cada parte de seu Objeto planar lentamente até tocar o chão. Os guardas conseguiram segurar Valério, porém, ele já se atracara ao pescoço de Isaac.

Foi impressionante a velocidade com que tudo aconteceu.

O confronto corporal contra Isaac e as sentinelas cessou, quando um som estridente quase estourou seus tímpanos. Era uma espécie de sibilo misturado com o estrondo de um trovão. O chão tremeu e as grades metálicas da prisão passaram voando por sobre a cabeça do grupo. Pedro precisou se abaixar para não ser atingido.

Quando eles olharam para a cela toda destruída, depararam-se com um enorme animal escamoso, batendo sua cabeça alongada contra o teto a fim de abrir espaço para seu corpo gigantesco.

Bátor havia se transformado em uma enorme serpente, assim que teve o Objeto de Poder arrancado de suas mãos.

PARTE IV

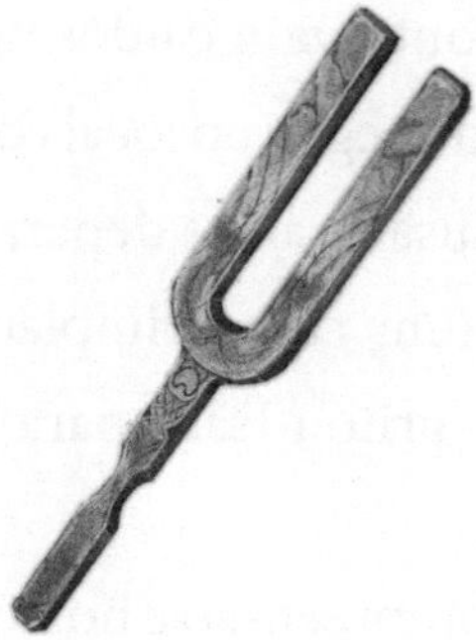

O INÍCIO DA GUERRA

O teto da prisão se estilhaçou, abrindo um enorme buraco na parede onde ficava a escotilha. Embora o espaço da cela não fosse pequeno, não era suficiente para comportar o lictor de Bátor.

Mesmo antes de tentar se deslocar, o réptil abriu a boca, cuspindo uma rajada de veneno na direção de Valério. Não fossem os guardas tê-lo soltado, apavorados diante de tal criatura, Valério teria sido consumido pelo líquido ácido. Quem se feriu, contudo, foi um dos soldados que o prisioneiro conseguiu usar como escudo. O veneno do lictor corroeu o braço da sentinela, levando-a a gritar terrivelmente de dor.

Da abertura que se formou no teto da cela, soldados curiosos apareceram para ver o que ocorria. Os gritos de agonia e terror despertaram também os oficiais que se reuniam no forte.

O lictor ficou ainda mais furioso ao ver que não havia dado cabo do homem que roubara e quebrara a pena. Sendo assim, sibilou e soltou outro som grotesco e estridente, preparando-se para jorrar ainda mais veneno na direção de Valério, que se pôs a correr.

Isaac e Pedro se encontravam caídos no chão, pasmos.

O comandante Dário chegou ao local com três ou cinco soldados que o seguiam, e ficou paralisado ao se deparar com o animal. De repente, assistiram ao início de uma caçada implacável.

– Não o ataquem! – gritou Isaac para Dário. – Não podemos ferir a serpente.

Uma mistura de incompreensão e horror tomou forma no semblante dos militares. Eles olharam para o lado e identificaram o companheiro que havia sido ferido pelo veneno da cobra. O homem ainda gritava de dor.

Os lictores tinham a capacidade de sentir a presença de seus detratores, por isso a perseguição era direcionada apenas para eles. Ele não faria mal a qualquer outro ser vivo, a menos que fosse incitado a isso. Assim, a serpente passou indiferente ao lado dos homens que haviam chegado com o comandante Dário. Os olhos dela perscrutavam todo o local e suas narinas, como enormes aberturas de chaminés, se moviam buscando o cheiro de sua presa.

O ofídio se movia com agilidade e chegou a tomar uma direção incompreensível. Saiu do interior do forte e se arrastou para trás do muro leste. Houve alvoroço no acampamento, quando as pessoas o viram, hediondo e traiçoeiro.

As três monarcas saíram de sua tenda, acompanhadas por Letícia.

Arnie, que acabara de fazer seu desjejum e estava no estábulo do arraial com Chifrudo – pois gostava do unicórnio e sentia que o animal o compreendia –, se afastou da pedra que usava como encosto e aguçou seus ouvidos. Queria saber de onde surgira a criatura.

– Aguarde aqui, meu amigo – pediu ele a Chifrudo. E apressou-se na direção de onde todos fugiam.

O general Spencer buscava informações sobre o ocorrido, quando o comandante Dário o alcançou, revelando do que se tratava a situação.

A serpente ressurgiu no telhado, acima do último andar da edificação, descendo como uma rajada sobre o pátio posterior do forte. Ela aguardava Valério sair pela porta dos fundos, quando subitamente sentiu que sua presa mudara de direção.

O animal soltou um grunhido confuso, feito um javali em uma caçada, e se ergueu novamente, desaparecendo após subir a escadaria sul.

Pelos corredores do forte, o irmão de Bátor corria pela sua sobrevivência. Derrubava pessoas, pulava por cima de mesas e amuradas, enfiava-se em uma e outra janela interna com desespero e aflição. Não fazia ideia de como aquela criatura horrenda surgira, mas sabia que ela estava em seu encalço, por isso não ousava sair do edifício.

Enquanto fugia, escutava o sibilar retumbante do réptil do lado de fora, o som de suas escamas sendo arrastadas por pisos e paredes, mas não conseguia identificar para onde a criatura se dirigia.

Sentindo-se confuso, por fim, Valério se jogou através de uma janela, pensando ter enganado o animal.

Um baque surdo se ouviu, quando a cauda da serpente acertou o fugitivo.

Caído no chão e indefeso, Valério sentiu seu corpo ser envolvido pelas escamas afiadas da criatura. Era seu fim. Não havia quem o pudesse livrar. Fora capturado.

O lictor o contemplou por um instante. Embora Bátor estivesse em algum lugar dentro da mente do animal, seria impossível se controlar como ocorrera com Le Goff – que imediatamente ficara a quilômetros de distância do objeto roubado, por causa da abertura do portal no promontório. Lictores eram impiedosos.

Não havia mais escárnio na face de Valério, não havia mais palavras irritantes ou debochadas em sua boca. Ele nem sequer conseguiu implorar por sua vida, porque o terror imobilizara suas reações.

A serpente abriu sua boca larga e mostrou suas presas destilando veneno. Apertou um pouco mais o corpo da vítima, fazendo-a gritar de dor. E, imediatamente, engoliu sua cabeça.

O lictor se alimentou como um cão faminto. Sibilou repetidas vezes, sacolejando o corpo acéfalo que ainda detinha como um parafuso enroscado. Abocanhou outra parte e mastigou mais um pouco. Parecia sentir prazer em ver sua vingança sendo executada.

Isaac e Pedro haviam perseguido Valério em sua tentativa de fuga, por isso estavam por perto quando a serpente o devorou. Ficaram mudos e aterrorizados.

Quando terminou a refeição, o corpo gigante do lictor foi diminuindo e tomando a forma humana.

Bátor se encontrou caído no local onde antes estava a criatura. O aqueônio o cobriu com o manto de um dos soldados, pois, como sempre ocorria com a pessoa que se transformava em um lictor, ele voltara sem roupas.

Um vento cintilante soprou do lado dos três amigos, que viram as partes quebradas da Pena de Emily pousarem no chão como duas borboletas singelas e tranquilas. As partes se uniram por magia e o Objeto parou de emitir o brilho.

Pedro parou a meio caminho ao avançar em direção a ela.

Bátor compreendeu que o Objeto ainda estava sob sua posse, então, o pegou e entregou ao aqueônio.

– O que aconteceu? – perguntou o paladino, após abrir os olhos e ver que estava nu e uma multidão o observava do alto da amurada do forte.

Pedro toldou o olhar como que dizendo "eu avisei". Isaac meneou afirmativamente a cabeça e falou:

– Agora você sabe como me senti no aqueduto.

– Não. Não me digam que eu me transformei em um dragão? – perguntou Bátor, retórica e incredulamente.

– Não em um dragão, mas em uma gigantesca serpente.

Enquanto Bátor se recuperava do susto e era informado que o lictor matara seu irmão, Aurora descia a muralha do forte, trazendo-lhe uma nova vestimenta.

O general se aproximou e dispensou os curiosos. Após ter se vestido, mas ainda bastante tenso e sentindo dor nos músculos das costas – a ferida de Bátor era recente –, o paladino subiu com dificuldade as escadarias em direção ao pátio.

– Hastur usou meu próprio irmão contra mim, Isaac.

O tom de lamento na voz de Bátor demonstrava sua profunda tristeza. Mas o matemático preferiu não responder.

– Eu estava com a pena de Pedro e o que enxerguei no fundo dos olhos de Valério foi apenas ódio e rancor. Se havia uma alma lá dentro, ela estava corroída, envolta na escuridão, perdida. Ignor corrói a alma do ser humano, levando-o à miséria emocional.

Quando terminaram de subir a escada, foi como se uma lâmpada se acendesse na mente do paladino.

– O que deu na sua cabeça para procurar o general, sem antes vir conversar comigo?

O garoto não sabia sobre o que Bátor estava falando. Demorou a responder, porque precisou revisar sua memória e ter certeza de que no dia anterior não conversara com o general a sós.

– Sobre o que você está falando? Eu acabei de acordar, e não dormi o suficiente. Eu é que deveria lhe perguntar o que foi aquilo – disse Isaac, apontando para o pé da escada que haviam acabado de atravessar. – Por que você estava usando a pena de Pedro? Se aquele homem era seu irmão, o que ele fazia aqui?

Isaac estancou perplexo ao se lembrar dos olhos de Valério, encarando-o e chamando-o de traidor.

– Kane era o nome do meu irmão, não era?

Os olhos de Bátor marejaram, quando ele se recordou de tudo o que ocorrera na cela. Sim! Valério confundira Isaac com Kane. Mas Kane estava morto e agora Hastur usava o corpo dele.

– Alguém pode me explicar o que está acontecendo? O dia mal começou e já temos um soldado morto, parte do forte destruído e... o que foi aquela criatura?

As monarcas se aproximavam para ouvir a conversa. Arnie e Letícia também estavam no local, quando tudo foi esclarecido.

– General Spencer, não foi Isaac quem o procurou na madrugada.

Até Isaac ficou espantado ao ouvir a narração de Bátor.

– Certamente, Hastur aproveitou que estava no corpo do irmão gêmeo e se fez passar por ele. Ele também enganou os homens que capturamos no deserto e trouxemos para cá.

– Qual o propósito disso? – perguntou Letícia. – Ele precisa do livro, não precisa? Havia um acordo.

– Acordo com demônios? – interveio Celeste. – Eles não têm respeito por criaturas mortais. Odeiam cada um de nós. Independente se estamos do lado de Ignor ou Enigma.

Bátor continuou tentando fazer a ligação de tudo o que ocorrera. Desde cedo, quando se encontrara com Spencer, sentia que uma peça faltava no quebra-cabeça. Desde cedo...

– Hastur sabia que eu partiria para resgatar minha filha – balbuciou o paladino. – Ele encenou tudo isso para que eu não seguisse com meu plano.

Isaac evitou olhar para Bátor, quando o ouviu confessar que não atenderia ao seu pedido de não ir atrás de Gail.

– Ele sabia que meu irmão seria a única pessoa capaz de me fazer repensar minha partida.

– Não! – Isaac parecia nervoso ao negar a explicação do amigo. – Eu sou o culpado por tudo o que aconteceu.

A tentativa de Isaac de isentar Bátor dos infortúnios no forte fez os ouvintes ficarem ainda mais confusos.

– Ontem à noite, eu me encontrei novamente com Hastur. Pedi que me levasse até Gail. Eu precisava de uma prova de que estava tudo bem com ela, caso contrário, ele jamais veria o diário novamente.

As duas monarcas mais velhas reprovaram a atitude de Isaac, mas preferiram se manter caladas.

– Por Mou! Ela está bem. Parece não fazer ideia de que está sendo enganada por Hastur. Mas não foi só isso – Isaac estava realmente envergonhado pelo que revelaria. – Eu deixei uma mensagem codificada para ela. Queria avisá-la que corre perigo.

O olhar de desânimo tomou conta de todos.

– Não funcionou. Hastur descobriu e decidiu se vingar de mim, causando tudo isso.

– Como você sabe que ele descobriu? Você disse que a mensagem estava codificada – perguntou Arnie.

– Minha mensagem para Gail era um desenho como o que ela havia deixado em uma pousada em Melon. Esta manhã, quando eu acordei, o mesmo desenho tinha sido desenhado com carvão na parede da cabana. Fiquei aterrorizado, porque sabia que fora feito por Hastur.

– Por isso o grifo albino sobrevoou o acampamento várias vezes à noite! Ele sentiu a presença do demônio em nossa linha temporal – concluiu Aurora. – Hastur fez tudo durante a noite, porque sabia que nesse horário o voo do lictor chamaria menos atenção. Poderia parecer apenas uma ave noturna caçando.

– Eu não deveria ter feito isso!

– Não se culpe, Isaac – comentou Bátor. – Você estava tentando salvar Gail. Assim como eu, ao pensar em seguir sozinho para as pirâmides.

– Ele foi de fato muito convincente. Isaac, o outro garoto, ou o que quer que seja aquilo – revelou o general Spencer, que se mantivera calado até aquele instante. – Mas, se a intenção dele era apenas impedir Bátor de ir até as pirâmides, por que me fez enviar um pelotão inteiro rumo ao rochedo no final da praia?

– Uma emboscada – sussurrou Pedro, já com a pena em seu chapéu, como se estivesse lendo a mente de todos de uma única vez.

– Quantos homens foram enviados, general? – perguntou Bátor, aflito.

– Trezentos.

– Precisamos enviar ajuda urgente para eles ou serão todos mortos – disse Isaac.

– Ainda que eu enviasse mais trezentos soldados, seria impossível que chegassem a tempo. A tropa marchou quando o sol ainda não havia surgido no horizonte. Já devem estar em confronto – explicou Spencer. – Bátor, convoque o conselho. A guerra começou.

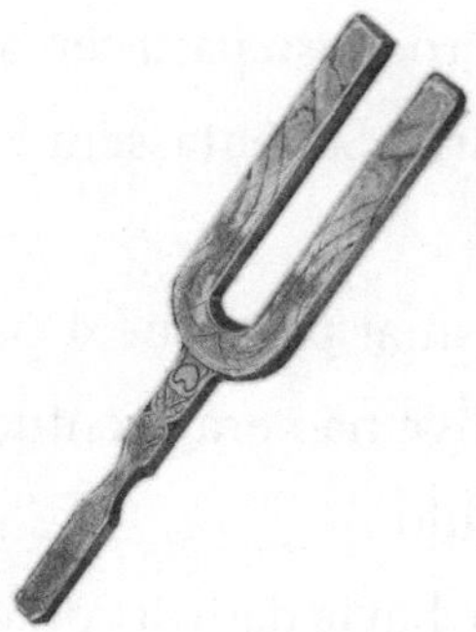

A GUERRA DA DESOLAÇÃO

O comandante à frente do pelotão era Tetris, o filho mais novo da monarca Celeste.

Os trezentos homens sob seu comando se dividiram em fileiras de cem e se aproximavam da penha no fim da praia, quando o sol acabava de tocar o horizonte com seus primeiros raios fulgurosos.

A escuridão havia ocultado os soldados da vista dos marinheiros de Ignor, que espiavam do cesto da gávea de cada embarcação inimiga. O oceano estava salpicado de navios abarrotados de homens com sede de sangue. Homens desvairados, em busca de carnificina; semelhantes a Valério, sem piedade, remorso ou perdão. Estavam ali seguindo a doutrina de Ignor, que pregava morte a todos do Reino de Enigma.

As três frentes do pelotão de Tetris alcançaram a rocha próxima ao farol e se dividiram. Uma fileira se manteve na praia, e as outras duas subiram para o deserto rochoso para cercar os inimigos pela única outra saída que lhes restaria. Se tentassem fugir para o sul, só haveria o precipício e o mar.

O comandante fez sinal para que a primeira frente subisse a penha com cautela. O aclive não era acentuado e o silêncio da investida ainda deveria ser mantido.

Uma das fileiras, que havia dado a volta pelo deserto, avançaria para dentro do acampamento junto da primeira. E a última, com a presença do comandante, permaneceria na retaguarda.

Os homens foram se aproximando das tendas. O silêncio era perturbador e insidioso. A cada passo, os batimentos cardíacos aumentavam. Alguns soldados começaram a suar debaixo de seus uniformes, porque pressentiam algo errado. Não havia guardas fazendo a ronda do local. Tetris também não estava gostando do cenário.

No momento que a ordem foi dada, tudo parecera fazer sentido. O garoto, Isaac Samus, que diziam ter o dom da premonição, avisara sobre a brecha no acampamento. Ignor seria atacada de surpresa, e o exército de Enigma conseguiria expulsar os invasores da praia. Mas agora Tetris não tinha mais essa certeza, e sua mente divagava sobre a estranheza da situação no local.

Os primeiros soldados a chegarem ao acampamento logo perceberam que ele estava vazio. A cautela para entrar nas tendas foi diminuindo à medida que eles confirmavam que não havia ninguém.

De repente, ouviu-se um zunido. Um som agudo como o do tecido de um uniforme se rasgando continuamente rumo a um crescendo.

– Voltem! – gritou o líder da fileira que subira pela penha. – É uma emboscada!

A última frase se perdeu com o som da explosão que lançou uma dúzia de homens para longe. Uma sequência de zunidos de bombas sucedeu o primeiro, mas, quando os soldados perceberam que estavam sendo atacados pelos navios, já era tarde demais. Vários canhões tinham sido posicionados na direção do acampamento a fim de emboscar os homens de Enigma.

A segunda e terceira fileiras foram menos atingidas, embora todas tenham sido pegas de surpresa. Algumas balas de canhão acertaram a porção superior do rochedo, derrubando enormes pedaços de pedra que caíam sobre os soldados indefesos e desprotegidos.

O comandante Tetris deu ordem para que os homens se unissem no descampado do deserto, longe da areia da praia e do farol onde fora montado o acampamento inimigo. Dessa forma, ficariam longe da mira dos canhões.

– O que foi aquilo, comandante? – perguntou o líder da primeira fileira, que sobrevivera ao ataque surpresa.

– Eu não sei. Os projéteis não podem ter sido lançados por catapultas nos navios, pois são pesados demais. Estouraram o rochedo.

Enquanto tentavam compreender a situação, outras balas de canhão zuniam em seus ouvidos e terminavam de destruir todo o acampamento, como se ele tivesse sido montado somente para aquele propósito, enganar os soldados de Enigma.

A pólvora havia sido inventada pelas mulheres encantadas do Norte anos antes, pois elas dominavam o conhecimento das ciências naturais. Mas os gnomos dos Fossos Famintos haviam roubado esse tipo de conhecimento delas e o levado para Ignor, onde trabalharam arduamente para usar a substância para seus malignos propósitos. Assim foram criados os canhões de guerra.

Os invasores tinham conseguido colocar poucos de seus soldados em terra, porque o exército de Enigma se mobilizara rapidamente, assim que fora informado sobre a chegada dos navios. O acampamento inimigo estava sendo montado com pouca celeridade.

Contudo, naquela madrugada, Hastur aparecera para Valério, usando o corpo de Kane, e o instruíra a preparar a cilada e a avançar com o pequeno grupo de trinta homens rumo ao forte nas Ruínas de Zara. O anjo engara tanto Valério quanto o general Spencer, porque seu único propósito era conseguir abrir o portal e despertar os deuses exteriores. Ele não se importava com nenhum dos reinos.

Os soldados de Ignor que estavam em terra haviam se ocultado nas rochas do Deserto da Desolação. Então, quando os homens do comandante Tetris se juntaram, após o ataque com os canhões, foram surpreendidos pela tropa inimiga.

Uma desgastante luta corpo a corpo começou: soldado de um exército contra soldado do outro, forçando os combatentes a descerem para a praia, enquanto os navios despejavam, mais e mais, inúmeros botes com homens sedentos por sangue.

Isso tudo aconteceu enquanto Valério confrontava Bátor e o lictor era liberado, tumultuando o forte nas Ruínas de Zara e fazendo com que os vigias do exército de Enigma baixassem a guarda em relação aos navios inimigos.

Quando o alto comando do exército de Enigma se reuniu, de modo emergencial, para tentar salvar o destacamento que fora enviado para a emboscada, não deixou que nenhum dos Possuidores participasse.

Isaac entendeu que Hastur atingira seu intento: fragilizara as forças do exército de Enigma.

– O general Spencer depositou muita confiança em nós, desde que chegamos, e Bátor nos encheu de louvores. Agora ele quer nos ver longe da batalha.

– A culpa não é sua, Isaac – respondeu Holda. – Tenho certeza de que ele está se culpando por ter sido enganado por Hastur.

– Mas não podemos ficar parados vendo a guerra acontecer – insistiu Isaac.

– Tetris, meu filho, está à frente do pelotão que foi para o farol – confidenciou Celeste, com certa aflição na voz.

Aurora e Pedro lamentaram. Arnie fechou seu olho, demonstrando tristeza.

– Isso não pode terminar assim – reclamou Letícia. – Ele agia da mesma maneira, quando possuía o corpo de Tom. É da natureza dele nos fazer sentir culpa, mas é ele o verdadeiro culpado. Não podemos deixar Hastur nos derrotar, porque já sabemos como ele opera.

Todos estancaram ao ouvir as palavras da garota.

– Ele só sabe mentir, destruir tudo o que toca. E, quando as coisas saem do rumo e se quebram, ele faz nos sentirmos culpados. Não peça mais desculpas por um problema que não foi você que causou, Isaac.

– Letícia, tem razão – reforçou Arnie.

– Você falou que tinha um plano, Isaac. Sua intenção foi positiva em querer salvar sua amiga. O pai dela também tinha um, mas, infelizmente, aquele demônio descobriu ambos – analisou Holda. – O que quer que venhamos a fazer, daqui para frente, precisa ser muito bem pensado.

– Eu também tenho um plano! – manifestou-se Letícia. – O problema é como falaremos sobre ele sem que Hastur nos escute.

Aurora olhou para as duas outras monarcas, recordando-se do que haviam conversado na noite passada.

– Pode ser que tenhamos uma chance de fazer funcionar.

– Como, Aurora?

Holda fez sinal com a cabeça para as outras fadas e se pronunciou:

– Ontem à noite, conversamos muito sobre várias coisas. Uma delas foi o dom que Huna tinha de enviar mensagens para os anões alados pelo vento – continuou a mulher, agora encarando Aurora e Celeste, como se buscasse testemunhas do que dizia. – Algumas anotações no grimório de Huna nos despertaram para o fato de que este meio de comunicação pode ser reproduzido em grupo e não pode ser interceptado nem mesmo por anjos ou demônios.

Arnie escancarou seu olho e teve a sensação de estar escutando Huna, quando a encontrou pela primeira vez nas montanhas da Cordilheira Imperial. O gigante relembrou como era bom escutá-la falar com tanta sabedoria.

– A comunicação secreta se dá por meio de orações. É parte da magia antiga, que foi esquecida pelas criaturas mortais há muito tempo. Não sei ao certo, mas suspeito de que tenha sido por causa da rebelião dos anjos e todo o mal que os traidores causaram aos povos de Enigma durante a construção das pirâmides. Huna reuniu muita informação em seu livro, porém não temos tempo para ficar conversando sobre ele agora.

Isaac pareceu se animar com a possibilidade de poderem conversar sem serem ouvidos por seres em outras dimensões.

– Precisamos ouvir o que Letícia tem a dizer – disse Arnie.

– Sim. Porém precisamos acima de tudo entender que a guerra que travamos não é física, mas espiritual. Tudo o que está acontecendo aqui é a materialização do que está ocorrendo em outro plano de existência. Se não usarmos as magias antigas às quais temos acesso, sucumbiremos, porque as armas que Hastur está utilizando não são materiais – concluiu Holda.

– Gostaríamos de ouvir seu plano, Letícia – disse Celeste.

– Se vamos orar, é melhor que entremos em um dos salões do forte – sugeriu Aurora.

– Sim, minha querida. Mas eu tenho um pedido diferente para fazer a você – disse Celeste, surpreendendo a jovem fada. – Ainda que o general Spencer envie uma tropa gigantesca para o farol no final da praia, ela não chegará a tempo de salvar o pelotão.

Aurora se demonstrou surpresa, pois entendera o pedido de Celeste, antes mesmo de ouvi-la concluir.

– Você tem um grande poder – disse a monarca, afagando o tecido do manto de Lilibeth. – E tem um unicórnio voador. Pode chegar lá mais rápido do que qualquer um de nós. Salve nossos soldados! Salve meu filho!

– Eu também posso ir, talvez tão rápido quanto Aurora – ofereceu-se o gigante.

– Arnie, não! – reclamou Letícia. – Nosso tempo para salvar Gail está se esgotando. Eu entendo que precisamos ajudar os soldados que correm perigo, mas não podemos deixar nossa missão principal, que é resgatar Gail e impedir Hastur de abrir o portal. Precisamos ser mais estratégicos.

Letícia recebeu olhares de todos os cantos.

– Eu acompanharei Aurora. Não a deixarei ir sozinha.

– Você não precisa fazer isso, Pedro. Eu sei me virar.

– Não se trata de deixá-la se virar. Só não quero correr o risco de perdê-la. Não me peça para ficar. Já me bastou vê-la ir embora do Pântano Obscuro. E eu sei muito bem sobre as premonições de Isaac. Não posso arriscar perder você outra vez.

As palavras do aqueônio pesaram na decisão a ser tomada pela fada.

– O futuro foi alterado, Pedro – revelou Isaac. – A morte de Aurora não aparece mais para mim nesta guerra, desde que viajei para o futuro com Hastur e tentei deixar uma mensagem para Gail. Certamente houve uma alteração nos eventos que estão para acontecer.

Pedro soltou um riso tímido e olhou para a amada. Mas Isaac ainda tinha o que revelar.

– Quando retornei da pirâmide, tive o pressentimento de que você seria levado no lugar dela, Pedro.

O aqueônio desfez o sorriso tão rápido quanto a queda de um raio numa tempestade.

– Mas não terminou aí, pois isso foi ontem à noite – continuou o vidente. – Ao acordar esta manhã, as premonições já eram sobre um novo futuro.

– Hastur interferiu no passado, quando retornou, na madrugada, fingindo ser você – concluiu Arnie, referindo-se a Isaac. – Cada vez que alguém interfere na linha do tempo, o futuro se altera.

– Exatamente. E eu não sei até que ponto isso pode ser bom para nós. O próprio Hastur pode começar a perder o controle sobre seu poder de vidência. Afinal, são muitas mudanças e muitas possibilidades. Este será sempre o problema com as viagens no tempo: nunca saberemos as alterações causadas. Por mais que tentemos mudar algo, o destino vai sempre trabalhar para colocar as consequências do que está escrito de volta no lugar.

– Quem você vê morrer desta vez, Isaac?

– Ele não precisa falar sobre isso, Pedro – respondeu Aurora. – Eu lhe peço que guarde para si, caso você seja capaz de ler nos pensamentos de Isaac.

Pedro, de fato, soube o que se passava na mente do vidente no instante seguinte, ao olhar nos seus olhos. Mas fingiu não ter lido seus pensamentos e manteve-se calado.

– Vá com Aurora, Pedro – orientou Letícia. – Ela pode precisar de você mais do que nós.

Holda e Celeste ficaram encantadas com aqueles Possuidores. Elas sentiram que havia harmonia, entendimento e diálogo saudável entre eles, além de poder mágico. E que, embora Isaac detivesse a liderança, todos eram capazes de manter a responsabilidade pelo grupo.

– Vocês não parecem ter a idade que possuem. Quanta maturidade – disse Holda.

– Não foi sempre assim – relembrou Arnie com um riso. – Huna teve participação nisso. Ela nos ajudou a compreender que o trabalho em equipe deve estar acima de nossas diferenças.

Aurora se sentiu orgulhosa de ouvir o gigante falar sobre sua mãe.

– Entendo. Não é à toa que ela era Huna, a sábia – respondeu Celeste, quase com uma careta divertida e cheia de saudável deboche.

– Vamos, Pedro. Não podemos perder mais tempo. Eu preciso buscar Chifrudo.

O casal seguiu para o estábulo, enquanto os demais adentravam o forte. Se eles quisessem fazer algo por Enigma e por Gail, teriam que agir independentemente do exército do reino.

Na Praia do Farol a luta se intensificava. Os soldados da rainha Owl eram bem mais preparados do que os de Ignor, porém, estes começaram a chegar aos montes na praia, em pequenos barcos vindos dos navios. A luta tornava-se cada vez mais desigual.

Tetris respirava com dificuldade, após ter matado pelo menos uma dúzia de inimigos à espada, quando um soldado de Ignor, perigosamente hábil com o machado, surgiu diante dele.

Uma dor pungente percorreu todo seu corpo depois de a lâmina da arma de seu adversário riscar seu ombro esquerdo, ao atravessar a cota metálica que lhe servia de gibão. O comandante examinou a satisfação no rosto do inimigo, que investiu novamente sem piedade contra ele. Dessa vez, o machado não o acertou, mas o fez se jogar, rolando areia abaixo, forçando-o a descer para a praia.

O monstruoso inimigo saltou da duna, segurando o cabo do machado com as duas mãos e soltando um grito de ódio assustador, mas foi parado no ar pelas longas pernas de Tetris, que o impediram de acertar o golpe.

Ambos rolaram em sentido contrário na areia e se ergueram rapidamente, voltando-se um para o outro. Espada contra machado. Dentro de poucos minutos haveria, pelo menos, o triplo de inimigos para lutar contra os homens de Enigma. Um terço do pelotão já havia tombado diante da fúria surpresa dos soldados de Ignor.

Os navios estavam cada vez mais próximos da praia e os pequenos barcos continuavam a descer deles rumo à costa terrestre.

Tetris viu seus homens serem mortos à lança e à espada, com a crueldade desenfreada que uma guerra costuma ter. Então, enquanto mantinha os olhos fixos em seu adversário de quase dois metros de altura, percebeu que alguns de seus soldados começaram a cair ao se tornarem alvos de flechas.

Os arqueiros de Ignor manejavam muito bem o arco. Isso se tornou uma preocupação maior para Tetris em seu duelo, pois poderia ser alvejado a distância a qualquer instante.

A Guerra da Desolação, como ficou conhecida, havia começado e manchou de sangue toda a Praia do Farol.

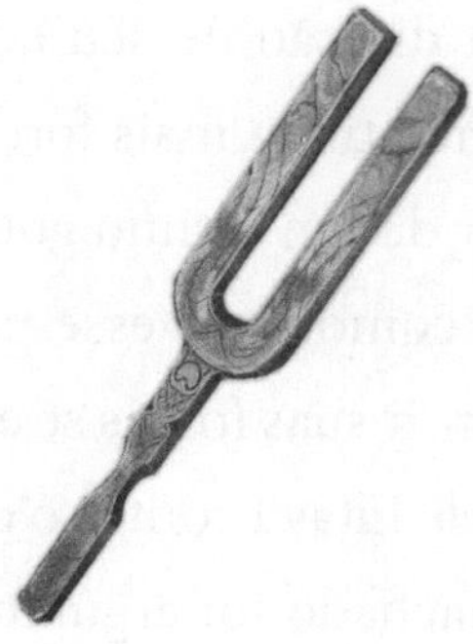

OS FEITOS DE AURORA

Menos de um terço do pelotão de Enigma ainda estava de pé, quando todos os barcos inimigos aportaram na praia. Vários deles traziam artilharia em vez de soldados.

Inúmeras catapultas foram transportadas até o rochedo e instaladas de forma a fazer dele uma base bem fortificada de Ignor.

Tetris cuidava de enfrentar seu opositor, mas sempre avaliando o risco que corria de ser atingido por algum projétil a distância. Assistiu a mais de dois de seus homens caírem ao fio da espada perto de si e percebeu que chegara sua hora. Se fosse para morrer, morreria como um verdadeiro guerreiro: lutando.

Quando Tetris foi atingido por uma flecha no abdômen, era como se ele já esperasse. Sabia que, mais cedo ou mais tarde, aconteceria. Foi lançado para trás com a força da pancada e sentiu seu corpo ferver em dor, mas não caiu.

Ergueu a espada na direção de seu adversário, que ria de forma sádica para ele. Tetris não tinha mais forças para atacar. No máximo, conseguiria se defender de um último golpe para, por fim, ser morto. Sua mente rodopiava, como se tivesse perdido a noção de direção. Abaixou a espada ao sentir suas forças se esvaindo. Sua visão começou a escurecer, enquanto ele lutava contra o chamado da morte.

Ele viu quando o machado foi erguido para dar cabo de sua vida, porém, de repente, o colossal adversário que o perseguia desapareceu.

Muito confuso, Tetris caiu para trás, mas teve forças para virar a cabeça e ver Aurora montada em seu unicórnio, juntamente com Pedro. Chifrudo atropelou – se este seria um termo correto para dizer de um animal alado – o soldado de Ignor, deixando-o desacordado na areia.

Os inimigos de Enigma se assustaram com o surgimento relâmpago da fada, do aqueônio e do animal, que parecia valer por mil homens em combate.

Após derrubar mais três oponentes, salvando mais vidas do exército da rainha Owl, Aurora puxou as rédeas de seu unicórnio, fazendo com que ele pousasse.

– Pedro, junte nossos soldados e os leve para um local seguro – orientou a fada, enquanto o aqueônio desmontava do animal.

Muitos dos adversários se ocupavam em transportar as catapultas para o farol e descarregar os barcos que atracavam na areia. Outros, porém, passado o susto com o aparecimento da fada, voltaram a mira de suas flechas para Aurora.

– Você está bem? – perguntou Pedro para o comandante caído, que conseguiu apenas menear a cabeça. – Eu preciso tirar você daqui.

O aqueônio olhou ao redor e viu cinco soldados de Enigma tentando se defender de oponentes. Correu para junto deles e lamentou, em seu coração, ter perdido sua cauda. Instintivamente, Pedro saltou como um símio, mas devido ao membro amputado não conseguiu atingir a distância que queria, nem chicotear o primeiro adversário, como faria se ainda possuísse seu membro de ataque.

– Pare agora! – gritou Pedro. – Parem todos vocês.

Os cinco soldados de Enigma ficaram confusos quando perceberam que seus oponentes haviam obedecido à ordem do garoto.

– Levem aquele homem para longe do farol e o mantenham em segurança – finalizou seu pedido, apontando para o comandante Tetris.

Enquanto os homens de Ignor executavam a ordem de Pedro, os de Enigma ainda tentavam processar o que estava acontecendo.

– Não fiquem parados – ordenou Pedro para os soldados amigos. – Vamos juntar os homens que sobraram do destacamento e deixar a região do farol.

Dessa forma, eles corriam até seus colegas fardados e Pedro os ajudava, usando o poder da Pena de Emily. Todos o obedeciam cessando a luta e os protegendo, como se fossem do mesmo exército. Muitos soldados de Ignor morreram se entregando como escudos vivos em favor dos soldados da rainha Owl.

No céu, Chifrudo voou ainda mais alto, a fim de desviar dos projéteis que começaram a vir em sua direção como gotas de chuva em sentido contrário.

Três armas balísticas foram instaladas às pressas para serem usadas contra a fada e o unicórnio. Eram lançadores de flechas, cuja montagem requeria bem menos tempo do que as catapultas. Cada uma delas era capaz de projetar até cinco setas contra um alvo.

Sete fileiras, com cinco arqueiros cada, foram posicionadas ao lado do maquinário.

Inicialmente, Aurora pensou que tentariam acertar Chifrudo, pois os arqueiros direcionavam suas flechas para o alto. Ela desconhecia a força da arma balística. Será que as flechas conseguiriam alcançá-la àquela altura?

A fada olhou para os navios que estavam mais próximos da praia e percebeu que, neles, inúmeros homens também estavam preparados para atirar suas flechas. Chifrudo relinchou chamando a atenção de sua amazona. Algo o incomodava.

Até que a fada entendeu que os arqueiros não miravam nela, nem em seu animal, mas nos poucos soldados de Enigma que se juntavam e tentavam se afastar do fronte de batalha junto com Pedro.

Para protegê-los, Aurora precisaria descer bastante e usar o poder do Manto de Lilibeth. Mas correria o risco de ser alvejada. Se não voasse mais baixo, Pedro e o resto dos soldados moribundos da rainha seriam mortos pela saraivada de flechas.

Após pensar rapidamente em uma solução, ela se afastou do litoral, sobrevoando o oceano. Não sabia se seu plano funcionaria, mas precisava tentar. Desceu próximo às ondas do mar, posicionando-se entre os lançadores de flecha e as fileiras de arqueiros na praia e o navio com os soldados em posição de ataque.

Para sua sorte, ela causou desconforto e dúvida nos inimigos, que não esperavam tal manobra e ousadia. Foi o tempo necessário para se aproximar deles. Contudo, as primeiras flechas foram disparadas do navio em sua direção.

Na tentativa de se desviar dos disparos, Aurora se desequilibrou e caiu de sua montaria. Mas, para espanto ainda maior de seus inimigos, a fada flutuou no ar, ao invés de afundar na água.

Chifrudo voou em disparada na direção de Pedro e dos soldados desprotegidos. O que fez com que as fileiras inimigas ficassem confusas, sem saber se miravam no animal que percorria uma parábola no céu ou se mantinham suas armas apontadas para os homens na praia.

De repente, antes que mais flechas vindas do navio começassem a cair na direção da fada, um ruído assustador começou a ser ouvido. Era o som de madeira rangendo e pregos e treliças se arrebentando.

Aurora não estava mais na mira dos arqueiros. Ela se lembrou de quando escapara de Matresi, fugindo das aranhas gigantes que a perseguiam. Fora capaz de fazer um barquinho voar, mas não estava certa se conseguiria erguer uma embarcação inteira, pois era o que ela tentava fazer.

O fundo do navio, com os homens que a ameaçavam matar, começou a se separar da lâmina de água, fazendo com que os arqueiros perdessem a mira e muitos até caíssem no mar. Toda a estrutura de madeira e ferro gemia, denunciando a força que a fada lançava contra a gravidade que insistia em manter a embarcação conectada ao oceano.

Rapidamente, as armas balísticas foram direcionadas para Aurora e as fileiras de arqueiros também se voltaram para ela. A fada conseguira fazer com que os inimigos desviassem a mira de seus arcos de Pedro, Tetris e dos soldados.

Aurora esticava as mãos na direção do navio, controlando o movimento de parábola que ele trilhava no céu. Durante esse trajeto, o navio foi virado de cabeça para baixo, o que causou a queda de espiões, arqueiros e soldados de Ignor sobre as ondas do mar.

Quando a balística inimiga instalada na praia foi usada, todas as flechas acertaram o casco do navio, que estava de ponta cabeça entre os atiradores e a fada.

Na praia, Pedro teve tempo de montar Chifrudo e direcionar Tetris e seus homens com segurança até o lado oposto ao farol.

O destacamento que fora enviado pelo general Spencer para salvar os sobreviventes do ataque surpresa surgiu na duna norte e assistiu, espantado, ao exato momento em que Aurora deixava o navio cair com o casco virado para cima sobre a estrutura inimiga de ataque montada na praia. O espanto foi geral.

Quando o pelotão de resgate se aproximou dos homens que carregavam o comandante Tetris, percebeu que não havia mais nada a ser feito contra aqueles que tentavam dominar o território, a não ser prender os inimigos que ainda se encontravam sob o poder das ordens de Pedro. Ao longe ainda se viam vários navios de Ignor.

Aurora pousou no lombo do unicórnio, abraçando Pedro com as forças que lhe restavam. Chifrudo sabia que a fada não estava bem. A força incomum que ela utilizara para erguer a embarcação a deixara muito cansada, além de todo o estresse e medo que sentira durante o confronto.

Ao passarem pelos soldados de Enigma que haviam sido resgatados, Tetris acenou para eles em forma de agradecimento.

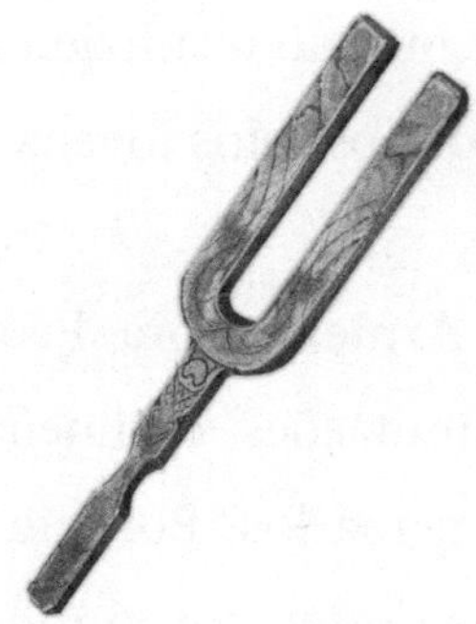

CAEM AS MÁSCARAS

– Levante-se, Gail! Você está me fazendo perder tempo demais!

A autoridade no tom de voz de Isaac surpreendeu Gail, porque até o momento, por mais estranho que pudesse parecer, ele apenas se fazia de injustiçado, vítima de arbitrariedades da companheira. Arbitrariedades essas que ele supunha existir para poder repreendê-la e controlá-la. Mas não dessa vez. Ela percebeu que a alteração de humor de Isaac era diferente.

Toda a impaciência de Hastur se originava do fato de que ele perdera o controle do plano que arquitetara em Parveen, assim que descobriu sobre os Possuidores Isaac, Gail e Le Goff.

O anjo percebeu que não fora uma boa decisão permitir ao matemático fazer a visita a Gail e se descontrolou ao descobrir a tentativa de Isaac de passar uma mensagem para ela.

Os anos de espera e preparação para o grande alinhamento estelar que ocorreria no céu durante aquele dia pareciam desmoronar. Hastur acreditara ser esperto e ousado o suficiente para destronar Moudrost, mas agora se irritava com os tolos jovens em cujas mãos foram parar os Objetos.

Isaac, Gail, Le Goff, Arnie, Aurora, Pedro e até mesmo Letícia possuíam vários defeitos e limitações, à primeira vista. Então, por que estava sendo tão trabalhoso enganá-los? Por que estava sendo tão trabalhoso para Hastur desfazer-se de seu corpo mortal e abrir o portal para os deuses exteriores?

Mesmo sem qualquer sinal de que estivesse sendo manipulado, o anjo começou a duvidar da ingenuidade e sinceridade de Gail. Ela não poderia ser tão tola quanto parecia aos olhos dele. Certamente a garota notara as expressões sombrias com que ele lhe dardejava nas ocasiões de conflito. E por mais complexo que fosse para ela descobrir a verdadeira identidade dele – um celestial –, a filha de Bátor acabaria desconfiando de que aquele garoto não poderia ser jamais Isaac Samus. O que já havia ocorrido, porém, ele ainda não tinha certeza.

Parecia que a paz que retornara ao relacionamento deles, devido ao desjejum preparado por Isaac, havia novamente acabado com a ordem e a grosseria perpetrada pelo impostor.

– Já estamos a meio caminho do topo deste monumento. A noite foi ótima, visto as condições que enfrentamos, e você até me preparou um... – ela meneou a cabeça. – Um belo banquete pela manhã. Não estamos perdendo tempo, Isaac. Estamos viajando, conhecendo novos lugares em Enigma. Vamos aproveitar o momento.

Hastur ficou confuso com a maneira simpática e tranquila com que ela encarou a situação e principalmente por não conseguir medir a vibração da voz dela para saber se fraquejava, se demonstrava insegurança ou se tentava enganá-lo.

– No que está pensando agora? – perguntou Gail diante do embaraçoso silêncio do companheiro, que a encarava sem reação. – Bem, se está com pressa, vamos!

A garota se levantou e começou a caminhar pelo longo corredor do lado oposto ao que os havia conduzido até a antecâmara.

A pirâmide possuía inúmeras galerias, cada uma em um nível acima do outro. Algumas formavam um grande salão, mas todas só possuíam um único corredor de chegada e outro de saída. Se houvesse qualquer tipo de passagem secreta para outro aposento, Gail não sabia. Mas ela precisaria muito desse conhecimento nas próximas horas, diante do que estava prestes a acontecer.

Os dois subiam de galeria em galeria. Paravam em algumas delas para olhar o deserto e o mar ao longe, enquanto aproveitavam também para descansar. Todos os salões possuíam arquitetura singular e muito bem trabalhada. Em alguns podiam ser encontrados baús antigos, vasos e mesas contendo peças decorativas valiosas: jarros, taças, escudos de bronze e até espadas.

– O que você acha que aconteceu por aqui? – perguntou o falso Isaac, tentando parecer tão surpreso e confuso quanto ela. – Quando acordei no deserto e vi as pirâmides ao longe, sabia que precisava conhecê-las de perto. Obrigado por ter vindo comigo. Você também está feliz?

Eles olhavam através das janelas, quando Isaac começou o diálogo. Estavam em um nível mais alto do que quando o verdadeiro Isaac os visitou.

– Por que você está me perguntando isso agora?

– Não sei. Se eu te dissesse que me acostumei com a ideia de que estar aqui foi a melhor coisa que me aconteceu, você acreditaria?

– Você não pode estar falando sério, Isaac.

– Claro que estou.

– E Le Goff? Ele caiu do promontório. Não está pensando nele e em Letícia?

– É como se tudo isso fizesse parte de uma vida passada. Dela, a única coisa que me vem à mente é o desespero que senti quando nossa viagem no *Cachalote* começou a virar um pesadelo. Aquelas mulheres no mar enfeitiçando a tripulação do navio, o kraken, a tempestade, Liutprand sendo lançado para fora da embarcação... Eu cheguei a perder a esperança, Gail. A viagem no mar me destruiu por completo e, depois, ainda houve a morte de Le Goff. Mas esta pirâmide tem me causado sentimentos opostos. Aqui me sinto seguro, acolhido, cheio de esperança.

Enquanto falava, Isaac se aproximava de Gail.

Tomada de susto, ela deu as costas para o deserto, voltando seu olhar para dentro da galeria. Mas só enxergou os olhos de seu companheiro, que estavam próximos demais dos dela, emparedando seu campo de visão.

Ela tinha certeza de que ele a beijaria, porque, em milésimos de segundos, ela perguntou para a "voz" se isso aconteceria e a resposta do Objeto de Poder foi "sim".

Gail se desvencilhou do falso Isaac e só parou de andar quando atingiu a janela oposta, como se estivesse curiosa para olhar para outra direção do deserto, e não porque tivesse medo das intenções dele.

Hastur permaneceu, altivo, com o olhar fixo na linha do horizonte da praia. Não se virou de imediato.

– Eu também cheguei a ficar desesperada no mar. Eu nem sequer deveria estar no navio, não fossem as encantadoras palavras de Tom, convencendo-me a embarcar.

O anjo abriu um sorriso, ainda permanecendo de costas para Gail. Sua vaidade, o orgulho que ele tinha por causa de todas as suas mentiras e enganos provocados na vida das pessoas, o satisfaziam de um modo peculiarmente exacerbado.

– Aqui dentro, eu me sinto tão desprotegida quanto no navio. Confusa. Eu só vou ficar bem quando descobrir o que nos trouxe para cá e se nossos amigos estão bem.

Os olhos de Isaac moveram-se do horizonte do oceano para a areia do deserto, e percorreram um caminho que os levou até algo que levantava fortemente a poeira da mesma trilha por onde, um dia atrás, ele e Gail haviam passado.

Não foi difícil identificar que se tratava de três cavaleiros montados. Seus cavalos eram ágeis e se moviam como guepardos em direção à pirâmide.

Aproveitando que Gail havia se afastado dele, o anjo retirou o Pergaminho do Mar Morto do bolso, fez-lhe uma pergunta mental e o abriu para ler a resposta. Com a mesma discrição e rapidez, o guardou. A revolta que Hastur sentiu quase o fez largar seu disfarce e partir para cima de Gail. A raiva o dominou.

Segundo o pergaminho, o paladino havia deixado o forte às escuras pela manhã. Bátor e outros dois soldados chegariam à base da pirâmide dentro de poucos minutos, cavalgando velozes.

Pensando na tentativa de Isaac de avisar Gail de que ela estava sendo enganada, Hastur foi tomado pelo ódio. Ele já havia feito viagens demais no tempo e espaço para tentar ajeitar seu plano inicial, e sabia que não estava conseguindo recuperar o controle de suas ações.

Entretanto, para se revelar, libertar seus demônios do aprisionamento e destronar Moudrost, Hastur estava disposto a viajar quantas vezes fossem necessárias. Só havia um grande problema: os Dados de Euclides não estavam mais com ele, pois os entregara para Gail.

Não tentem imaginar um demônio consumido pela frustração, pois era pelo que Hastur passava.

– Gail, não temos mais tempo.

"De novo essa história sobre não ter tempo", pensou ela ao escutar o falso amigo.

– Eu preciso que você me entregue os dados.

Gail sentiu uma pontada de desespero apertar-lhe o coração ao perceber a diferença no tom de voz do seu companheiro. Não existia mais a insegurança de uma pessoa vitimizada tentando convencê-la ou culpá-la por seus infortúnios. Agora era o tom de voz de um opressor, de alguém que dita uma ordem e quer vê-la cumprida a qualquer custo, uma ameaça.

– Nós sabemos o que acontece se eu roubar o alforje com os dados de você. Eu não quero que isso aconteça. Eu já tenho um lictor à solta por aí, ávido para me devorar. Então, me passe logo essa porcaria.

"Um lictor à solta querendo devorá-lo? O que Isaac Samus queria dizer com aquilo?" "Porcaria?!" Gail sabia que ele nunca diria algo assim sobre seu objeto. Ela percebeu que chegavam ao ponto-final da história. Era o momento de tirar as máscaras.

Os dados estavam certos, e isso era um mau sinal. Se não existissem mais motivos para manter seus disfarces, tudo poderia acontecer, até mesmo um confronto físico entre eles.

– Quem é você? – perguntou Gail.

Hastur soltou uma gargalhada que congelou os nervos da garota.

– Não importa quem eu sou. Apenas me passe o alforje.

Gail pensou em sair correndo pirâmide abaixo sem entregar-lhe o Objeto de Poder. Ela também chegou a se perguntar se deveria levar os dados consigo, mas a "voz" lhe disse para entregar o alforje.

Porém ela se recusou a aceitar que fosse a "voz" da pré-ciência lhe falando aos ouvidos, que fosse o poder da vidência lhe dizendo a melhor decisão a ser tomada. O Objeto era tudo o que ela tinha de valor. Ela havia se apegado a ele como um supersticioso se apega a um amuleto. Como abandoná-lo?

Afoita, Gail correu na direção do corredor descendente, mas foi interceptada por Isaac que a derrubou com uma rasteira. Ela rolou pelo piso como uma tora de madeira lançada por um trabalhador impenitente, e soltou um grito de dor, quando seu ombro direito colidiu contra os objetos de argila e ferro que decoravam o canto do recinto.

O falso Isaac se aproximou como um predador impiedoso e chutou-lhe o dorso.

– Tolos mortais. Vocês fazem tudo o que queremos. Basta uma mentirinha e uma sedução.

– Eu não sei do que você está falando – rebateu Gail, com a voz embargada e cheia de medo, enquanto se afastava de cócoras no chão.

– Você abriu o primeiro portal para mim. Para abrir o segundo, eu só preciso de seu Objeto e de seu sangue.

Gail podia estar confusa em relação a quem lhe falava, mas ainda possuía os dados e uma excelente dedução lógica. Se a criatura à sua frente a chamara de mortal, certamente, Gail estava diante de um celestial, um espírito, um anjo, um ser eterno que usava um corpo semelhante ao de seu amigo Isaac Samus. Se ele precisava de seu sangue, o que faria com ela? Tiraria-lhe a vida ou lhe causaria dor?

Hastur não revelou que precisava do Necronomicon. O livro era a única coisa que mantinha a garota viva.

Ela se levantou e o confrontou.

– Você não é humano. É um anjo? Um demônio?

– Você pode me chamar do que quiser. Isso é o que menos me importa.

O nome de Hastur lhe veio à mente e, de igual maneira, a certeza de que se tratava dele.– Hastur! Como me trouxe para cá? Por que você se parece com Isaac?

– Você gostou? Você gosta do matemático, não gosta?

– O que você fez com meu amigo?

– Amigo? Acredito que queiram ser muito mais do que isso.

– A brincadeira acabou. Vamos, me fale logo o que você fez com ele.

– Eu ainda não fiz nada, mas irei matá-lo, se você não me der o que quero.

– Está blefando. Eu não vejo os braceletes em seus punhos. Você não é um metamorfo, como consegue se parecer com ele?

O falso Isaac percebeu que Gail não cederia facilmente. Ela era esperta. Para acabar com a discussão, atacou novamente a garota com um chute, que foi rebatido com avidez. Em seguida, tentou alcançá-la com os braços, mas Gail já se encontrava de pé e conseguiu se desvencilhar de suas garras.

A luta corporal foi intensa e o falso Isaac drenava as forças físicas de Gail a cada golpe desferido.

Ela só percebeu que sua boca sangrava quando sentiu o gosto férreo tocar sua língua. O impostor a nocauteara. Não havia mais o que fazer. Se continuasse lutando, certamente morreria. A entidade incorporada no corpo de Isaac Samus era impiedosa e não parecia querer trégua.

Outra vez, quando ela se perguntou o que era o melhor a fazer, a "voz" em sua cabeça lhe orientou que abandonasse o Objeto de Poder e fugisse.

Se ela tentasse correr com o alforje, ele a perseguiria e daria cabo de sua vida. Se ela jogasse os dados pela janela, para dificultar as coisas, ela o deixaria ainda mais nervoso. O Objeto de Poder lhe orientava que a melhor opção era abrir mão dele e fugir. Então, foi o que ela fez.

– Fique com os dados, seu monstro! – gritou Gail, jogando o alforje por cima de Isaac, na direção do corredor ascendente, pouco antes de correr para o outro lado.

Hastur parecia já ter traçado um novo plano. Abaixou-se e se certificou de que os dados estavam na pequena bolsa. Abriu um sorriso, tocou o pergaminho e viajou ao passado.

Na primeira viagem que fez, rápida, deixou o pedaço de pano com o desenho da pousada Arqueiro no quarto onde Isaac Samus dormia.

Na segunda viagem, apareceu para Valério, seu pai adotivo.

O soldado ficou surpreso, acreditando se tratar de Kane. Valério questionou o motivo da demora em retornar e se Kane havia conseguido matar Bátor. Uma discussão tomou forma, quando o comandante de Ignor não recebeu a resposta desejava. Valério tinha estopim curto e nutria muito ódio por seu irmão. Tinha apostado que o jovem arqueiro conseguiria se infiltrar no acampamento do exército de Enigma para executar o que lhe fora ordenado.

– Seu irmão ainda vive. Ele é mais esperto e ousado do que tudo o que você já ouviu falar sobre ele. Mas eu estive no arraial do inimigo e o feri.

– Mas não o matou – gritou Valério.

– Porque agora eu tenho um plano e será melhor ainda. Ele poderá ser morto por suas mãos, Valério.

Foi durante essa viagem no tempo que Hastur convenceu o comandante de Ignor a levar alguns homens na direção do acampamento do exército de Enigma, com a promessa de que acabaria com a vida do paladino.

– Como você conseguiu entrar em meu aposento? – perguntou Valério, em seu camarote em um dos navios de Ignor, com as portas encerradas no meio da madrugada.

– Magia – respondeu Hastur, fazendo-se passar por Kane, sem que Valério desconfiasse. – É um certo tipo de feitiçaria, meu pai. Por isso, aproveito para preveni-lo. Muito cuidado quando seguir com o pequeno grupo de homens. Lembre-se de que vocês precisam se entregar para eles – orientou, referindo-se aos soldados de Enigma. – Aquela gente possui outros tipos de magia profunda, semelhante a esta que me trouxe aqui. Mas você deve se preocupar apenas com uma: a pena. Se algum homem estiver portando uma pena, não olhe nos olhos dele. Ele será capaz de ler seus pensamentos. Então, não o deixe olhar em seus olhos até que você tenha executado seu plano em relação a Bátor. Se fizer tudo conforme eu te orientei, não haverá falhas.

Valério estava mais assustado do que acordado, quando teve o encontro noturno com Kane. Escutou o grasnado do grifo no céu e sentiu muito medo, pois o ralhar emitido pelo lictor se assemelhava em partes com o rugido de um ameaçador felino gigante.

Kane desapareceu inexplicavelmente diante dos olhos do soldado. O que o fez acreditar ainda mais na história sobre magia que o garoto lhe contara.

Na terceira e última viagem, ainda na mesma madrugada, o impostor visitou o general Spencer. Foi a viagem mais demorada, e também atraiu o lictor de Le Goff. O falso Isaac fez o que já sabemos: conseguiu mover um pelotão de Enigma na direção do exército inimigo, com a promessa de que previra um ataque surpresa.

Tudo isso demorou muitos minutos para acontecer no passado. Porém, no presente, enquanto Gail fugia pelos enormes e aterrorizantes corredores da pirâmide, não demorou mais do que três piscadelas.

Se o verdadeiro Isaac Samus estivesse acordado, teria sido capaz de pressentir que, após a primeira incursão ao passado, Letícia tomaria o lugar de Aurora e seria morta antes do fim da guerra. Após a segunda viagem no tempo, o destino escolhera Pedro para morrer no lugar que já havia sido ocupado por Gail, Aurora e Letícia. Mas houve, seguidamente, uma terceira fenda na malha do espaço-tempo. Bátor seria impedido por Valério de sair cedo do acampamento para resgatar sua filha, o início da guerra seria antecipado com a emboscada preparada pelo exército de Ignor, o general Spencer passaria a duvidar dos Possuidores e, com isso, eles seriam deixados de lado pelos oficiais.

O quebra-cabeça foi alterado diversas vezes, envolvendo várias pessoas. Por isso, agora, não seria o destino de apenas um Possuidor que estaria em risco, mas de dois: Isaac e Le Goff.

Como fora dito, Hastur retornara ao presente em poucos segundos, mas ainda não havia feito nada para impedir que Gail saísse da pirâmide. Se ele quisesse controlar o futuro, precisaria manter seus olhos bem atentos ao passado, ao que cada um dos Possuidores estava fazendo.

O anjo olhou novamente pela janela e constatou que os três homens que cavalgavam em direção à pirâmide haviam desaparecido. O futuro fora mudado. Bátor não saíra das Ruínas de Zara pela manhã. Então, Hastur colocou o alforje com os Dados de Euclides em uma prateleira fixa na parede do salão e perguntou ao Pergaminho se algum plano secreto estava sendo traçado por seus oponentes.

Imediatamente, ele voltou poucas horas no tempo, mas como não estava com os dados, não poderia ser visto por ninguém na outra linha temporal.

Hastur viu as três monarcas reunidas com Letícia, com o verdadeiro Isaac e com o gigante de um só olho. Eles conversavam em um dos salões do forte nas ruínas, porém, o demônio não conseguia escutar sua conversa.

– Malditos! – sussurrou, com voz primitiva e cavernosa, o celestial.

Os Possuidores haviam invocado o poder da oração e pediram que Moudrost os blindasse para que não fossem ouvidos em outras dimensões espirituais.

Havia preocupação na fisionomia do Isaac impostor, enquanto ele rodeava a mesa onde o grupo se reunia. Chegou a dar várias voltas e tentar ler os lábios dos que tomavam a palavra. Tudo, porém, em vão. O poder da oração estava acima das habilidades dos anjos em relação aos mortais. Era uma magia tão poderosa quanto qualquer outra que o anjo conhecesse.

Quando Hastur conseguiu escapar do Repouso Maldito dos Deuses Exteriores, realizando seu ritual e envolvendo o livro fabricado com pele humana e escrito com sangue inocente, interferiu também no poder do Objeto de Le Goff, que nunca conseguia encontrá-lo. O pergaminho sempre exibia a imagem do túmulo no promontório.

Agora, com a reivindicação do poder da oração, descoberto por Huna, o mesmo Objeto sofria interferência, impedindo que não só um viajante do tempo como qualquer outro ser espiritual fosse impedido de escutar o que estava sendo dito.

Era como se uma redoma invisível emudecesse suas vozes.

Após várias tentativas inúteis para saber o que tramavam, Hastur desistiu e retornou uma última vez para seu tempo presente. Ainda podia escutar os passos desesperados de Gail descendo a primeira rampa de acesso ao salão onde ele se encontrava. Os ruídos das passadas da garota denunciavam que ela estava ferida e mancava.

O impostor se revelara, agora tinha pouco tempo para se libertar do corpo mortal onde se escondera e tomar sua forma celestial de volta. Ele caminhou novamente até a janela e confirmou que os cavaleiros não estavam mais no deserto rumo à pirâmide. Era sua garantia de que alterara os acontecimentos.

Satisfeito por saber que causara muita confusão e iniciara a guerra entre os dois povos, o falso Isaac sorriu. Chegara o momento de dar um fim à garota rebelde que o desafiara por todo o percurso do deserto.

Hastur retirou o diapasão do bolso da calça e, da mesma janela por onde espiara os cavaleiros, bateu o Objeto com força no parapeito. Esticou o braço para fora, enquanto a forquilha ainda reverberava, e a apontou para um local ao lado das ruínas da velha cidade esquecida: o cemitério.

O que ainda estaria enterrado lá? Os corpos putrefatos já não existiam mais como outrora. Porém a consciência dos mortos foi chamada à vida pelas ondas sonoras emitidas do alto da pirâmide. Hastur também estava com o pergaminho, por isso conseguiu abrir o portal para o retorno dos espíritos dos mortos.

Algo debaixo da terra começou a se mover. Músculos, ossos, tendões e cartilagens foram gerados onde um dia um ser vivente entrara em decomposição. Os corpos há muito tempo comidos por vermes foram chamados à vida. Crânios de adultos, homens e mulheres, crianças e jovens voltaram à existência. Porém a forquilha não seria capaz de ressuscitá-los por completo. Hastur também não o permitiria, pois era avesso a toda a criação de Moudrost. Ele precisava perverter, adulterar, gerar de forma incompleta e deturpada tudo o que o verdadeiro Criador fosse capaz de fazer. Assim, surgiram no cemitério corpos de pessoas vivas pela metade, zumbis.

Os braços dos cadáveres saíam aos montes de debaixo da terra. Em seguida, viam-se suas cabeças, muitas delas descarnadas, com pele malformada, com tufos de cabelo grudados ao crânio. Corpos inacabados se moviam desordenadamente.

Em poucos minutos, uma legião de mortos-vivos caminhava rumo à entrada da pirâmide. Era o exército de Hastur, que fora chamado de volta à vida para impedir a fuga de Gail.

PARTE V

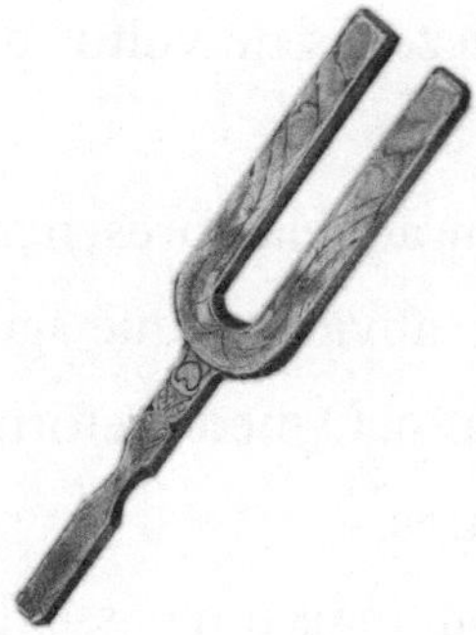

A MORTE DE ISAAC

O desespero é tudo o que resta, quando uma história sobre guerras de poder se desenrola para um fim. E foi cheia de desespero e angústia que Gail correu, o máximo que pôde, pelos largos e sombrios corredores da pirâmide. Ela estava ferida, por esse motivo não conseguiu avançar muitos níveis abaixo.

Durante os momentos em que precisou parar e recuperar o fôlego, ela chorou. Sentia-se em um pesadelo sem fim. A cada curva do trajeto descendente tinha a impressão de que a imagem de Isaac, o impostor, surgiria para agarrá-la e socá-la de novo.

Se pudesse, Gail se jogaria no piso e ficaria deitada, esperando a dor e o cansaço passarem. Mas ela sabia que o inescrupuloso ser que a enganara durante os últimos tresloucados dias ainda poderia tramar algo pior para deter sua fuga.

O eco de seus passos voltou a soar no interior do monumento, mas não por muito tempo. Ao entrar em um dos corredores, Gail avistou logo abaixo algumas dezenas de vultos do que pareciam ser pessoas vindo em sua direção.

Ela se assustou com aquelas presenças inesperadas. No instante seguinte, porém, sentiu alívio, porque agora não estava mais sozinha. Mas isso não durou muito. O medo retornou quando ela percebeu que não eram pessoas comuns.

Gail não arriscou nem mais um passo. Ficou paralisada aguardando os corpos sinistros se aproximarem. Pendulavam ao se moverem, alguns parecendo mancos, outros com passadas sôfregas, como se lhe faltassem partes de músculos nas pernas. Todos tinham um murmúrio nos lábios, que fazia lembrar o choro de um animal que definha moribundo.

Ao se aproximarem da luz que entrava pelas janelas do andar seguinte, seus rostos foram revelados e a garota não soube definir o que estava diante de si. A pequena multidão de faces disformes, deterioradas e horripilantes provocou um novo susto em Gail, que recuou. Ela não sabia o que fazer.

Seria aquela gente perigosa? De onde surgira? Como chegara até ali?

Mesmo sem portar os Dados de Euclides, Gail teve a sensação de que a resposta em sua mente era um aviso: Hastur, o anjo que a enganou e a atacou, enviara as pessoas sinistras que agora lhe bloqueavam a passagem.

Ainda cheia de dúvidas, Gail se permitiu esperar para ver o que eles fariam, pois pareciam não ter consciência nem força suficiente, e ela queria muito ir embora dali.

Contudo, Gail se enganou. Quando o corpo desconjuntado de uma mulher se aproximou o bastante para tocar-lhe a mão, a fugitiva recebeu um beliscão da morta-viva, que lhe arrancou a pele do braço.

Gail gritou e, por instinto, afastou-se dos zumbis. Mas ela não tinha para onde correr, a não ser de volta para o topo do edifício.

Uma batalha psicológica começou a ser travada na mente da filha de Bátor, enquanto, relutante, ela retrocedia, passo a passo, na mesma cadência em que seus perseguidores avançavam em sua direção.

Se ao menos ela estivesse com uma espada nas mãos. Lembrou-se de ter visto uma em um dos salões da pirâmide. Ela poderia lutar contra eles, mesmo em desvantagem numérica. Avaliou outra vez as chances de confrontar a multidão de zumbis desarmada e decidiu retornar para o local de onde viera. Tudo chegara ao fim. Acordaria de um sonho mau ou, se tudo fosse real, ela sabia que caminhava rumo à morte.

O retorno para o topo da pirâmide se tornou uma corrida pela vida. Dois andares acima, Gail encontrou a espada. Ela tinha certeza de tê-la visto enquanto subia com Hastur.

Mesmo fraca fisicamente, a garota se encorajou a empunhar a arma contra as criaturas ressuscitadas. Ela cortou os braços de alguns zumbis e as pernas de outros. Mas nada os impedia de continuar a se mover na direção dela, fossem se arrastando no chão ou esfacelados, com as cabeças arrancadas dos corpos.

Eram muitos mortos-vivos, uma barreira impossível de ser transposta. Quando se aproximavam o suficiente dela, conseguiam feri-la com suas garras ossudas.

Após uma longa tentativa de vencê-los, Gail acelerou os passos e subiu. Em poucos minutos, adentrava o último salão no topo da pirâmide. Ela chegou cansada, mas não menos decepcionada, quase se sentindo envergonhada. Hastur vencera.

– O que vem agora? – perguntou Gail, lançando a espada no chão e se rendendo diante do anjo que a aguardava.

– Depende de seu amigo.

– Qual deles? Eu tenho vários.

O anjo gargalhou.

– Já deveríamos ter acabado com isso, não fosse a besteira cometida por ele ao tentar te avisar sobre mim.

– De quem você está falando?

– De quem mais poderia ser? Isaac Samus. Ainda hoje ele vai provar se realmente te ama.

– Somos apenas amigos – insistiu Gail.

– São? Isso é o que você deseja? Talvez ele pense em algo mais com você.

– Por que está fazendo isso? Por que me enganou? Se é do meu sangue que precisa, o que está esperando? O que você quer com Isaac?

Nesse instante, os zumbis alcançaram o batente da porta do salão. Passaram pelo impostor que os comandava e seguiram na direção de Gail.

Hastur tocou uma vez o diapasão, de leve, e ordenou que não lhe fizessem mal.

Acossada, Gail se retraiu num canto da parede, enquanto os moribundos se aproximavam dela. Um punhado de mãos gélidas e arruinadas a seguraram.

– Não a deixem escapar – ordenou o anjo.

No centro do salão, havia uma espécie de mesa ritualística redonda e fixa. Os bancos ao redor da mesa, igualmente construídos a partir do piso, não podiam ser movidos. Dessa forma, aparentavam ser uma estrutura única, como uma espécie de altar.

Hastur retirou o alforje do bolso e começou a inserir cada dado em um encaixe perfeito, de forma equidistante, no círculo desenhado sobre a mesa. Cinco dados foram colocados em suas fôrmas sobre o tampo marmóreo, restando a moeda de ouro nas mãos do anjo.

– Esperei séculos por isso – suspirou o anjo. – Finalmente você retornou para mim – disse, olhando para a moeda de ouro.

Gail se sacudiu, na tentativa de se soltar das mãos dos zumbis. Esperava que, além de um cérebro, também lhes faltasse força física. Não conseguiria impedir Hastur, seja lá o que fosse que ele estivesse disposto a fazer.

O anjo desencaixou uma estrutura elevada do centro da mesa. Era uma urna, a urna de ágata, que fora usada para separar os anjos dos mortais de Enigma durante a rebelião contra Moudrost.

Hastur conseguira abrir a pirâmide, estava com a moeda de ouro e o diapasão, e também tinha o sangue de uma pessoa inocente para derramar. Só lhe faltava desencarnar do último corpo que possuíra para abrir o portal e libertar sua hoste iníqua. Mas para isso precisava do diário.

– Eu sei que você tem um segundo Objeto de Poder no bolso. Não pode ser o cubo. Não. Nada em nossa jornada no deserto deu indícios de que você pudesse tê-lo usado. O manto de Aurora ou os braceletes de Arnie estariam à vista. É o pergaminho de Le Goff, não é? – perguntou Gail, avaliando a reação de seu adversário.

– Eu subestimei sua inteligência, não foi? – respondeu o sequestrador, retirando o pergaminho do bolso.

– Você me enganou durante quase dois dias.

– Não, eu não te enganei! Eu te subestimei. Desde quando você sabe que eu não sou Isaac Samus? Desde o cemitério? Desde que os Objetos brilharam na abertura do portal da pirâmide?

– Os dados me deram a resposta.

– Os dados, claro. Foi uma bela jogada sua. Admirável. Eu a subestimei, Gail.

– Você tem acompanhado todos os passos de meus amigos, não é? Onde quer que eles estejam agora. Num piscar de olhos você é capaz de retornar no tempo e saber exatamente o que eles estão planejando. E assim você está sempre um passo à frente de todos nós.

Os mortos-vivos que seguravam a garota grunhiram como se estivessem incomodados em ouvi-la falar. Mas Gail continuou:

– O que foi que saiu errado? Se você tivesse tudo o que precisa, não estaria me mantendo viva. Por que ainda não me matou?

O falso Isaac Samus permaneceu calado. E seu silêncio falou mais alto do que qualquer palavra que ele pudesse usar para justificar as conclusões de Gail.

– Sim, você se perdeu em algum momento. Quando as coisas começaram a dar errado para você, Hastur? – continuou ela, sem que seu raptor se desse conta de que se tratava de um plano. – Enganado por um bando de mortais, um punhado de crianças tolas. Deve ser assim que você nos vê.

O objetivo de Gail era entreter seu inimigo. Ela acreditava estar certa sobre o uso do pergaminho por Hastur. Ele ocultara o Objeto de Poder de todas as formas que podia, porque as viagens ao passado, o conhecimento de tudo o que estava se passando, onde quer que os Possuidores estivessem, era de máxima importância para ele.

Se ela soubesse que ele usava essa estratégia desde o instante em que apareceram juntos no deserto, teria feito o impossível para manter a atenção dele ao máximo, evitando as viagens no tempo ou a consulta direta ao pergaminho.

Funcionaria? Ela não tinha a menor ideia. Mas era tudo o que podia fazer. Então, deveria começar a fazer a partir daquele momento.

– Aposto como você se perdeu após alterar tantas vezes o futuro.

– Sua vida ainda está em minhas mãos. Então, eu não perdi nada – argumentou o falso Isaac.

– Sempre me perguntei qual seria o Objeto mais poderoso. Para você é o pergaminho, não é? Ou depende da ocasião? Costumamos pensar que o futuro puxa a nossa história, mas ele é apenas uma consequência. Na verdade, é o passado que empurra o presente, por causa das escolhas que fazemos. Por isso o que os dados veem são apenas possibilidades. É sempre o passado que conta.

– Eu tenho que admitir que te subestimei, Gail. Você é uma garota muito inteligente.

– O que o diapasão faz?

– Abre portais. Você viu isso acontecer ao pé da pirâmide.

– Claro. Eu chegaria a esta conclusão.

– Você chegaria a esta conclusão.

– Então, você o tomou de Antônio Bâamdo.

O impostor gargalhou.

– Eu era Antônio Feroz Bâamdo.

Gail sentiu um arrepio e ao mesmo tempo muita raiva.

– Seu maldito! Você nos enganou o tempo todo? Como você é capaz de fazer isso, como pode mudar a forma do seu corpo? Como pode se parecer tanto com o verdadeiro Isaac?

– Eu possuo as pessoas, quando morrem.

– Mentiroso! Isaac não está morto! Você está blefando, pois disse agora há pouco que ele tentou me avisar que você era um impostor.

– Este corpo não era do Isaac, Gail, mas do irmão gêmeo dele.

Gail se encheu de confusão. Hastur percebeu que a surpresa a incomodara.

– Ele nunca te falou sobre isso, não foi? Sim, ele tinha um irmão gêmeo.

Determinada a continuar prendendo a atenção do anjo rebelde, Gail deu sequência à conversa, ainda que estivesse perplexa.

– Entendi. Eu sou o preço pelos outros Objetos de Poder. Por isso você ainda não me matou.

– Não é bem assim – disse rindo o falso Isaac. – Os únicos objetos de que preciso para libertar os deuses exteriores já estão aqui. Eu mesmo os aprisionei e agora irei libertá-los.

– Mentiroso! Eles foram aprisionados por Moudrost.

Não estava sendo difícil para Gail prender a atenção de Hastur. Ela estava realmente confusa e interessada na conversa, e isso fazia Hastur falar ainda mais.

– Moudrost me deu a moeda de ouro – revelou o anjo, levantando o Objeto de Poder na direção de sua interlocutora. – Todos os anjos possuem um artefato, não sabia? Este era meu. Eu deveria usá-la caso algo saísse do controle em sua ausência – revelou ele, referindo-se à ausência de Moudrost.

– Não é fácil acreditar em alguém que já mentiu tantas vezes – retrucou Gail. – Esta moeda é parte de um Objeto de Poder dado aos homens pelo seu Criador.

Hastur gargalhou. Mas o medo que sua risada infernal causou na filha de Bátor não foi maior que a esperança que ela sentiu ao perceber que ele cedia cada vez mais ao plano dela de ludibriá-lo.

– O que você sabe sobre o Criador, garota? Eu estou com ele desde a eternidade. Ninguém o conhece melhor do que eu. E, mesmo que você duvide, não importa. Esta moeda de ouro era minha segurança no caso de uma rebelião.

– E foi você quem se rebelou contra ele.

O falso Isaac continuou gargalhando.

– Não sente vergonha por isso? – perguntou Gail.

– Por que eu deveria? Moudrost construiu um mundo com seres mortais. Mortais! Você entende o que significa isso? Na eternidade, a morte não existe, mas para vocês ela é real e se traduz em dor, muitas vezes em desespero e, também, em um fim. Se alguém deveria se envergonhar, não seria eu, mas quem a criou. No entanto, ele nem sequer sente remorso por isso. Então, agora chegou a minha vez. Esta será minha criação. Eu tomarei o poder e criarei o caos. Eu destruirei tudo o que ele fez e reconstruirei à minha maneira.

Era estranho, mas Hastur parecia dizer a verdade como se estivesse em um confessionário, desabafando. Gail percebeu que jamais compreenderia toda a verdadeira história do que realmente ocorrera antes de os mortais serem criados, sobre os anjos possuírem artefatos mágicos, principalmente. Seriam esses artefatos os próprios Objetos de Poder ou algo semelhante a eles? Se a onisciência é um dos atributos de Moudrost, por que, então, ele não saberia sobre a possível rebelião durante sua ausência?

As mesmas dúvidas que Isaac, Pedro e Letícia tiveram ao ler o *Diário do Anjo* assaltaram a mente de Gail.

– Talvez tudo o que você fez até aqui, a guerra contra o Criador, o aprisionamento dos anjos em outra dimensão, os séculos que passou escondido possuindo o corpo de pessoas mortas, não seja o seu plano, mas o de Moudrost.

Faíscas de ódio pareceram sair dos olhos do falso Isaac, e Gail percebeu que o deixara afetado com a possibilidade que aventara. Ela possuía uma capacidade de raciocínio espetacular, por isso suas deduções mexeram tanto com o anjo.

– Talvez seja a lealdade e o amor dos mortais por seu Criador que estejam sendo colocados à prova. E você seja apenas um instrumento nas mãos dele.

Ensandecido com o que acabara de ouvir, o impostor não conseguiu responder à garota, porque a conversa foi interrompida.

– Ele chegou – disse Hastur abruptamente.

O salão do topo da pirâmide possuía duas passagens que davam para uma espécie de varanda, a qual contornava todos os quatro lados do monumento e não tinha corrimãos. Uma sombra foi vista em uma das passagens, enquanto uma ventania adentrava o recinto, levantando a poeira que se depositara no piso durante os anos de abandono. O som dos cascos de um animal pôde ser ouvido na parte externa do andar.

– Isaac? – perguntou Gail ao ver a imagem do amigo.

Detrás do verdadeiro Isaac Samus que surgira em uma das passagens, apareceu Aurora, que o trouxera até ali montada em Chifrudo.

– Deixe-a ir com a fada – pediu Isaac para seu sósia, referindo-se a Gail.

Os zumbis apertaram ainda mais os braços da garota.

– O livro está aqui – completou Isaac, mostrando o *Diário do Anjo*.

– Coloque-o sobre a mesa – ordenou o falso Isaac.

– Primeiro solte a Gail.

– Como posso ter certeza de que você não está me enganando, irmão?

Tensa, Gail teve certeza de se tratar de seu verdadeiro amigo, pois Aurora também estava com ele.

– Eu não sei o que lhe foi prometido, Isaac, mas não acredite nele.

– Coloque o livro sobre a mesa! – insistiu Hastur.

Então, quando o verdadeiro Isaac deu dois passos para dentro do salão e colocou o livro onde fora pedido, o anjo tocou o diapasão na beirada da mesa de pedra e o direcionou para as passagens que davam para a área externa do topo da pirâmide.

Imediatamente, uma redoma de energia isolou o aposento, transformando-o em uma dimensão separada e inatingível para os que ficaram de fora, e isso incluía a fada e seu unicórnio.

Chifrudo relinchou e se desequilibrou, quando os raios de força que surgiram quase acertaram sua asa esquerda. Aurora instintivamente se protegeu com seu manto. Alçou voo montada em seu animal alado e lançou raios de força gravitacional, na tentativa de romper a energia que separava as dimensões. O feitiço gerado pelo diapasão parecia ser tão poderoso quanto o de seu Objeto.

Hastur os enganara. Não o acordo, libertando Gail.

Aurora escutou ruídos da guerra que ocorria no litoral. Seu coração enregelou. Sabia que poderia fazer diferença junto ao exército de Enigma, mas agora tinha outra prioridade: salvar seus amigos.

Do céu, ela avistou as três figuras montadas a cavalo no deserto se aproximarem da base da pirâmide. As mesmas três figuras que Hastur havia observado poucas horas atrás, antes de viajar no tempo e alterar o futuro pela última vez.

Enquanto isso, Gail continuava presa pelas garras dos zumbis e Isaac empunhava sua espada na direção de sua cópia impostora. Os três confinados no alto da pirâmide.

– Eu mantive o grifo longe daqui, implorei para que Bátor não viesse resgatar a própria filha e lhe trouxe o que você queria. Onde está sua honra?

– Seja o que for, ele não cumprirá nada do que acordou com você, Isaac – adiantou-se Gail. – Ele quer destruir tudo e todos.

Hastur ignorou os Possuidores, balançou o diapasão no ar e falou algumas palavras em um dialeto desconhecido. Então, o diário se moveu sozinho e veio parar diante dele.

– Matem os dois! – ordenou o falso Isaac para os zumbis.

O anjo estava convicto de que nada o impediria de libertar os deuses exteriores.

Após encaixar a moeda de ouro no sexto orifício, exatamente no centro da mesa, oculto pelo vaso de ágata, o anjo abriu o pergaminho sobre ela. Recolocou o vaso em sua posição original, em cima do pergaminho e, de repente, os Objetos emitiram o mesmo brilho intenso de quando o primeiro portal, que dava acesso ao interior da pirâmide, fora aberto.

Nesse instante, Isaac correu na direção de Gail e começou a lutar contra uma fileira de mortos-vivos que se voltou contra ele. Enquanto golpeava zumbis, utilizando sua lâmina com uma das mãos, Isaac retirou o Cubo de Random do bolso com a outra. O Objeto também reluzia.

– Gail, pegue o cubo. Ele pertence a você! – gritou Isaac, lançando-o para a amiga.

Ainda sem conseguir esticar os braços por completo, a garota viu o cubo cair aos seus pés. Para sua felicidade, as criaturas que a seguravam não se interessaram por ele.

Isaac continuou cortando braços e cabeças de zumbis, avançando cada vez mais, até conseguir se aproximar da amiga, enquanto Hastur parecia hipnotizado diante do vaso de ágata, pronunciando palavras estranhas.

Gail conseguiu se soltar, quando Isaac enfiou a espada na cabeça do último morto-vivo que a segurava. Ela se abaixou para pegar finalmente seu Objeto de Poder, mas não conseguiu, pois o cubo foi chutado para longe por um zumbi que se aproximava. Não fora um chute proposital, a criatura apenas se projetou na direção da garota, a fim de prendê-la novamente, e seu pé o lançou para longe.

– Você está bem? – perguntou Isaac, quando os dois finalmente se tocaram, um de costas para o outro, protegendo-se mutuamente.

– Estou confusa – respondeu Gail, enquanto chutava os corpos que vinham em sua direção.

– Abaixe-se quando eu dizer "três", Gail – orientou Isaac e contou até três.

Mostrando que havia aprendido muito bem todas as lições ensinadas a ele por Bátor, Isaac deu um giro de trezentos e sessenta graus, cortando tudo o que estava num raio de dois metros dele.

Gail aproveitou que se abaixara e engatinhou na direção do cubo. Sabia que precisava alcançá-lo. Porém foi impedida por Hastur, que despertara de seu transe. O anjo ordenou aos zumbis que atentassem para a garota de cócoras no chão.

Foi durante esse movimento de distração do impostor que Isaac aproveitou e desceu a espada com intuito de acertá-lo. Mas o anjo foi mais rápido e se desviou do golpe.

– Gail, pegue o cubo, destrua o campo de força e fuja daqui! – gritou Isaac, antes de receber um chute de seu rival.

– Eu não vou sem você – respondeu ela, escapando das criaturas que a perseguiam.

O falso Isaac buscou no piso a espada que Gail havia usado contra ele e a luta entre os dois garotos idênticos ficou em pé de igualdade. Os gêmeos começaram a digladiar.

– Deve ir, Gail. Seu pai está a caminho e você ficará em segurança.

Quando Gail conseguiu, finalmente, tocar no Cubo de Random, uma dúzia de zumbis pulou sobre ela. Sendo assim, não teve tempo para responder a seu amigo.

As espadas se chocavam com intensidade a cada golpe desferido. Produziam o som seco de um sino fúnebre, tilintando no alto de um templo.

Do lado de fora da redoma de energia criada pelo diapasão, Aurora voava inquieta montada em Chifrudo, quando viu o lictor de Le Goff se aproximar.

Do lado de dentro, um vórtex provocado pelo cubo, que agora estava nas mãos de Gail, enterrada debaixo de zumbis, jogou os mortos-vivos para longe, em todas as direções. Ela detinha seu poder novamente. Com seu Objeto provocava a colisão de seus oponentes entre si. Enquanto isso, a luta entre Isaac e seu sósia parecia não ter fim.

– Já é tarde demais para seu amiguinho albino – zombou Hastur, ao perceber a chegada do grifo.

Isaac não respondeu, apenas continuou atacando seu oponente como se fosse a única coisa que importasse em toda sua vida.

– Eu vou matá-lo e seu sangue vai abrir o portal!

As estocadas ficavam mais severas e frequentes. As lâminas chegavam a faiscar em algumas colisões. O furor da luta atingiu o clímax, quando a força que imputavam em suas armas foi tão intensa que eles as deixaram cair.

Sem as espadas, os dois se atracaram com chutes, pontapés e socos. Agarrados um no outro, tombaram atrás da mesa de pedra.

Gail os viu desaparecer, porque ela se encontrava do outro lado do salão, e ficou preocupada. Correu para ajudar Isaac, mas, quando se aproximou, ficou confusa. Não conseguia distinguir qual era o impostor. Suas roupas estavam empoeiradas e com a mesma tonalidade. Porém, quando eles se levantaram, apenas um empunhava uma espada. E não perdeu tempo. Com agilidade e precisão, ele a cravou no abdômen de seu oponente.

Um dos gêmeos caiu mortalmente ferido.

Ainda não era possível saber qual deles era o verdadeiro e qual era o impostor. Estavam praticamente indistintos.

O vencedor erguia a espada, enquanto o outro nem sequer conseguia se arrastar no piso, devido ao profundo ferimento aberto em sua barriga.

– Isaac? – chamou Gail, referindo-se ao que estava de pé, mas sem a certeza de estar falando com o verdadeiro.

O vencedor sorriu para ela e abaixou sua espada. Ao que ela retribuiu com um afável sorriso. Sorriso este que não durou segundos. Horrorizada, ela o viu tocar a lâmina ensanguentada no *Diário do Anjo*.

Imediatamente, um texto começou a ser escrito por magia nas páginas finais, em branco, do funesto livro. Era a história de como Hastur descartara o corpo de Antônio Bâamdo e possuíra o de Kane. A última história havia sido escrita no Necronomicon.

– Parece que eu matei seu amigo – disse Hastur cheio de escárnio.

A alma de Gail pareceu fugir de seu corpo, enquanto ela correu ao encontro do Isaac que jazia mortalmente ferido no chão. O corpo moribundo do matemático estava frio e seus olhos definhavam. Ele, porém, conseguiu dizer uma última palavra para ela, antes de ver suas forças se esgotarem.

– Fuja!

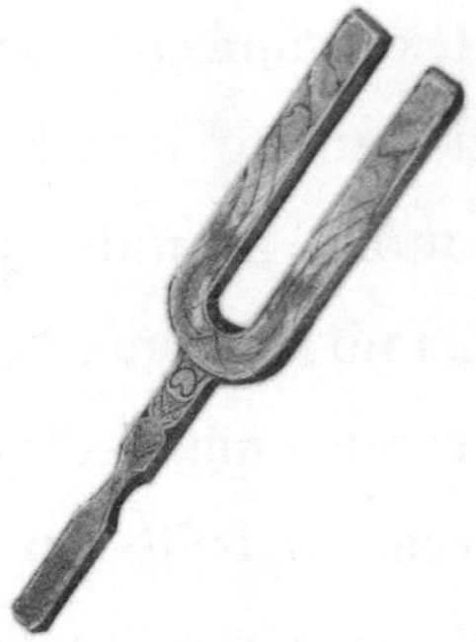

HASTUR E OS POSSUIDORES

Desolada, Gail evitava pensar na tragédia diante de si. Ela não queria fugir e deixar o corpo de seu amigo para trás, mas sabia que não conseguiria carregá-lo. Talvez ele ainda respirasse, talvez seu coração ainda batesse, mesmo que fraco. Mas o que fazer, se ela própria corria perigo?

Gail precisava controlar o desespero para que pudesse pensar com clareza, mesmo diante de tão difícil situação.

Para sua surpresa, ela viu o Diapasão de Haendel caído próximo à mesa de pedra. Durante a luta corpo a corpo contra Isaac, Hastur deve ter deixado o Objeto para pegar a espada e atacar seu oponente, e perdera a forquilha sem se dar conta. Mas não importava como o objeto fora parar lá, apenas que poderia ser usado por quem o encontrasse.

O anjo limpou a ponta da espada com a mão, juntou todo sangue ainda não coagulado de Isaac que estava ali, abriu a tampa do vaso de ágata e o espargiu em seu interior.

Durante essa distração do falso Isaac, Gail usou o poder do cubo para trazer o diapasão para si.

Quando a forquilha tocou a mão da garota, imediatamente, o campo de força desapareceu, unindo as duas dimensões novamente. Os zumbis se desintegraram, virando pó, que foi arrastado pela forte ventania que invadiu o salão.

Hastur voltou a proferir palavras no enigmático idioma que só ele conhecia. Seria uma boa oportunidade para Gail desaparecer dali com o corpo de seu amigo. Contudo, algo a surpreendeu.

Na entrada do corredor que dava acesso aos andares inferiores apareceu Bátor, acompanhado de dois soldados armados com espadas.

O paladino correu ao encontro da filha e a abraçou.

– Você está bem?

A menina tentou dizer que sim com um aceno de cabeça, mas começou a chorar.

Não! Não estava nada bem. Gail alcançara o limite do terror e de todo sofrimento psicológico e físico que podia aguentar. Foram dois dias ao lado de um ser impiedoso e opressor, que drenara toda sua energia e, finalmente, sua esperança.

– Isaac está morto – disse ela, apontando para o corpo de Isaac inerte no piso.

Bátor levantou a camisa ensanguentada do rapaz até a altura do tórax. As vestes estavam encharcadas de sangue, o corte era profundo e mortal até para o ser humano mais forte que pudesse existir.

Um dos soldados que chegou com Bátor correu na direção da mesa, ergueu sua espada e acertou com força o vaso de ágata na tentativa de impedir que o ritual do anjo rebelde se concretizasse. Inexplicavelmente, a lâmina da espada se quebrou e o vaso permaneceu intacto.

O segundo soldado seguiu na direção do inimigo com intuito de transpassá-lo com sua arma, mas hesitou a meio caminho, quando viu estruturas estranhas surgirem de suas costas. Era tarde demais, o corpo do falso Isaac começava a sofrer alterações bizarras.

Do outro lado do deserto, no litoral, exatamente onde a guerra entre os dois exércitos acontecia, um som tenebroso e extremamente grave se ouviu e se alastrou, estremecendo toda a planície inóspita até as pirâmides.

Nesse momento, os dois soldados que acompanhavam Bátor para resgatar Gail tiraram seus elmos, e a garota ficou atônita com o que viu.

– Isaac! Pedro! – gritou a filha do paladino ao reconhecer seus amigos. – Não faz sentido. Então, quem é ele? – perguntou, apontando para o corpo do Isaac que tombara ferido à espada.

Bátor levantou as longas mangas da blusa do moribundo, e sua filha pôde ver que ele usava os braceletes de poder.

– Arnie? Como assim? Não entendo...

– É uma longa história, Gail – respondeu agora, de fato, o verdadeiro Isaac, aproximando-se dela e dando-lhe um abraço. – Você está bem?

A garota conseguiu, finalmente, sorrir e se sentir segura, mesmo no meio de toda aquela confusão. Embora ainda estivesse preocupada com o estado do gigante que se encontrava ferido.

Tudo fazia parte do plano de Letícia.

– Se eu não aparecer na pirâmide com o *Diário do Anjo* antes do pôr do sol de hoje, ele matará Gail – disse Isaac Samus, quando eles se reuniram sob o poder da oração.

– Ele vai tentar matá-la mesmo se você cumprir sua parte no combinado – explicou Letícia. – Eu sei disso, porque convivi minha vida toda com este ser se passando por Tom. E hoje compreendo. Ele é traiçoeiro e não tem piedade.

As duas monarcas assentiram. Elas tinham conhecimento sobre o que era negociar com demônios.

– Ele precisa de sangue humano para desfazer o feitiço que o escondeu durante séculos no corpo dos mortos – disse Holda.

– Exatamente – consentiu Letícia. – Foi o que vocês descobriram lendo o diário – disse, voltando-se para Isaac. – E foi condição tão específica que me fez ter uma ideia. Hastur precisa do livro e de sangue humano – Letícia tomou fôlego para continuar. – Isaac ainda teria tempo para montar um cavalo e cavalgar até as pirâmides antes do pôr do sol, se quisesse. Mas precisamos fazer de um jeito que nos permita tirar Gail do local o mais depressa possível.

O grupo aguardou para ouvir como a cantora pretendia fazer isso.

– Isaac deve pedir a Aurora que o leve até pirâmide, voando com ela em Chifrudo. Assim que ele pousar, deverá exigir que Gail monte no unicórnio e retorne com a fada.

– O que faz você acreditar que o anjo a deixará ir? Você mesmo disse que ele é traiçoeiro e impiedoso.

– Ele não deixará, Celeste – respondeu Letícia. – Eu tenho quase certeza disso. Mas vamos por partes. Precisamos fazê-lo pensar que tem tudo o que precisa, quando na verdade estaremos entregando-lhe algo diferente.

Ninguém tinha entendido nada ainda.

– Para que o portal se abra é necessário sangue humano. Mas ele não derramará sangue humano, porque enviaremos Arnie no lugar de Isaac. O gigante esconderá os braceletes sob as mangas da blusa, quando estiver metamorfoseado. Será o sangue de um gigante.

Se Pedro estivesse presente na reunião talvez também ficasse surpreso, mesmo tendo lido o livro junto com Isaac. Os dois não haviam se atentado para este detalhe.

– Precisa ser sangue humano? – questionou-se Isaac.

– Foi o que Pedro nos falou que estava escrito nos trechos que ele traduziu.

– Então, o plano é fazer o gigante trocar de lugar com Gail, dando tempo para fugir enquanto Hastur é enganado? – perguntou Holda.

– Exatamente. Na segunda parte do plano, vocês verão que ela terá apoio para sair de lá em segurança.

– Eu não posso permitir isso – protestou o matemático. – Não posso deixar que Arnie corra esse risco. Se for ferido, ainda que seu sangue não sirva para Hastur, Arnie pode ser morto.

O gigante ficou pensativo. As monarcas, confusas.

– Letícia, como você pode ter certeza sobre a questão do sangue? – perguntou Isaac, na tentativa de dissuadi-la. Afinal, era a vida de Gail, a vida de Arnie, ou a vida dos dois.

– Pedro não errou na tradução do Necronomicon. Se o sangue de qualquer ser vivo pudesse ser usado, ele não teria escrito "sangue humano". A rebelião dos anjos foi contra nós, Isaac. Eu não tenho como provar o que estou falando, mas acredito estar certa.

– Letícia tem razão – interveio Celeste. – Grimórios e diários de seres mágicos precisam ser específicos. Cada adjetivo, advérbio ou substantivo em um texto tem a função de transmitir clareza em seu conteúdo.

– Não importa! – rebateu Isaac, intransigente. – Eu não deixarei ninguém se arriscar em um plano suicida. Se algum sangue tiver que ser derramado, que seja o meu. Quando Hastur alterou o futuro pela última vez, foi a mim e a Le Goff que o destino presenteava com algum tipo de infortúnio. O que acontece se o anjo não deixar Gail retornar com Aurora?

– Esta é a segunda parte do plano. As monarcas convencerão Bátor a cavalgar até as pirâmides. Você e Pedro precisarão ser discretos. Usarão elmos para esconder suas faces.

– Ele poderia usar o pergaminho e descobrir que estamos indo em sua direção.

– Vocês vestem a armadura com o propósito de ir à guerra, se misturam com os outros soldados, mas, no meio da formação das fileiras, seguem com Bátor. Eu sei que não é uma situação confortável, mas temos que arriscar. Que Mou nos ajude!

– É um plano arriscado, mas é o que temos – afirmou Holda. – Bátor, Pedro e Isaac precisam estar no local, caso Hastur não deixe Gail partir.

– Aurora vai levar nosso falso Isaac para a pirâmide. Não há problema Hastur ficar sabendo disso. Mas e Pedro? Como o faremos saber do que ele precisa fazer? Ele também não está aqui.

– Não se preocupe, Celeste. Você ficará encarregada de fazê-lo saber. Quando Pedro retornar, apenas olhe nos olhos dele e ele poderá ler seus pensamentos – detalhou Letícia.

Isaac interrompeu as mulheres, ainda indignado.

– Eu não acredito que vocês estão concordando com tudo isso. Eu vou repetir: não posso deixar que Arnie corra o risco em meu lugar.

– Então eu me voluntario para ir, Isaac – retrucou o gigante. – Letícia está correta. Não vejo outra maneira de salvarmos Gail. Ninguém tem outro plano agora. Sem contar que também podemos impedi-lo de abrir o portal e libertar os demônios. Temos que confundi-lo, deixá-lo pensando que conseguiu concretizar o nefasto ritual. Se ele realmente não pode nos escutar nesta hora, ele será esmagado pela surpresa de saber que falhou.

– Mas, Arnie, você pode morrer.

– Todos nós vamos morrer um dia, Isaac. Se tiver que ser derramando meu sangue, me entregando para salvar meus amigos, que seja!

– Talvez seja a morte o elemento mais poderoso, capaz de tornar nossas ações grandiosas – disse Letícia, repetindo o que escutara de

Pedro na noite anterior. – Se fôssemos imortais, não poderíamos nos entregar pela vida do outro, não haveria sacrifício. E essa é nossa maior glória em relação aos anjos e qualquer outra criatura celestial.

O falso Isaac, Hastur, já não se parecia mais com o matemático de outrora. Asas enormes saltaram de suas costas, sua altura triplicou e suas vestes eram brilhantes como o sol em um dia sem nuvens. O anjo mau se revelara, finalmente, após anos utilizando seu disfarce funesto: os corpos de pessoas mortas. Mas sua vitória fora parcial. Ele recuperara seu corpo celestial, mas abrira o portal errado.

– Maldito! – gritou o anjo, ao descobrir que fora enganado. – O que vocês fizeram? Era sangue de gigante?

Arnie havia retornado para sua forma de colosso. Ele ainda sentia muita dor no abdômen, mas o risco de morte havia passado. O poder dos braceletes o fortificava e acelerava a cicatrização e cura do ferimento.

Mais uma vez, o arrepiante som vindo da praia fez estremecer a pirâmide e toda a terra ao redor.

– Tolos! – gritou Hastur, decepcionado, percebendo que toda a estrutura da pirâmide tremia. – Vocês despertaram as bestas do submundo.

Bátor saiu pela porta leste e observou da varanda que a superfície do mar se movia de maneira estranha. O estrondo vinha de lá. Era como se uma onda de proporções colossais se formasse a partir de um ponto próximo aos navios de Ignor e se alastrasse para todas as direções.

No deserto, algo semelhante ocorreu com a areia em um ponto entre as outras duas pirâmides menores.

– Conseguimos, Isaac – disse Pedro, cheio de alegria. – Impedimos que os deuses exteriores fossem libertos.

– Não comemore ainda – alertou o paladino. – Seja lá o que fizemos, não me parece que estamos seguros.

De repente, o teto do salão foi arrancado e a luz do sol vespertino invadiu o interior. O lictor de Le Goff quebrara o pináculo com uma pancada de seu corpo. O animal sobrevoou a abertura e tentou pinçar Hastur com suas garras, mas elas passaram por dentro do corpo celestial do anjo sem o danificar.

– Tarde demais, anão! – gritou o anjo, ainda com um semblante odioso, por ter sido enganado pelos Possuidores. – Você ficará para sempre nesse estado. Não eram asas que você queria? Agora são suas para sempre.

Nesse instante, Aurora surgiu montada em seu unicórnio e o lictor de Le Goff cuspiu um longo jato de fogo através da abertura que fizera no topo da pirâmide. A fada usou seu poder para criar um campo de força e proteger seus amigos.

Hastur permaneceu imóvel, como se fosse um fantasma cuja matéria não consegue atingir, e a labareda de fogo passou inócua por dentro dele.

Do alto, o grifo soltou um ganido de frustração.

– As coisas não parecem melhores na praia – comentou Aurora. – O mar e a areia estão se movendo de forma estranha.

Ao ouvir essa observação da fada, Isaac se adiantou e correu até a mesa de pedra. Ele tentou mover o vaso de ágata, mas a urna parecia presa. Pedro tentou ajudar o matemático, mas os esforços de ambos foram em vão.

– Os dados! – gritou Gail, enquanto dava suporte a Arnie, que ainda se recuperava do golpe à espada. – O garoto inseriu os dados nos encaixes na mesa antes de colocar o vaso sobre a moeda e o pergaminho.

Isaac viu os dados nas fôrmas e ficou surpreso. Meteu a mão no primeiro e conseguiu removê-lo. Intrépido, retirou um a um de dentro dos receptáculos. Quando, finalmente, os cinco objetos estavam em sua mão, ele foi capaz de mover o vaso. Pedro pegou o pergaminho que estava sob a urna e, debaixo do pergaminho, Isaac encontrou a moeda que faltava para completar seu Objeto.

Enquanto isso, o lictor de Le Goff atacava Hastur com voos rasantes e tentativas de agarrá-lo. Ainda que não fosse intencional, essa distração foi perfeita para que Isaac e Pedro pudessem desfazer o altar.

O pergaminho foi passado para as mãos de Bátor, que estava mais próximo de Pedro. A alta magia tinha sido desfeita.

O grupo viu dois raios fulgurantes descerem do céu e acertarem a mesa de onde os Objetos haviam sido removidos. Dos feixes verticais de luz, surgiram duas criaturas muito parecidas em tamanho e fisionomia com Hastur. Portavam espadas flamejantes e as empunhavam na direção do próprio demônio.

– Finalmente o iníquo foi revelado – disse o anjo Gabriel.

– Seu tempo fora do exílio acabou – sentenciou o anjo Rafael.

Hastur fez surgir em sua mão esquerda uma espada idêntica à dos seus iguais.

– Não me curvarei novamente a Moudrost! – gritou o anjo rebelde.

A pirâmide voltou a sacudir como se um terremoto a chacoalhasse.

– E quanto a este mundo – continuou o rebelde criador do Caos –, vejam o que eles fizeram. Trouxeram duas bestas infernais para o destruírem? São verdadeiramente tolos como eu sempre falei.

Gabriel e Rafael bateram as asas e, ao saírem da pirâmide, passando pelo buraco aberto no topo, seus olhos viram no mar uma das monstruosidades emergindo. Na areia do deserto, a segunda se ergueu do solo.

– Não temos ordens para agir em relação aos guardiões do submundo. Nossa missão é levá-lo para o seu julgamento, Hastur – explicou Gabriel.

– "Não temos ordem." Vocês continuam recebendo ordens? Deveriam desejar a liberdade, o livre-arbítrio. Ele usa cada um de vocês. Moudrost os manipula como a um boneco de ventríloquo.

– Seu jogo não funciona conosco – rebateu Gabriel.

– Guarde sua espada e venha... – Rafael não conseguiu concluir sua ordem porque foi brutalmente interrompido pelo golpe de espada de Hastur.

Gabriel estendeu sua arma e impediu que qualquer dano fosse feito ao companheiro. Em seguida, saltou de um lado ao outro, numa luta contra Hastur que parecia coreografada. Nem o melhor dos espadachins do Reino de Enigma conseguiria reproduzir tal *performance*. Os dois se moviam e batiam as asas com calma e elegância, apesar de tamanha tensão, até que em poucos segundos desapareceram no céu.

O segundo anjo estava com os olhos fixos no vaso de ágata e no Necronomicon. Suas asas começaram a se mover. Ele voaria até Gabriel e o ajudaria a prender o anjo rebelde, mas Isaac o interpelou:

– Senhor, espere! Diga-nos quem são vocês.

Ninguém, nem mesmo o matemático, acreditou que o ser celestial interromperia sua ascensão para respondê-lo. Mas ele o fez, voltando-se para os assustados personagens que o encaravam calados.

– Eu sou o arcanjo Rafael e aquele, Gabriel.

O piso tremeu outra vez, aterrorizando os mortais. Aurora foi a única que viu as bestas começarem a se locomover na direção dos exércitos na praia, porque planava no ar e tinha campo de visão.

Mesmo depois de responder a Isaac, o anjo não partiu. Este mantinha um estranho comportamento.

– O que acontecerá com Hastur?

– O iníquo será levado para julgamento, Isaac. Está consumado. É chegada a condenação dos rebeldes.

– E quanto a nós?

– Vocês cumpriram o papel que precisavam desempenhar. Demonstraram coragem e bravura, conhecimento e sabedoria, lealdade e sinceridade.

– É tudo a respeito de Moudrost, não é? Ele planejou isso?

– Ele os criou para que vocês o amassem. Mas não com um amor inconsciente, forçado ou automático. Por isso precisou criar também o mal, para que a decisão fosse provada e verdadeira.

Fazia sentido.

– E quanto ao que está acontecendo lá fora? Hastur disse que desencadeamos a destruição de nosso mundo.

– Os guardiões do submundo são lictores de outra dimensão. Vocês já possuem todas as ferramentas necessárias para vencê-los.

Cada Possuidor olhou para o seu Objeto de Poder.

– "Um lictor para um lictor" – sussurrou Pedro. – Eu me lembro de ter lido algo assim no *Diário do Anjo*.

– Você está falando sobre nossos lictores? Alguém precisaria roubar nossos Objetos para libertá-los – Arnie falou para o anjo. Contudo, não obteve resposta.

– Por favor, Rafael, diga-nos, como podemos libertar nossos lictores? – questionou Isaac.

Prontamente, o anjo o respondeu:

– Quando uma pessoa se transforma em um lictor, este vive para sempre dentro dela. Basta ter sensibilidade o suficiente para invocá-lo.

Isaac se recordou de que certa vez sentiu o monstro querer sair de dentro dele, mesmo estando sem seu Objeto, ao procurar por Bátor no Pântano Obscuro. Ele sabia que não era algo fácil de fazer acontecer.

– Porém ainda existem duas outras maneiras de libertá-lo – continuou Rafael. – A primeira delas é usando outro lictor para atiçá-lo. A segunda é alcançando a frequência da harmonia divina.

– Frequência da harmonia divina? Como se alcança isso? – perguntou Bátor.

Outra vez o anjo permaneceu mudo.

Uma lasca de concreto cedeu do que sobrara do arruinado teto do salão, quando outro tremor atingiu a pirâmide. Eles ficavam cada vez mais frequentes e fortes.

– O que há com você? – perguntou Pedro ao anjo, tomando as dores do paladino. – Ele lhe fez uma pergunta, senhor.

– Rafael, responda-nos, por favor. Como alcançamos a frequência divina? – implorou Isaac.

– Vocês já sabem como fazer isso. Já possuem tudo o que precisam para impedir a destruição que ameaça seu mundo.

– Rafael, o que você quer dizer com isso? Precisa ser mais específico – perguntou Gail, mas o anjo não a respondeu.

– Ele tem algum problema? – questionou Bátor, sendo irônico para não perder a paciência.

– Pode nos dar alguma pista? – pediu Isaac.

– Todas as coisas foram criadas pela matemática. A música é matemática. Basta você fazer a soma correta e os caminhos se abrirão em todas as direções. O resultado sempre será três vezes o número cinco – respondeu o anjo em enigma. – Eu preciso que você me deixe partir agora, Isaac. Vocês fizeram o que precisava ser feito em relação a Hastur. Agora é conosco. Tenho muito trabalho pela frente.

– Eu? Deixá-lo ir? – indagou Isaac, intrigado.

– É a moeda de ouro! – gritou Pedro. – Por isso ele só se dirige a você. Essa é a mesma moeda que Azazel entregou para Cefa Defarge. Ela lhe dá o poder de invocar os anjos.

O aqueônio tinha razão. Isaac se recordou da história que haviam lido no diário.

– Eu peço que me dê uma última resposta, Rafael. Conseguiremos derrotar essas criaturas?

– O Objeto que prevê o futuro está com você, Isaac – respondeu o anjo. – Mesmo assim vou repetir: vocês já possuem tudo do que precisam. Cada um de vocês, em algum momento, se sacrificou pelo outro. De alguma maneira, cada um perdeu algo que lhe era caro ou abriu mão do que lhe tinha valor. Vencer essas criaturas? Depende do quanto você está disposto a salvar o que chama de lar, depende do quanto você ama seus amigos e também da fé que tem em Moudrost. No final, o destino é sempre um jogo de probabilidades que você monta conforme reage aos eventos que são colocados à sua frente.

O anjo falava em enigmas.

– Obrigado, Rafael – disse Isaac. – Vá cumprir sua missão. Mantenha-se fiel a Moudrost. Somos gratos pela sua ajuda.

Após ser liberado, o anjo fez surgir novamente sua espada flamejante e golpeou com ela o vaso de ágata. A urna se despedaçou e os inúmeros cacos desapareceram no ar, enquanto o *Diário do Anjo* se desintegrava. Rafael desapareceu, voando na velocidade de um raio.

Os Possuidores haviam impedido Hastur de livrar os anjos rebeldes do aprisionamento, mas a um alto custo: abriram outro portal. Agora, precisavam lidar com as consequências.

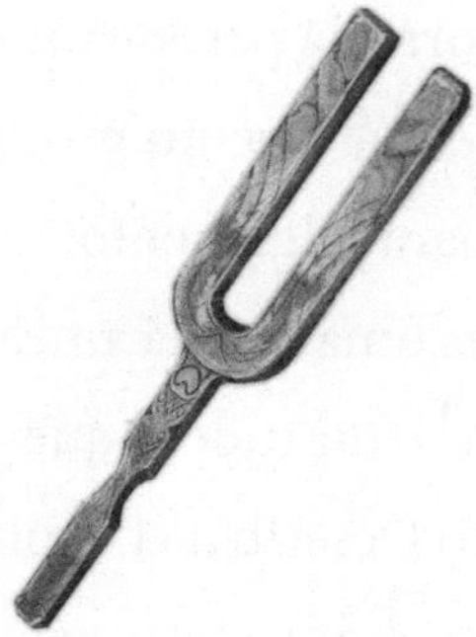

OS GUARDIÕES DO SUBMUNDO

Aurora entregou as rédeas de Chifrudo para Pedro, que subiu no unicórnio junto com Bátor. Arnie se transformou no gato alado e foi montado por Isaac e Gail.

– Temos que salvar os dois exércitos! – gritou Isaac para o grupo.

Pedro pensou em dizer "eles tentaram nos matar", mas, antes que pudesse se manifestar, foi surpreendido pelas palavras do amigo.

– Nós não somos como Ignor. Nós temos misericórdia. E, acima de tudo, prezamos pela sabedoria em nossas decisões. Salvaremos todos que pudermos.

A fada acenou para seu amado aqueônio em aprovação. Pedro voltou atrás em seu julgamento e compreendeu que estavam diante de um líder grandioso e inigualável, Isaac. A jovem monarca sentiu seu coração se aquiescer. Se eles não tivessem tanta pressa, ela diria algumas palavras proféticas para o matemático de Finn.

Isaac cumprira sua jornada para se tornar o homem que um dia desejou ser, o guerreiro de que o reino precisava.

Hastur fora levado para julgamento, mas a batalha ainda não havia terminado. Ainda existia uma última ameaça: os guardiões do submundo, bestas capazes de destruir tudo o que encontrassem pela frente.

No horizonte oeste do Deserto da Desolação, o sol começava a decair. Em pouco menos de uma hora a luz crepuscular tingiria todo o campo de batalha, projetando sombras fantasmagóricas.

Chifrudo e o gato alado saltaram do topo da pirâmide, seguidos por Aurora, que voava majestosa com os braços abertos entre eles. Por sobre o grupo, juntou-se o lictor do anão albino.

Os amigos ainda olharam para trás na ânsia de encontrar sinais dos anjos que voaram em peleja contra Hastur. Só viram a imagem portentosa e magnífica dos três gigantescos monumentos cobertos pelos raios amarelados do sol vespertino outonal.

Distanciavam-se das pirâmides. À frente, um verdadeiro pandemônio.

Ânfibus, a criatura que surgira do mar, tinha o corpo humanoide e, apesar dos braços e pernas compridos, movia-se como um quadrúpede, semelhante a um leopardo ou um leão. Sua pele era coberta de escamas e seus modos remetiam a um réptil ou anfíbio. Sobre os braços dele se estendiam asas, não como as de aves, mas conectadas ao seu dorso, grudentas e cheias de muco. Ele tinha cabeça alongada e decrépita como a de um morto-vivo e, no lugar da barba, saltavam-lhe inúmeros tentáculos ameaçadores, usados para devorar os homens que encontrasse pela frente. Embora ainda estivesse no mar, era possível ver sua cauda flexível e mortífera chicoteando os navios.

O guardião que ascendeu das areias do deserto, Rily, possuía um corpo esférico semelhante a uma massa fofa, porém ameaçadora e tempestuosa. Tentáculos curtos e retorcidos lhe saíam de todos os lados, e era por eles que a criatura se locomovia. Sua boca salivava e sua língua se projetava a uma distância maior do que qualquer um de seus tentáculos. Vinda do deserto, a segunda criatura já se aproximava da praia, atraída pelos gritos de horror dos humanos. Não havia mais distinção entre soldados de Enigma ou de Ignor. Todos fugiam, desorientados, como podiam.

Contudo, vale narrar o que tinha acontecido uma hora antes de todo o terror começar. Havia um propósito maior na invasão de Ignor em Enigma. Por se tratar de homens muito supersticiosos, que passaram anos cultuando e adorando entidades que remetiam aos deuses exteriores, e influenciados pelos gnomos dos Fossos Famintos, eles acreditavam que o dia do retorno de seus deuses finalmente chegara. Os sinais no céu, principalmente na Constelação do Caçador, e várias profecias de feiticeiros e bruxas apontavam para o evento cósmico que culminaria na descida das entidades na região onde as pirâmides foram construídas. Na verdade, eram profecias que tinham sido incutidas na mente deles pelo próprio Hastur, enquanto se escondia nos corpos humanos ao longo dos séculos.

Vários soldados vestiam roupas de cultistas, ainda que empunhassem arcos e lanças ao descerem à praia para o ataque contra Enigma.

Em um primeiro instante, quando Ânfibus surgiu no mar, eles ainda acreditavam se tratar de seus deuses ressurgindo. Grande, porém, foi o susto quando o gigantesco animal começou a matar todos os soldados e a derrubar os navios.

No momento que Hastur gotejou o sangue do gigante Arnie, um híbrido com descendência celestial, no vaso de ágata, pensando ser o sangue de Isaac, um humano, ele convocou as bestas infernais do submundo para destruir toda a nova dimensão espacial onde a profanação ao nome de Moudrost ocorrera.

Ânfibus trouxe o terror para o mar. Cascos de embarcações envergavam no ar, estraçalhados, presos pelas garras da fera. Mastros, pedaços de proas e âncoras eram lançados na praia, destruindo tudo o que encontrassem pela frente.

Muitos cultistas ainda mantinham seus cânticos profanos, fossem nos navios ou nas fileiras de soldados estendidas em terra, até serem atingidos por destroços. A fanática adoração aos deuses exteriores só terminou quando mais da metade dos adoradores tinha sido morta e o restante percebera que também era alvo do monstruoso ataque.

Naquela época em Enigma, a pólvora era usada em canhões de navio e costumava ser uma substância quase venerada. Armas de fogo pessoais, como revólveres e pistolas, só viriam a ser construídas mais tarde. Foi por isso que os pequenos depósitos de pólvora nos navios começaram a explodir, quando Ânfibus os espremeu entre os dedos longos, fortes e curvos.

A criatura terrestre alcançou o litoral antes que o exército de Enigma conseguisse recuar para o acampamento ao norte. Rily chegou espremendo com seus tentáculos vários soldados já enlouquecidos pela destruição inesperada.

Dois grupos de mil soldados cada tinham sido enviados pelo general Spencer para a guerra, horas antes do surgimento das criaturas. Atacariam em frentes diferentes: um pela praia e o outro pelo deserto. Porém, quando Ânfibus e Rily apareceram, os pelotões perderam o comando, as fileiras se desfizeram e a derrota se tornou implacável.

As flechas e lanças nem sequer faziam cócegas nas criaturas, que, pertencentes a outra dimensão, possuíam proporções gigantescas, quase atingindo a altura das pirâmides.

Das altas torres do forte das Ruínas de Zara, sentinelas assistiam apavoradas à carnificina que ocorria no campo de batalha. Mesmo a distância, podiam ver pequenos corpos humanos sendo esmagados e embarcações, estraçalhadas como se fossem formigas ou brinquedos manipulados por uma criança irreverente.

– De onde surgiram essas "coisas"? – perguntou Letícia, totalmente embasbacada.

– Com certeza não pertencem a este mundo. Nem mesmo as estranhas criaturas de além-mar foram descritas com tal aparência – respondeu Celeste.

– Precisamos fazer alguma coisa.

– Minha criança, quando uma porta do inferno se abre para nossa realidade, ela só se fecha por meio de magia, magia sacrificial – respondeu Holda.

Os lábios de Letícia tremeram ao escutar as palavras da monarca e permaneceram fechados, embora cheios de perguntas para serem feitas.

Nesse momento, as duas mulheres e a garota viram quatro vultos se aproximando no céu. Identificaram primeiro o grifo, depois o unicórnio alado, depois Aurora com sua capa vermelha refletindo os raios do sol poente.

– Aquilo é um gato? – perguntou Holda, confusa.

– Sim – respondeu Letícia, revelando um tímido sorriso. – É Arnie, o nosso gigante.

De uma das muralhas do forte, o general Spencer acompanhava o inesperado alvoroço, completamente sobressaltado. A guerra tomara um rumo diferente e imprevisível. As palavras de Bátor, quando chegara ao acampamento dias atrás, ecoavam na cabeça do líder do exército de Enigma: "Em uma guerra não basta trabalhar baseado nas possibilidades convencionais. São em momentos como estes que novas tecnologias são desenvolvidas e novas armas são criadas, e não podemos ser pegos de surpresa".

Após ter visto os poderes de alguns dos Objetos e de ter sido enganado por um anjo que se fez passar por Isaac, Spencer sabia que aquilo que seus olhos testemunhavam ao longe era sobrenatural. Ninguém tinha dúvidas disso e não precisava ter o conhecimento de uma monarca para chegar a tal conclusão.

– Por Mou! Enviem todas as tropas disponíveis – ordenou o general.

– Senhor – interpelou o comandante com quem Spencer falava –, seria como enviar seus homens para a morte!

O general o encarou circunspecto.

– Se aquelas coisas chegarem às cidades, vão destruir tudo o que encontrarem pela frente. Não temos tempo de avisar os exércitos de gigantes e de alados nas montanhas, ou os aqueônios no norte. Faça o que ordenei. Quero todas as tropas preparadas para atacar.

Enquanto o general Spencer falava, quatro figuras se aproximavam no céu, em direção ao litoral.

– Isaac, pegue o pergaminho! – gritou Bátor de cima de sua montaria, em pleno voo.

– Por quê? – perguntou o garoto aos berros. O vento nas alturas lhe atrapalhava a audição.

– Eu preciso descer. Aqueles são meus homens, eu serei mais útil se estiver com eles.

Gail agarrou com mais firmeza a cintura de Isaac e lhe sussurrou no ouvido:

– Nem pense em contradizê-lo.

Isaac via dezenas de homens valentes sendo esmagadas por Rily e temeu pela vida do paladino.

Os quatro seres voadores cessaram o voo, pairando no ar. Precisavam se organizar.

– Chifrudo poderá sinalizar para mim os melhores caminhos para retirada do exército. Pedro também deve descer, pois me será útil em terra – completou Bátor.

– Bátor tem razão, Isaac – reforçou o aqueônio, com voz destemida. – Se você e Gail montarem em Chifrudo, Arnie ficará livre para lutar, então teremos quatro frentes de ataque.

Isaac já havia pensado nisso, mas temia pela vida de seus amigos em terra. Se a pena, os dados e o pergaminho tivessem alguma função na guerra, não seria nas alturas em pleno voo. Bátor e Pedro impediam o gigante de lutar como deveria. Sendo assim, Isaac acolheu a ideia do paladino.

Chifrudo sabia o que fazer, antes mesmo de receber ordens diretas. Após dar um enorme rasante e passar perigosamente entre dois tentáculos de Rily, pousou próximo ao farol e deixou que Bátor e Pedro desmontassem.

O gato alado tomou outra rota, mas conseguiu aterrissar no mesmo instante que o unicórnio. O casal que o montava subiu em Chifrudo, enquanto Arnie retornava ao seu estado original. Letícia estava certa sobre o plano: o poder dos braceletes revigorara o gigante, já não havia mais dor no abdômen dele.

Sem muito tempo para se decidir, o colosso correu na direção de Rily, pois Ânfibus ainda estava no mar, o que dificultava o ataque.

– Pedro, dê ordem para que todos corram para o acampamento ao norte – gritou Bátor.

Instintivamente, o paladino viu Ânfibus erguer os braços, como que se preparando para esmurrar a água, e teve um vislumbre do que a criatura seria capaz de fazer.

– Pedro, mudança de plano. Ordene que as pessoas corram para o deserto, para as dunas. Entendeu? Para as dunas.

O aqueônio reproduziu a ordem de Bátor, e só compreendeu o motivo ao ver Ânfibus descer com força seus braços sobre o mar. O lictor repetiu o gesto algumas vezes até provocar ondas gigantescas que se propagaram em todas as direções. A explosão causada na superfície da água teve a potência necessária para provocar o que parecia um *tsunami*.

Nesse momento, Aurora e o grifo se aproximavam da criatura no oceano. Ânfibus encontrou no mar revolto um navio que ainda não tinha sido atingido por sua fúria. Levantou-o no ar e o sacudiu.

Com o poder da capa, Aurora tentava amenizar a queda dos soldados de Ignor. Contudo, foi um esforço em vão. Praticamente todos se afogaram devido ao turbilhão de ondas que havia se formado. Era como se uma possante tempestade em alto-mar, um maremoto, estivesse ocorrendo próximo da praia.

O guardião se irritou com a aparição de Aurora, mas, quando se voltou para tentar acertá-la, o grifo cuspiu um jato de fogo sobre suas garras, chamando-lhe a atenção.

As primeiras ondas provocadas por Ânfibus cobriram toda a areia do litoral sul, arrastando inúmeros homens para o mar, no instante em que se recolhiam para longe do oceano. Por pouco, Pedro e Bátor não fizeram parte do número de mortos que se afogaram no episódio.

Aurora e o grifo perceberam que seus poderes pouco impediam a força destruidora do guardião do submundo, que continuou a socar a superfície da água, como uma criança em uma banheira, provocando ondas cada vez maiores.

Em terra, a luta contra Rily não era diferente. Arnie conseguiu se aproximar da criatura sem ser atingido por seus movimentos bruscos e violentos. Mas os tentáculos hediondos do lictor esmagavam com impiedade todos que fugiam das ondas colossais que começaram a arrebentar na borda do deserto.

Com muita destreza, Arnie agarrou um dos braços do monstro, mas não por muito tempo. Os apêndices da criatura eram enormes, se comparados até mesmo com o tamanho de um gigante, o que tornava praticamente impossível abraçá-los.

Montados em Chifrudo, Gail e Isaac estavam perplexos. Gail provocou um ciclone de areia ao redor de Rily na tentativa de deixá-lo desorientado, mas a única coisa que conseguiu foi retardar a morte de centenas de homens que buscavam escapar pelas dunas, além de deixar o monstro ainda mais nervoso.

– A criatura é grande demais – justificou-se ela para Isaac.

– Rafael disse que tínhamos tudo o que precisávamos para vencer essa batalha – relembrou o matemático. – Mas ele não foi explícito.

– Ele falou algo sobre a frequência da harmonia divina ser alcançada. Acho que tem alguma coisa a ver com o diapasão. É o único Objeto que mantém relação direta com o som.

– O que aconteceria se todos os Objetos de Poder estivessem com um único Possuidor?

– Não acredito que a solução seja essa, Isaac...

Gail ficou pensativa, porém, por pouco tempo. Ela e Isaac olharam para o mar e se espantaram com o tamanho da onda provocada por Ânfibus.

O crepúsculo já tomara conta de todo o céu. A gigantesca massa de água que se levantava rumo à praia formava uma sombra medonha, para dentro da qual era engolido tudo o que havia adiante.

– Isso vai atingir o acampamento do exército de Enigma – suspirou Gail, com temor na voz.

Isaac olhou para baixo e constatou que Arnie percebera a mesma ameaça, porque a altura absurda da onda toldou toda a região do litoral. A pelo menos um quilômetro de distância, Pedro e Bátor continuavam correndo, nas dunas, em direção às Ruínas de Zara, completamente alheios ao que estava por vir.

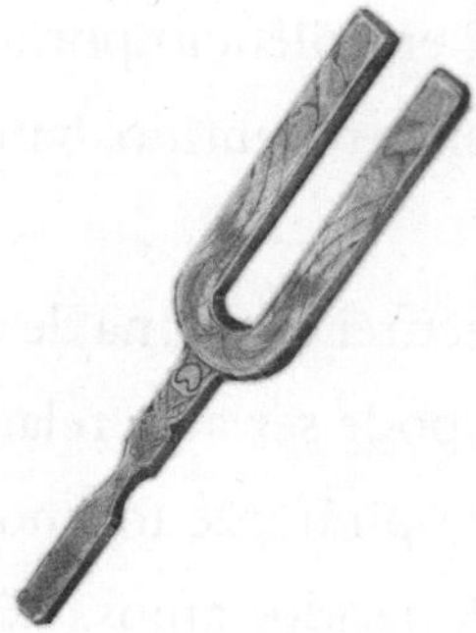

GRANDE DESTRUIÇÃO

Ainda no céu, Isaac viu Arnie correr na direção em que Pedro e Bátor se encontravam. Sabia que o gigante tentaria salvar seus amigos do trágico *tsunami*.

– Precisamos voar até o forte, nas ruínas, Gail.

– Para quê?

– A água vai inundar todo o acampamento. Não posso deixar Letícia e as monarcas se afogarem.

– Letícia veio com vocês? – perguntou Gail, surpresa.

– Sim. Graças a ela conseguimos ler todo o diário de Hastur. Até mesmo as partes profanas, porque ela permaneceu entoando louvores durante a leitura.

– Chifrudo, leve-nos para o acampamento do exército de Enigma! – ordenou Gail, esperançosa. O unicórnio bateu as asas e mudou de direção, obedecendo-a.

Gail e Isaac voaram em silêncio por alguns poucos segundos, até que ela fez um movimento repentino, batendo incisivamente nas costas do garoto.

– Isaac! Acho que decifrei o enigma de Gabriel. Atingir a frequência da harmonia divina só pode ser algo relacionado ao diapasão. Hastur me fez abrir o portal da pirâmide tocando um número determinado de vezes o Objeto de Poder dos anjos. Não funcionaria se fosse tocado por ele, tinha que ser eu e exatamente aquele número de vezes. Foi assim que a porta da pirâmide se abriu. Nós o vimos trazer essas criaturas para Enigma através de um portal que também foi aberto com o diapasão. Ele mesmo disse que o poder desse Objeto está relacionado à existência de portais.

– Ele usou o diapasão no alto do promontório para trazer você para o deserto.

– Quando você me disse que Letícia estava aqui, uma chave mudou em minha mente e eu entendi: é ela quem deve tocar o diapasão.

– Você tem razão, Gail. Faz sentido. Se alguém pode alcançar a tal frequência divina, não deve ser ninguém mais do que a Letícia. Porém ainda temos um problema. Não sabemos quantas vezes ela deve tocá-lo.

– Sabemos sim. Gabriel nos entregou a resposta na forma de um enigma, quando recitou um trecho do poema de Penina. Você se lembra do que ele falou?

Isaac se lembrava, mas estavam lidando com tantas coisas no alto da pirâmide que não teve tempo de perguntar para o anjo o motivo de ele ter citado Penina.

– "Basta você fazer a soma correta e os caminhos se abrirão em todas as direções. O resultado sempre será três vezes o número cinco" – repetiu Isaac, mostrando que se recordava. – Letícia deve tocar o diapasão quinze vezes.

– Tem mais um detalhe que não me passou despercebido. Também precisamos deixar o Pergaminho do Mar Morto com ela. E, talvez, também os dados.

– Você quer reproduzir a configuração que Hastur fez com os Objetos no alto da pirâmide.

– Não podemos falhar, Isaac. É a única chance que temos para destruir as abominações que ele deixou para trás.

– Olhe! – Isaac apontou para baixo, assustado.

A gigantesca onda ultrapassou os limites da areia da praia sem perder força, cobriu parte das dunas e engalfinhou todos que corriam pelo local.

Arnie conseguiu agarrar o braço de Pedro e Bátor antes que o paredão de água se quebrasse sobre eles. O gigante deu um salto e os manteve tempo suficiente no ar, impedindo que fossem sugados pela violenta correnteza que inundou com furor a terra seca. Poucos sobreviveram. A força hidráulica derrubou o farol e levou consigo a artilharia do exército de Ignor.

– O tempo não está do nosso lado, Gail – informou Isaac, observando que a onda começava a atingir os limites do acampamento.

– Para baixo, Chifrudo! – pediu Gail.

Aurora e o grifo tinham ficado sozinhos com Ânfibus na beira-mar. Até mesmo Rily, agora, caminhava com todo seu poder destruidor na direção do forte.

– O que eles estão fazendo? – perguntou-se a fada, vendo Chifrudo pousar.

A atenção de todos estava voltada para as Ruínas de Zara, porque lá era o local da próxima arrebentação. Isso fez com que Ânfibus também se movesse na mesma direção.

Com praticamente todo o exército de Ignor destruído – poucos soldados sobreviveram à fúria dos guardiões –, a multidão que restava no acampamento de Enigma passou a chamar a atenção das criaturas.

No forte, o tumulto intenso dificultava Isaac e Gail de encontrarem Letícia.

As estrelas ficaram mais nítidas no céu, indicando o fim do dia, enquanto a escuridão tomava conta de toda a região litorânea. Se algum cultista sobrevivente olhasse para o céu naquele exato momento, veria o tão aguardado alinhamento de constelações.

Não houve tempo para que as tochas fossem acesas, pois todos buscavam uma rota de fuga. Assim a escuridão começou a prevalecer.

A crista da onda ficava cada vez mais alta à medida que se aproximava da fortificação principal.

Somente após longa procura, Isaac reconheceu o general Spencer, que, em uma das sacadas da edificação, acompanhava pálido a crescente sombra que a monstruosa onda trouxera sobre todo o acampamento.

Ele estava no terceiro andar porque, provavelmente, acreditara que não seria atingido pela onda. Mas suas certezas se desfizeram com a aproximação da parede côncava de água que começava a engolir a areia da praia.

Na janela abaixo da sacada, os rostos femininos circunspectos apareceram, como os de quem ousadamente demonstra coragem para assistir à própria morte: Holda, Celeste e Letícia. Não havia mais oportunidade para tirá-las de lá. Isaac e Gail tinham perdido muito tempo procurando por elas. Todos que estivessem em terra sucumbiriam à violenta torrente. As chances de escaparem com vida eram mínimas.

– Se perdermos Letícia, perderemos a chance que temos de acabar com tudo isso – disse Gail. – Chifrudo, traga-a para nós!

O unicórnio obedeceu temeroso, pressentindo que seria engolido pela onda.

– Gail, nossas vidas estão em suas mãos. Você sabe o que fazer.

– Não sei se consigo, Isaac.

– Você vai conseguir. Eu sei que vai, porque você é incrível, Gail. Apenas acredite!

A garota correu até o parapeito do pátio e encarou a muralha líquida que estava a poucos metros de distância. Embora assustadora, a cena também era linda de tão insólita. A água começava a verter. A arrebentação engoliria toda a edificação, pessoas e animais.

Chifrudo relinchou como quem saúda a morte, pousou na sacada do segundo andar e, de alguma maneira, Letícia compreendeu que ele queria que ela o montasse. As monarcas a incentivaram a subir no unicórnio, pois tiveram o mesmo entendimento. Um andar acima, Spencer levava o braço diante dos olhos como se pudesse com ele se proteger. Tudo aconteceu muito rápido e ao mesmo tempo.

Gail girou o cubo várias vezes e criou um córtex, manipulando cada centímetro de ar da atmosfera. Seu intuito era produzir uma barreira pneumática tão forte que fosse capaz de deter a coluna de água, lançando-a para os lados.

Inicialmente funcionou. Houve uma tremenda pancada da rajada de ar com a coluna de água salgada. Mas não duraria muito tempo. O volume líquido era avultante e acabaria vencendo a força contrária provocada pelo Objeto de Poder de Gail.

Isaac enfiou a mão no bolso e tocou o alforje com os dados. Sentiu o peso do diapasão que também estava lá e teve uma ideia. Só havia uma maneira de fazer o Objeto funcionar, tangendo-o. Ele não sabia o que aconteceria, mas, na situação em que se encontrava, o que mais ele poderia fazer? Era uma questão matemática, afinal. Havia cinquenta por cento de chances de o Objeto ajudá-los e outras cinquenta de nada acontecer.

Então, ele sacou a forquilha e bateu um dos dentes dela no chão.

A barreira de ar criada por Gail se expandiu tremendamente, como que numa explosão, e a gigantesca coluna de água do mar se estilhaçou como se fosse um vidro que se quebra em milhares de pequenos pedaços.

A multidão, que antes corria apavorada, se surpreendeu e começou a aplaudir e comemorar o livramento, ao perceber que aquela ameaça desaparecera. Contudo, o terror ainda não havia acabado. As duas criaturas se aproximavam cada vez mais do acampamento.

– Gail, você está bem? – perguntou Isaac.

A garota respirava ofegante, mas conseguiu sorrir para seu amigo.

O general Spencer e um grupo de soldados olharam com respeito para Isaac do alto da sacada e avistaram também Letícia ser deixada no pátio pelo unicórnio.

Quando Gail se encontrou com a filha do maestro Liutprand, seus corações se aquiesceram.

– Como é bom ver você – disse Letícia, abraçando a amiga.

Gail não perdeu tempo e começou a contar seu plano para ela.

Celeste e Holda já não estavam mais na sacada. Assim como as monarcas, Spencer também se apressou a descer as escadas do forte rumo ao pátio. Eles se encontraram com Isaac no *hall* do primeiro andar.

– Você conseguiu trazê-la em segurança, rapaz – disse o general para Isaac, referindo-se ao resgate de Gail. – Eu me sinto envergonhado por tê-lo culpado pelos infortúnios causados pelo anjo diabólico.

– Eu entendo, general. Não se culpe. Precisamos nos apressar agora – alertou Isaac. – Aquelas criaturas estão se aproximando das Ruínas de Zara. Preciso que você oriente seus homens a deixarem o acampamento e fugirem para o norte o quanto antes, ou mais pessoas morrerão hoje aqui.

Spencer acenou positivamente com a cabeça e começou a dar ordens.

– Encontrem para mim um vaso – pediu Isaac, voltando-se para as monarcas.

Elas saíram à procura do objeto sem questionar.

No pátio, um golpe de ar varreu a poeira do piso, quando o enorme gato alado pousou. Bátor e Pedro estavam sobre ele.

Aurora chegou em seguida. A fada estava inquieta.

– Descobrimos uma maneira de impedir que essas criaturas destruam Enigma – informou Gail, quando todos se reuniram.

– Devemos entregar nossos objetos para um único possuidor? – indagou Pedro, apressadamente.

– Por que será que todo mundo pensa que é assim que essa guerra deve terminar? – cochichou Isaac nos ouvidos de Gail, ironizando o pensamento que ele mesmo havia tido.

– Não, Pedro. Vamos seguir o que o anjo Gabriel nos disse. Precisamos fazer essas criaturas voltarem para o lugar de onde vieram – respondeu Gail. – Elas precisam ser enviadas para outra dimensão.

– E como se faz isso? – perguntou Arnie.

– Vamos simular o que Hastur fez na pirâmide. – Ao dizer isso, Gail se recordou de como o anjo rebelde ficara violento, quando ela lhe negou entregar-lhe os dados. – Abriremos um portal.

Gail acreditava que, se Letícia tocasse corretamente a forquilha, além de abrir o portal, os lictores de cada possuidor também seriam libertos. Mas ela decidiu não falar sobre isso com seus amigos. Não queria que eles sofressem imaginando que perderiam a consciência momentaneamente. Até mesmo porque todo seu plano não passava de deduções ainda não comprovadas.

Um ganido estridente interrompeu a conversa. Na tentativa de impedir que Ânfibus se aproximasse do forte, o grifo havia sido ferido por uma das garras do guardião do mar. O lictor de Le Goff sangrava.

Do outro lado do muro, sons desconexos e agourentos anunciavam a aproximação de Rily vindo do deserto.

– Ele está retardando a chegada dos guardiões – noticiou Pedro ao ver o sofrimento do grifo lutando sozinho contra Ânfibus.

– Encontrou o vaso, Isaac?

Como resposta à pergunta de Gail, as monarcas surgiram, trazendo nas mãos o vaso que Isaac lhes pedira.

– Obrigada – agradeceu Gail, pegando o objeto.

Isaac espalhou os Dados de Euclides num círculo imaginário sobre uma das mesas do pátio, colocando a moeda de ouro no centro. Exatamente como foram colocados na mesa de pedra no topo da pirâmide. Estendeu o Pergaminho do Mar Morto sobre a moeda para que Gail colocasse o vaso sobre ele.

– Letícia, precisamos que você toque o diapasão de Haendel – ordenou Isaac.

– Gail me falou sobre isso.

– Acreditamos que você seja a única pessoa capaz de fazer isso – disse Isaac, encorajando-a. – Você precisa tocá-lo quinze vezes para que o portal se abra.

– Tudo bem.

– E se o portal não se abrir? – sussurrou Pedro, com incredulidade, nos ouvidos de Aurora.

– Ele vai abrir – afirmou Isaac, que também escutara. – E nós vamos forçar as criaturas a entrarem nele.

Outro ganido estridente ecoou.

Arnie olhou para o céu e viu que o grifo não aguentaria impedir a aproximação do monstro por mais tempo. O gigante não esperou as ordens de Isaac; sem hesitar, ele se transformou no gigantesco gato alado e voou para ajudar seu amigo.

O muro do pátio foi estraçalhado repentinamente por um dos tentáculos de Rily, e o pânico foi geral. Bátor desembainhou sua espada e dezenas de soldados surgiram para tentar defender com ele o grupo que ali se encontrava.

– Pedro, eu preciso que você e Isaac fiquem aqui e me ajudem a proteger Letícia e as monarcas – disse o paladino, jogando uma espada para o aqueônio.

– Eu não tenho prática com isso – confessou Pedro, referindo-se à arma que caíra em sua mão.

– Este é o melhor treinamento que você poderia ter em toda sua vida.

Isaac também desembainhou sua espada e olhou para Pedro, encorajando-o.

Gail subiu em Chifrudo e voou na direção de Rily, seguida por Aurora, mas não sem antes gritar para Letícia:

– Toque o diapasão!

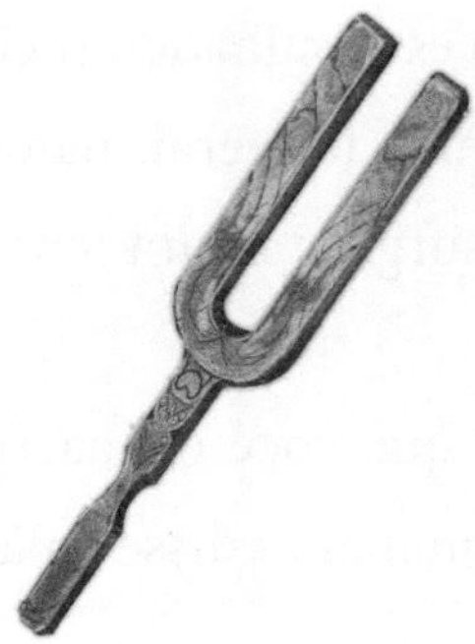

A FREQUÊNCIA DIVINA

Os dados estavam dispostos ao redor da moeda de ouro coberta pelo pergaminho, debaixo do vaso trazido pela monarca. Letícia, meio assustada, meio confusa, bateu o diapasão na quina da mesa do pátio e a nota Lá ressoou.

Nada aconteceu.

– São quinze batidas, Letícia! – gritou Isaac, reforçando as orientações de Gail.

Então, a garota prosseguiu com os toques no diapasão.

Dois, três, quatro... quatorze...

Quando o instrumento soou a décima quinta batida, a escuridão da noite foi banida imediatamente em um raio de quilômetros a partir das Ruínas de Zara, e um gigantesco portal, semelhante ao pórtico de entrada da pirâmide, surgiu em um ponto logo atrás da fortificação.

Atraídos pela energia coruscante emitida pela fenda mágica, os guardiões cessaram os ataques momentaneamente. Aliás, com exceção das ondas do mar que continuamente quebravam na praia, qualquer outro movimento de homens, animais, criaturas e bestas pareceu cessar por segundos. Era como se o próprio sol tivesse retornado, trazendo de volta a luz do dia.

– Conseguimos – sussurrou Aurora.

– Gail estava certa sobre a abertura do portal. Mas por que não libertamos nossos lictores? – perguntou Isaac para si mesmo, e foi ouvido por Bátor e Pedro.

– Era para mais alguma coisa acontecer? – indagou Letícia.

– Não se preocupe. Apenas mantenha o som do diapasão. Está tudo sob controle – respondeu Isaac, tentando acalmá-la, mas sabendo que nada estava sob controle.

A imensa fenda luminosa permaneceu aberta, irradiando luz branca misturada com tons de azul e vermelho. Passado o encanto, Ânfibus e Rily voltaram a avançar na direção de todas as criaturas que se moviam minúsculas à sua frente, ignorando o portal.

Boa parte do forte foi destruída pelos golpes dos tentáculos de Rily. As paredes tombaram ao lado das monarcas.

Letícia segurava o diapasão com a mão para o alto e escutava-o reverberar. Ela não sabia o que ocorreria quando o som cessasse, e se lembrou da Dobra de Ouro. A ampulheta era capaz de parar o tempo, enquanto toda sua areia não tivesse escoado para o compartimento inferior.

Como o portal se comportaria? Ele seria fechado, caso o som produzido se extinguisse? O que ela deveria fazer para mantê-lo ressoando? Tocar novamente o Objeto? Quantas vezes?

Bátor correu na direção da garota e encravou sua espada no tentáculo que estava prestes a atingi-la. O apêndice de Rily sentiu a fisgada da lâmina, contorceu-se e mudou de direção.

– Isaac! Pedro! Vocês precisam passar para o outro lado do muro, junto com os outros soldados, para atraírem o monstro para o portal – gritou o paladino. – Eu protegerei Letícia.

Os garotos compreenderam a urgência do pedido e subiram correndo para ultrapassar os escombros do que antes tinha sido a parede do edifício principal.

– Pedro, não fique muito perto dos tentáculos – gritou Isaac. – Só precisamos atraí-lo. Nossas armas são inúteis contra eles, pois causam pouco dano.

O aqueônio pensou que Isaac lhe dissera aquilo porque percebera que ele não conseguia se mover tão rápido quanto os demais soldados e se entristeceu. Pedro, somente ele, no fundo de sua alma, sabia que, após perder sua cauda, também perdera a agilidade de outrora. E se sua deficiência estivesse mais plausível do que ele próprio pudesse imaginar? Talvez Aurora também tivesse percebido, mas preferiu não comentar.

Um sentimento de tristeza se apoderou do aqueônio, prejudicando ainda mais seu desempenho em se esquivar do perigo. Contudo, ele obedeceu a Isaac e se afastou do grupo de soldados.

De forma ameaçadora, um dos braços de Rily, com movimentos intensos e desconexos, invadiu a janela de uma parede solitária que se mantivera erguida, enquanto as estruturas adjacentes já não existiam mais, e acertou três homens de surpresa. Eles caíram gravemente feridos e continuaram se movendo lentamente no chão, desesperados para fugir do próximo ataque.

Isaac correu na direção deles, riscou com sua espada a pele borrachuda do braço do guardião e subiu o mais alto que pôde sobre os escombros do lado oposto ao que os soldados estavam.

Os apêndices pareciam ter olhos ou sentir a presença humana de alguma maneira, pois ignoraram os homens caídos e voaram com fúria sobre Isaac.

Se Pedro estivesse a bordo do *Cachalote*, teria se lembrado de como seu amigo enfrentou destemidamente o polvo gigante, pois foi com a mesma astúcia e agilidade que Isaac conseguiu escapar do presente ataque.

Um dos homens caídos era o general Spencer. O que deixou Isaac surpreso.

O matemático fez sinal para que Pedro os ajudasse a se levantar.

– Obrigado, garoto – agradeceu o general ao aqueônio, após acenar para Isaac.

O gesto de gratidão fez Pedro se sentir melhor. Era possível que ninguém tivesse percebido que ele estava mais vagaroso sem sua cauda e tudo não passasse de um sentimento tolo em sua cabeça.

Então ele se lembrou do que conversara com Le Goff, durante a viagem para o deserto, e decidiu que não se deixaria definir por aquilo que não possuía, mas passaria a focar no que ele tinha e poderia ser útil para seus amigos.

– Vamos! Me ajude. Acho que quebrei uma costela – gritou Spencer.

Pedro ergueu o general e o ajudou a se mover para longe do perigo.

Isaac havia desaparecido do alto do monturo. Os tentáculos de Rily também, e isso era bom, porque proporcionou a Pedro tempo para a retirada dos outros dois homens feridos do local.

No céu, Aurora tentava usar seu poder para movimentar o guardião do deserto, a fim de lançá-lo para dentro do portal. Mas ele era pesado ao extremo e nem sequer saía do lugar. Então, a fada começou a atirar ondas gravitacionais na direção do corpo oblongo da criatura, com o intuito de chamar a atenção dele.

Montada em Chifrudo, Gail era quem estava mais próxima do portal. Ela tentou ver o que havia dentro dele, mas só enxergava muita luz. Às vezes, precisou inclusive tapar os olhos por causa da radiação. Durante a peleja, ela não conseguiu muito progresso em relação a Rily. Gail salvou alguns soldados, lançando rajadas e manipulando a pressão atmosférica, mas nada que contribuísse para que o guardião atravessasse o portal. Ela estava decepcionada, porque não conseguira libertar os lictores de cada possuidor. E agora não tinha nenhum outro plano.

Logo atrás de todo esse cenário de batalha intensa no deserto, já com todo o enorme corpo para fora da água, Ânfibus agitava seus braços para a frente e para o alto, tentando abater o gato alado ou o exausto e ferido grifo que o importunavam, voando ao redor de sua cabeça. Os tentáculos que formavam a barba da criatura eram potencialmente perigosos e quase agarraram o lictor do anão.

Os Possuidores já haviam percebido que o plano de atrair os monstros para o portal não funcionara.

Bátor e outros dois soldados foram os únicos que permaneceram na escolta de Letícia e das monarcas. A situação era terrível para eles e tudo piorou quando Ânfibus, já deixando a areia da praia para pisar a areia do deserto, atentou para as seis figuras solitárias a quinhentos metros de seus pés. A besta do mar voltou-se para elas, desprezando as peripécias aéreas de Arnie e do lictor do albino.

Isaac já havia se afastado bastante deles e não podia ver o que acontecia. Cara a cara com Rily, Gail também não cogitou o perigo se aproximar de seu pai e de todos que ele protegia. Apenas Aurora tinha o campo de visão livre para as ruínas e notou o que acontecia.

Ânfibus deu dois passos na direção do grupo protegido pelo paladino. Com isso, metade do caminho fora percorrido. Ao dar o terceiro passo, o guardião garantia alcance para agarrá-los com a mão. E foi o que fez. Uma de suas gigantescas garras desceu na direção de Letícia.

O que ela fez, acredita-se, foi porque percebeu que o som do diapasão começava a se extinguir, ficando cada vez mais baixo. Na aflição, não pela aproximação da repugnante garra do guardião, mas pelo fim do som emitido pela forquilha, sem saber se deveria tocá-la novamente, ela decidiu abrir a boca e reproduzir exatamente o som que fora emitido.

Muita gente em Enigma, durante anos, assistira a Letícia entoar lindos louvores a Moudrost nos templos em que ela visitava com seu pai. Em nenhum deles a voz da garota produziu um som tão sobrenatural, potente e harmonioso como naquela hora de terror no Deserto da Desolação.

A frequência da harmonia divina fora alcançada conforme seu pai, o maestro, vivia dizendo que somente o Objeto de Poder dos anjos alcançaria. Da mesma maneira como o anjo Rafael havia dito para Isaac na pirâmide. E, com isso, o som do próprio diapasão voltou a soar como se a voz da cantora lhe proporcionasse o toque necessário para sua execução.

Assim como um sopro é capaz de avivar as chamas de uma brasa, Letícia conseguiu fazer a forquilha voltar a emitir sua nota.

Quando a garra de Ânfibus quase pinçava Letícia, uma gigantesca serpente a picou. A serpente era tão grande que se enroscou no braço do guardião, como uma mola dando várias voltas, e tocou-lhe o ombro. O guardião retrocedeu e soltou um gemido aterrorizante de dor.

Letícia mantinha sua voz erguida como em uma simbiose perfeita com a forquilha.

As monarcas assistiram a todo o ocorrido, e é por isso que hoje temos este registro do que aconteceu. Elas testemunharam os lictores surgirem.

– Bátor se transformou novamente em uma serpente – surpreendeu-se Celeste.

Gail estava certa desde o início, os lictores seriam libertos. A questão é que a frequência divina ainda não tinha sido atingida, porque era necessário que Letícia solfejasse, acompanhando o som do Objeto.

Chifrudo sentiu Gail desaparecer de seu dorso e, quando procurou por ela – o unicórnio havia pensado que ela tinha caído –, seus olhos deram de cara com uma fênix gigante com enormes olhos azuis.

Arnie já não estava mais em sua forma de gato alado. O gigante sentiu seu corpo cair pesado na terra quando suas asas desapareceram e, instantaneamente, ele já se encontrava na forma de seu lictor: um monstro bizarro, inominável.

Aurora havia se transformado em um corvo colossal e bicava os tentáculos de Rily.

Uma águia imponente e com olhos chispantes sobrevoou majestosamente a cabeça do guardião que surgira do deserto. Era o lictor de Pedro Theodor.

Então, por fim, surgiu o poderoso lictor de Isaac Samus: o dragão. No instante em que, encurralado, o matemático precisou saltar do alto de uma ruína, ele sentiu seu corpo se alterar e, em questão de segundos, seu tamanho aumentou consideravelmente. Escamas surgiram por todos os cantos e dentes afiadíssimos, com o poder de cem espadas, cresceram em sua boca. As garras e asas assustadoras se moviam com ódio. O mesmo ódio que teria se a transformação tivesse ocorrido por causa do roubo de seu Objeto de Poder.

O grifo soltou um uivo estridente. Ele entendeu que agora eles eram sete poderosos animais fantásticos, capazes de derrotar as criaturas que Hastur libertara.

Rily foi facilmente enviado para dentro do portal. A fênix cortou um de seus tentáculos, enquanto o corvo bicava todo seu corpo sem piedade, como se estivesse se alimentado de carniça. Uma vez que criatura já se encontrava próxima do portal, bastou uma rajada de fogo lançada pelo dragão para fazê-la fugir para a única direção em que um lictor não o importunaria: a outra dimensão.

Ânfibus precisaria percorrer uma longa distância, se quisesse se livrar das criaturas gigantescas que surgiram para bani-lo de Enigma. A serpente havia imobilizado um dos braços dele, enquanto a águia se atracou nos tentáculos da barba e começou a comê-los como se fossem minhocas. O lictor de Arnie, a estranha criatura sem nome, se agarrou em uma das pernas do guardião e parecia sugar-lhe os líquidos corporais feito uma sanguessuga. Extenuado, o grifo se manteve a distância.

O guardião se debatia como um homem desprevenido ao ser atacado por um enxame de abelhas. Com a mão que ainda estava livre, apanhou o lictor de Pedro, mas não conseguiu segurá-lo por muito tempo. A águia se libertou, quando o corvo desceu sobre um dos olhos de Ânfibus e o bicou.

Com o banimento de Rily para dentro do portal, a luta se tornara bastante injusta. Eram sete lictores contra um guardião.

Os sobreviventes da Guerra da Desolação que assistiram à batalha disseram posteriormente que olho humano algum jamais vira uma cena tão aterrorizante e monstruosa. Foi como se os céus desabassem sobre a terra, o mar fugisse diante das criaturas e toda a luz existente começasse a ser consumida para dentro da fenda radiante que surgira no deserto.

O dragão encravou suas guarras nas costas de Ânfibus, fazendo-o se contorcer e cair por terra. A luz do portal lhe sinalizou sua única salvação. O monstro começou a se arrastar em direção a ela, enquanto seu corpo recebia cortes, mordidas e solavancos por todos os lados.

Quando, por fim, o guardião conseguiu se erguer, ele já estava no limiar da passagem entre as dimensões. Havia ódio em seu olhar e blasfêmia em seus gritos de agonia.

Ânfibus sabia que, se não entrasse no portal, seria destruído. Afinal, apenas um lictor é capaz de destruir outro lictor; imagine um punhado deles contra apenas um! Não havia escapatória. As luzes se intensificaram e os raios azuis-avermelhados começaram a explodir no céu como fogos de artifício vindos do portal.

O derrotado guinchava e se debatia, rebelde. A serpente se desenroscara de seu braço e agora picava seu pé esquerdo. Todos pressentiam que a qualquer momento a criatura se lançaria para dentro do portal. Não suportaria o flagelo.

Mas Ânfibus não estava disposto a se render sem provocar perdas. Ele deixaria Enigma, mas não sem antes levar consigo uma das criaturas que o afligiam. Dessa forma, com o braço que antes estava imobilizado pelo lictor de Bátor, agarrou a fênix.

Apenas o grifo, que havia se afastado para recuperar as forças, percebeu o que a criatura nefasta faria: arrastaria Gail para dentro do portal consigo.

O lictor de Le Goff acertou, como uma rajada elétrica de alta potência, o braço de Ânfibus, obrigando-o a largar a ave. Contudo, foi surpreendido pela outra garra do guardião, que parecia já ter planejado o movimento, e foi arrastado para a outra dimensão no lugar da fênix.

Quando Letícia viu o gigantesco corpo do guardião tombar para dentro do portal, ela fechou a boca e agarrou os garfos da forquilha, fazendo o som cessar. Tudo ficou completamente escuro e silencioso. A passagem entre as dimensões havia desaparecido.

Os lictores que não estavam em terra pousaram. No solo do deserto, voltaram a tomar a forma de seus Possuidores. Todos foram encontrados nus e adormecidos, encolhidos em posição fetal ao lado de seus Objetos.

O general Spencer ordenou que seus soldados fizessem buscas em toda a área do deserto próxima do mar, começando naquele momento. Cada sobrevivente do exército de Enigma contava, era uma vida pela qual valia o trabalho.

Não existiu guerra mais sangrenta, odiosa, injusta e sobrenatural do que a causada pelo ódio de Hastur pelas criaturas mortais de Enigma. Ainda que o exército de gigantes e dos alados não tenha participado, o número de mortos ultrapassou qualquer outra batalha ocorrida entre os dois reinos e marcou uma nova era para ambos os povos.

As poucas centenas de soldados de Ignor que sobreviveram não foram escravizados. O general Spencer os fez retornar para sua terra. Lá, eles puderam contar tudo o que viram e vivenciaram: o poder mágico dos Possuidores, a fraqueza e o erro da adoração que mantinham pelos deuses exteriores, as gigantescas criaturas que surgiram do mar e do deserto, assim como o portal que as levou embora.

A equipe de resgate que encontrou Isaac, Gail, Arnie, Aurora, Pedro e Bátor vestiu-os e os levou para serem cuidados e observados por Letícia e pelas monarcas, enquanto ainda era noite. Somente pela manhã despertaram.

Ao acordarem, estavam em uma enorme tenda, que fora preparada especialmente para abrigá-los. Um novo e pequeno acampamento havia sido erguido, para que os sobreviventes pudessem aguardar reforços vindos de várias regiões do reino.

– Bernie? – foi a primeira coisa que Isaac disse ao abrir os olhos.

O velho amigo alado o observava.

– Isso é um sonho? Onde eu estou?

Isaac olhou ao redor e viu todos os seus amigos reunidos na tenda. Pedro e Aurora faziam o desjejum. Gail estava abraçada em seu pai. Arnie sorriu, mas não conseguiu disfarçar certo incômodo.

– Meu amigo, Isaac – respondeu Bernie. – O exército das Altaneiras foi convocado para levá-los em segurança para Corema. Eu sabia que vocês estavam aqui e me ofereci para vir.

A mesma inquietação detectada no olhar de Arnie se refletiu no olhar do anão alado. Mas ninguém ousou dizer nada. Isaac sorriu para Letícia, correu os olhos até as duas monarcas assentadas à mesa junto com Aurora e Pedro.

– Onde está Le Goff?

Isaac percebeu que faltava o albino. Levantou-se e correu até a entrada da tenda. Afastou o tecido preso ao umbral e sentiu a brisa fresca do mar tocar sua face. O cheiro de maresia, o calor dos primeiros raios de sol da manhã, tudo parecia perfeito. Não havia guerra nem atmosfera de medo. A certa distância, o general Spencer conversava com Tetris. Isaac ficou feliz de saber que eles tinham sobrevivido.

O garoto olhou para o céu. Procurava por uma ave específica. Um estranho grifo que cuspia fogo. Contornou a tenda e se deparou com Chifrudo.

– Olá, meu amigo – cumprimentou-o, abrindo um sorriso. – Por acaso você viu Le Goff?

O unicórnio balançou a cabeça, fazendo com que sua enorme crina ficasse desgrenhada, mas Isaac não compreendeu o que ele queria dizer. Então, quando deu meia-volta, se deparou com Gail.

– Ele não está mais aqui, Isaac.

– Quem não está mais aqui?

– Le Goff.

Os olhos de Isaac ficaram molhados como a terra em um dia chuvoso.

– Como assim, ele não está mais aqui, Gail? Onde está nosso amigo?

Ela pensou que seria mais forte do que Isaac, mas começou a chorar também.

– Eu não sei, Isaac. Não sabemos o que aconteceu, de fato. Se ele mesmo se entregou, se foi engolido pelo portal ou se foi arrastado pelo guardião. Todos nós nos transformamos em lictores. Mas ele já estava muito ferido e cansado. O certo é que Le Goff não está mais aqui. Nós o perdemos para sempre.

– Não! Isso não podia acontecer. Nós derrotamos Hastur, derrotamos os guardiões. Era para todos nós estarmos reunidos, comemorando.

Gail se sentiu miserável, ouvindo Isaac falar.

– Eu falhei. Eu não podia ter deixado nenhum de vocês se perder. Eu falhei, Gail.

– Não! Claro que você não falhou. Você liderou o grupo e deu o melhor que pôde. Nenhum de nós faria mais do que você fez. Estávamos lutando contra um ser maligno, traiçoeiro, e você me resgatou das garras dele, Isaac. Sob a sua liderança expulsamos o mal de Enigma e cumprimos nosso papel nas engrenagens da criação. Hastur certamente está sendo julgado. Nós não falhamos. Você não falhou.

Gail o abraçou e ficaram assim por um bom tempo. Arnie e Bátor haviam saído da tenda e observavam o casal ao lado do unicórnio.

Quando, por fim, se separaram, Isaac falou ainda em lágrimas para ela:

– Vou sentir muito a falta dele. Uma vez, quando viajávamos para Parveen, Le Goff disse que eu precisava dizer algo para você.

Gail ficou surpresa. Muito tempo havia se passado desde a viagem para Parveen. O que Isaac teria para lhe dizer?

– Le Goff tentava me encorajar. Segundo ele, eu precisava dizer o quanto eu te amo, Gail. É. Eu te amo.

Ela corou, embora esperasse escutar aquilo havia tanto tempo.

– Eu gosto muito de você e gostaria de passar o resto da minha vida ao seu lado.

Mais lágrimas rolaram dos olhos da garota. Os olhos azuis de Gail cintilavam, seu coração palpitava acelerado e um calor gostoso percorreu seu corpo.

– Eu também te amo, Isaac Samus. Eu pensei que você já soubesse disso há um bom tempo.

Os dois se aproximaram e Isaac a beijou. O reflexo da luz matinal do sol no oceano ao fundo emoldurou a cena do beijo. O unicórnio bateu suas asas como se aplaudisse o ato de coragem de Isaac.

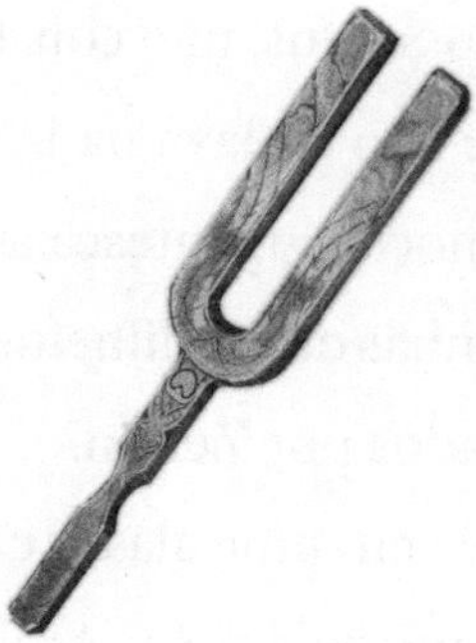

EPÍLOGO

Aqui termina a história de como os Objetos de Poder foram encontrados aproximadamente quinhentos anos após sua criação. Os Possuidores foram recebidos pela rainha Owl com honrarias em Corema, assim que regressaram da guerra. As comemorações duraram duas semanas. Todos ganharam um anel de ouro cravejado com pedras preciosas e com o símbolo da coruja.

O outono pareceu terminar mais cedo, pois a neve caiu com antecedência nos telhados das casas e sobre as torres do Smiselno, cobrindo de branco também as praças, ruas e bulevares.

Morgana foi com Kesler, Virgínia e Isabela para a capital participar das comemorações. Chegaram no segundo dia e se alegraram muito por saber que Aurora e Pedro estavam bem.

Quando o exército regressou da guerra, Afânia aguardava seu marido e filha, Bátor e Gail, nos portões da cidade, de mãos dadas com seu filho Lázaro. Isaac foi acolhido pela família do paladino durante os dias de festa. Seu pai, Clérigo Samus, não conseguira viajar até Corema por causa de sua saúde, que não andava nada bem.

Arnie sentiu uma emoção gigantesca ao reencontrar Fany e Boong, que desceram as montanhas da cordilheira junto com soldados do exército dos colossos, liderados por Zelion.

Letícia foi acomodada em uma ala do castelo junto com as duas monarcas, das quais ficou muito amiga. A filha de Liutprand se tornou a possuidora do sétimo Objeto de Poder e, apesar de não ser uma mulher encantada, alguns anos mais tarde ela viria a se tornar uma monarca como Aurora, quebrando a tradição daquele povo e inaugurando uma nova fase na história das mulheres de Enigma. Mas isso é outra história.

Todos sentiram falta de Le Goff. Principalmente o pai dele, Perilato, que chorou muito com Bernie e a comitiva dos alados, quando a rainha fez uma declaração a respeito da nobreza, coragem e ousadia do albino na jornada pela busca dos Objetos de Poder. Antíquades e Leônidas também viajaram para Corema e lamentaram muito.

Um dos quatorze dias de comemorações foi reservado para a memória dos valentes ausentes. Nesse dia, voltaram a honrar Le Goff. Mas não apenas ele.

Liutprand foi homenageado com cânticos de um coral de aqueônios e anões. Algo maravilhoso e tocante. Contudo, foi a apresentação de Letícia, seu canto, enquanto bardos tocavam os mais variados tipos de instrumentos e faziam vozes de acompanhamento, que emocionou de maneira sobrenatural os ouvintes. Não havia dúvidas de que ela seguiria os passos de seu pai e se tornaria maestrina.

Por fim, Huna também foi homenageada. As palavras de Celeste, Holda e Aurora levaram esperança para o povo de Enigma. Elas falaram sobre uma era de paz que se iniciava no reino e sobre o poder que os pequenos e velados atos de bravura de Huna desempenharam para que essa mudança viesse a ocorrer.

A neve branca caindo no vale, congelando os córregos e fazendo com que as pessoas passassem mais tempo dentro de suas casas, fez com que a mensagem fosse discutida e divulgada nos lares, junto das lareiras e ao redor da mesa do jantar.

No último dia de festa, quando Isaac, Gail, Arnie, Aurora, Pedro e Letícia entraram no salão principal, portando seus artefatos mágicos, houve grande temor e submissão. A rainha discursou por longos minutos exaltando a coragem, bravura e determinação de cada um. Suas palavras levaram entusiasmo e motivação para o povo. Todos estavam certos de que viveriam, de fato, dias de muita paz e prosperidade, enquanto os Objetos de Poder estivessem em boas mãos.

Isaac Samus de Finn segurava o alforje com os Dados de Euclides. Gail Aris, o Cubo de Random. Arnie Míron usava os Braceletes de Ischa e Aurora Curie vestia o Manto de Lilibeth. A Pena de Emily chamava a atenção, alfinetada na lateral do chapéu de Pedro Theodor, e Letícia Litprand empunhava o Diapasão de Haendel.

Com o sumiço de Le Goff, na forma de seu lictor, através do portal, o Pergaminho do Mar Morto também desapareceu. Não foi encontrado debaixo do vaso, embora a moeda de ouro permanecesse lá. Exatamente da maneira como fora colocada durante o ritual de abertura da fenda dimensional.

Ainda no último dia de celebração, a rainha Owl decretou que o trono de Enigma deveria ser ocupado por Isaac Samus, assim que o garoto completasse dezesseis anos de idade. Até essa data, ele ficaria na capital e aprenderia mais sobre a administração do reino, assim como técnicas de combate e guerra com o chefe da guarda, Bátor. A rainha passaria a coroa para Isaac, porque já se encontrava muito debilitada e precisava de descanso em seus últimos dias de vida.

Dois anos após assumir o reinado, Isaac se casaria com Gail e, apesar de ser o rei, descentralizaria o poder para que Enigma se tornasse um lugar ainda mais seguro para se viver. Seu objetivo era impedir que um dia um soberano fraco, lunático ou perverso, ao se tornar rei – o que não era impossível, pois a história registrava fato semelhante –, tivesse em mãos o controle total dos povos e terras do reino. Então, cada administrador abaixo do rei teria independência para gerir seu ducado. E as decisões mais importantes seriam tomadas em conjunto com eles.

Arnie seria duque da Terra dos Gigantes. Letícia, duquesa da Terra dos Anjos. A Terra Aqueônia, fundida com a Terra Encantada, seria governada por Aurora e Pedro. Na Terra das Altaneiras, um litígio agitaria os três primeiros anos do reinado de Isaac, numa tentativa de intervenção por parte dos gigantes para que as ordens vindas da capital fossem obedecidas – aconteceria até uma luta armada entre anões, por resistência de uma família de alados em relação às decisões do rei de Enigma. O ducado permaneceria como região independente por mais quatro anos, até, finalmente, ceder à nova organização de poder. Todos sabiam que, se Le Goff estivesse presente, nenhuma confusão teria ocorrido, porque o povo alado o aceitaria como legítimo duque das terras altas.

Mas isso era o futuro. No presente, cinco dias após as celebrações pela vitória na Guerra da Desolação, três cavalos se aproximavam de Finn no alto das montanhas. Bátor e Gail acompanhavam Isaac na viagem para ver seu pai.

Não nevava, mas o frio era de trincar os ossos. Os viajantes estavam encapuzados e bem protegidos. Haviam parado de conversar desde que desceram da balsa no Lago Nock. Gail já não tinha mais medo de barcos, balsas e navios, por isso não ficara em Melon dessa vez. Também não usava mais a tinta preta nos cabelos, com a qual o tingira antes de chegarem a Parveen. Não precisava mais de disfarces. Seus cabelos loiros saltavam de dentro do capuz de sua vestimenta e seus olhos azuis miravam a paisagem, alternando-a com a visão do rapaz que cavalgava logo à sua frente: Isaac. Ele não era mais o mesmo garoto desde que deixara a casa de seu pai meses atrás. Ela também não era a mesma. Haviam crescido, adquirido conhecimento, responsabilidade e sabedoria.

Bátor estendeu a mão, apontando o dedo para a casa de Clérigo Samus. Fumaça saía da chaminé e os vidros das janelas estavam embaçados. Era uma casa modesta, porém aconchegante e acolhedora.

Gail devolveu com um sorriso o olhar que Isaac lançou para ela. Eles estavam felizes. Haviam passado por muitas coisas juntos, conhecido pessoas especiais, visitado lugares fantásticos e sentiam-se preparados para o chamado da rainha Owl. Com o poder dos Objetos que possuíam e a lealdade dos amigos que fizeram em sua jornada, a ordem e a justiça pautariam todas as decisões que precisassem tomar no futuro.

Isaac sabia que existiam muitas formas de magia e que a matemática era uma delas. Mas sabia também que acima de qualquer magia, de conhecimento e de poder deve existir antes a humildade, a benignidade, a longanimidade e a sabedoria, porque nenhum poder é por si só benéfico, se não for usado com mansidão e entendimento.

Fim

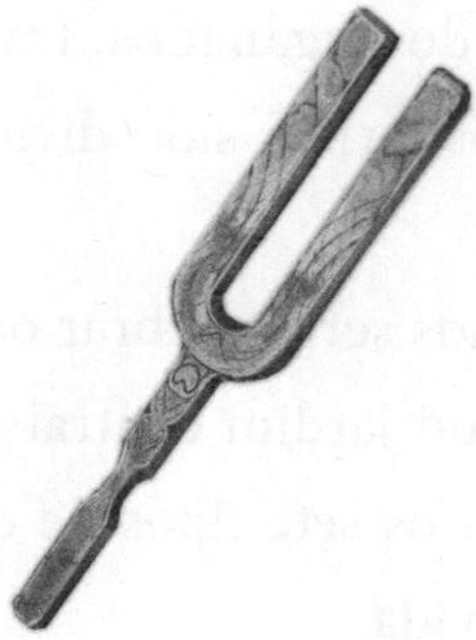

POSFÁCIO

O arquivo mais antigo que tenho com menção ao Reino de Enigma data de 27 de novembro de 2012. Porém em momento algum é citado o nome da coleção Objetos de Poder ou qualquer título da saga que você tem em mãos.

Na verdade, todo o planejamento daquela época era referente a uma história completamente diferente da que foi escrita. Na primeira versão, Isaac, Gail, Le Goff, Arnie, Aurora, Pedro e Letícia eram anciãos, mas nem sequer tinham os nomes definidos. Eles haviam sido transformados em estátuas ao perderem seus Objetos de Poder (que, não me perguntem por quê, eram apenas cinco e não sete) para um ser maligno chamado Corvo. O protagonismo seria exercido por um casal de irmãos adolescentes que viveriam no mundo real, o nosso mundo.

A protagonista encontraria uma partitura antiga, esquecida no quarto de bagunça de sua casa, e a colocaria de cabeça para baixo no piano para tocar junto de seu irmão. O som produzido pela leitura invertida os levaria para o Reino de Enigma. Lá, eles descobririam que os Possuidores dos Objetos haviam sido enganados, transformados em estátuas, e, com isso, os sete reinos teriam sido divididos em sete comarcas por muralhas enormes.

O objetivo dos irmãos seria quebrar os portões dos muros que separavam as comarcas do jardim central por onde eles chegariam ao reino, libertando assim os sete tipos de conhecimento e trazendo os Possuidores de volta à vida.

Em muita coisa esse planejamento inicial coincide com a saga publicada: haveria os sete objetos mágicos; cada livro seria voltado para uma disciplina escolar; no final de cada volume os protagonistas enfrentariam um monstro; e existiriam muitos enigmas para serem desvendados ao longo das narrativas. Por outro lado, a dinâmica do universo ficcional foi modificada e nada do que se refere à trama, tanto de protagonistas quanto de coadjuvantes, transita entre o mundo fantástico e o real.

Como disse, nesse arquivo encontrado em um dos meus HDs externos há referência aos objetos, mas não como os conhecemos. Com o passar do tempo, fiz uma longa pesquisa até que cada artefato de poder fosse definitivamente estabelecido.

A história publicada em *O enigma dos dados* surgiu por conta de um concurso literário da minha cidade, Belo Horizonte. As inscrições foram abertas e eu desejei muito concorrer. Lembro-me de que fui avisado de que um livro com um final aberto, demandando uma continuação, ou seja, que fosse parte de uma coleção, dificilmente teria êxito naquela competição. Isso me fez planejar a escrita de uma história nova, alheia àquela dos meus rascunhos e pensamentos.

Decidi selecionar um dos Possuidores (aqueles transformados em estátuas) e contar sobre algo de sua adolescência. E por que não narrar como ele encontrou seu Objeto de Poder? Assim, Isaac foi o escolhido e o roteiro, criado.

Se não me engano, o concurso ocorreu em 2013. Eu não consegui fazer a inscrição, mas a história de *O enigma dos dados* foi concluída, escrita em trinta dias.

Desde o início, minha intenção era produzir uma literatura que fosse capaz de agarrar a atenção dos leitores, assim como fazem inúmeros títulos internacionais do gênero fantástico. Eu queria também escrever algo que motivasse minhas filhas a gostarem das disciplinas escolares, quando elas chegassem aos anos finais do ensino fundamental. Por isso, incluí em cada volume uma questão dramática com a qual os protagonistas precisam lidar para o seu desenvolvimento pessoal – além de todos os elementos que caracterizam uma história de fantasia, como a magia e o mistério.

No primeiro livro, Isaac tem que lidar com o próprio ego. Depois do lançamento da primeira edição independente, um pai-leitor me disse que viu seu garoto refletido no personagem, na cena em que o Objeto de Poder é arrancado de suas mãos e ele se transforma em um monstro. Embora eu não tenha pensado nessa ideia ao escrever, admito que faz muito sentido.

Em o *Cemitério dos anões*, a amizade e a superação das diferenças entre os personagens é o tema principal. A longanimidade e o perdão caracterizam muito bem o gigante bondoso, mesmo diante da sagacidade do anão.

Aurora e Pedro, no terceiro livro, trazem à tona a questão do romance juvenil que tantos jovens idealizam. Eu não tinha intenção de abordar esse assunto, até começar a ser confrontado por vários leitores do primeiro livro que passaram a enxergar em Isaac e Gail um casal romântico. Creio que me foi bastante útil a interação com meu público para essa construção.

Apresentados os seis Possuidores dos Objetos de Poder, eu me dediquei a falar sobre trabalho em equipe no livro *O resgate do paladino*.

Eles precisavam se encontrar em algum momento da trama e vi aí uma boa oportunidade para mostrar os empecilhos e dificuldades que um líder enfrenta para manter um grupo unido em prol de um objetivo comum. Entretanto, apenas no título seguinte, *A Montanha da Loucura*, a liderança de Isaac é coroada. Esse é o tema central dessa obra.

Os dois últimos volumes da coleção possuem muitas características únicas. Vale ressaltar que foram escritos anos após seus antecessores. Eu já me encontrava um escritor mais experiente e, influenciado por minhas leituras de Brandon Sanderson e Patrick Rothfuss na época, senti muito desejo de escrever uma obra para o público jovem adulto. Isso, de certa forma, dificultou bastante a conclusão da saga, pois o desenvolvimento dos personagens não poderia destoar em ritmo e andamento do que já havia sido escrito – mas tanto eles quanto eu já estávamos mais maduros.

O túmulo no promontório e *A guerra da desolação* são um par que trata das estratégias, ameaças e ataques que um líder pode sofrer, e ainda combater um inimigo maior e mais forte. É a hora de os personagens demonstrarem que eles também evoluíram desde o início da série.

A saga completa é uma ode à sabedoria. Costumo dizer que os livros bíblicos de *Provérbios* e *Eclesiastes* foram a base de toda inspiração. Esse é um dos motivos que muitos professores percebem nessa série um potencial extraordinário para trabalhar valores e virtudes com seus alunos.

E, por falar em referências, eu gastaria dezenas de páginas revelando autores e textos que foram aparecendo na coleção Objetos de Poder, citados por mim de maneira consciente e inconsciente. Alguns são facilmente reconhecidos por leitores perspicazes, enquanto outros nem tanto. A intertextualidade esbarra em autores dos mais variados estilos, como Charles Dickens (1812-1870), H. P. Lovecraft (1890-1937), Charlotte Perkins (1860-1935), Victor Hugo (1802-1885) e Jane

Austen (1775-1817). Foram leituras que tiveram grande influência na minha escrita.

Toda essa pluralidade e características únicas são o que fazem eu me sentir satisfeito com o resultado final. E acredito ser o fator que catalisa o desejo de leitores de todas as idades a se afeiçoarem com a coleção.

Se você chegou até aqui: obrigado! Espero que tenha curtido cada instante da aventura, assim como eu.

Marcos Mota